有爱的青春陪伴者

月光亲吻我

鹿笙 著

江苏凤凰文艺出版社
JIANGSU PHOENIX LITERATURE AND ART PUBLISHING

图书在版编目（CIP）数据

月光亲吻我 / 鹿笙著. -- 南京：江苏凤凰文艺出版社, 2025.6. -- ISBN 978-7-5594-9572-3

Ⅰ. I247.5

中国国家版本馆CIP数据核字第2025Q9W041号

月光亲吻我

鹿笙 著

责任编辑	王昕宁
特约编辑	周 贝
责任校对	言 一
责任印制	杨 丹
出版发行	江苏凤凰文艺出版社
	南京市中央路165号，邮编：210009
网 址	http://www.jswenyi.com
印 刷	长沙鸿发印务实业有限公司
开 本	880mm×1230mm 1/32
印 张	9
字 数	226千字
版 次	2025年6月第1版
印 次	2025年6月第1次印刷
书 号	ISBN 978-7-5594-9572-3
定 价	42.80元

江苏凤凰文艺版图书凡印刷、装订错误，可向出版社调换，联系电话025-83280257

目录 CONTENTS

- 第一章 ……………001
  住在楼上的怪人
- 第二章 ……………021
  不速之客
- 第三章 ……………041
  那双眼动人
- 第四章 ……………057
  不想做她生命里的过客
- 第五章 ……………077
  独属于两人的暗语
- 第六章 ……………098
  关于悸动
- 第七章 ……………118
  告白还是打辩论？

The moonlight kisses me.

目录 CONTENTS

🌙 **第八章** 132
　　一见她就笑

🌙 **第九章** 169
　　与风雪共舞的少年

🌙 **第十章** 190
　　分开的痛觉与爱意的深浅成正比

🌙 **第十一章** 204
　　在单恋世界里厮杀的，始终只有他

🌙 **第十二章** 222
　　去做她世界里的那道光

🌙 **第十三章** 242
　　我爱你，周凛川

🌙 **第十四章** 261
　　他爱的人，成了他的爱人

The moonlight kisses me.

第一章

住在楼上的怪人

飞机刺破清晨的雾气,降落到江城机场时,外面正下着小雨。林稚拖着行李箱从出口出来,一路小跑,直奔洗手间。

找到一个没人的隔间,在开行李箱的空当,她这才将手机开机。微信提示音一通狂轰滥炸,手机响动半天,终于消停。她还没来得及点开一条,手机铃声响起来,接通后,对面的女声"噼里啪啦"一顿输出——

"表姐,你是不是要破产了?"

林稚没说话。

见她不答,岳千千继续咋呼:"房东打你电话不接,都打到我这里来了,说你的租房合同只签到这个月底,要么续约,要么搬走。"

岳千千不说,林稚都快忘了,当初开工作室找房子还是她介绍的。

林稚揉了揉发痒的耳朵,不痛不痒地回了一句:"正好,晚点帮我搬家。"

"啊?"

"就这样。"

她要赶一场酒局,没时间继续跟这位大小姐拉扯。挂断电话后,她从行李箱最底层翻出一条用蓝色礼袋包裹严实的手工刺绣连衣裙,换上后,解下绑在后脑勺的橡皮筋,栗色的长鬈发散落肩头。

明亮的灯光打在女生光洁的背部,漂亮的蝴蝶骨明显地凸起。

高跟鞋的声音利落而有节奏,她走出洗手间。

外面雨势渐大,见还有时间,林稚决定先去咖啡店喝杯咖啡。

被困在咖啡店里的人逐渐变多,林稚选了一家人少的店,将雨伞搁在门口的竹篮里。她刚站定,便被推门进来的人撞了个趔趄,下一秒,她肩膀被人扶住,力道不轻不重。林稚抬眼,一双冷淡的丹凤眼撞入眼帘。对方下巴上留着胡茬,一脸掩饰不住的倦容,但轮廓漂亮,五官亦俊朗。

林稚愣了愣:"谢谢啊。"

在她开口的瞬间,男生松开了手,端着一杯咖啡与她擦肩而过。

"小姐,您要喝些什么?"服务员催促她点单。

林稚要了一杯拿铁,扭头看向身后。男生垂眸,在放伞的竹篮里拿了一把黑色的长柄伞,径直往外走。

等等,那是她的伞。

"小姐,您的咖啡——"

林稚顾不得服务员在身后叫喊,追了出去。

"先生,你拿错伞了。"

她站在屋檐下,冲着雨雾里的那道黑影喊,可那道颀长的影子丝毫没有停留的意思。

林稚以为自己声音小了,又抬高了音量:"喂!"

那人依旧往前方街道走去,眼见着距离越来越远,雨也越下越大。

这是耳聋了吗?

她心里升起一股烦躁,从包里摸出一块还没拆封的巧克力,朝男生丢过去。不偏不倚,巧克力正好砸中他的后背,"啪"的一声。

男生这才停下脚步,循着东西砸过来的方向看过去。不远处,咖啡店门口站着一个神情有些愠怒的女生,她涨红着脸,不知道在说些什么。

天幕像被泅湿的布,潮气太大,他看不清。而他的身后,一辆货车疾驰而来,喇叭声急切,刺破雨幕。

男生疑惑地盯着她,一双眼睛空茫茫的,丝毫没听见身后的动静,更没有要让开的意思。

林稚深吸一口气,今天真是活见鬼。

她顾不得被淋湿,一股脑朝他冲去,在货车逼近的刹那,将人拉开。货车的轮胎在水洼里打了个转,卷起雨水,打在两人身上。

周凛川垂眼,女生纤细的手指在他肩膀的衣料上留下一圈褶皱。再往上看,雨水将她精致的妆容冲得斑驳,隐约能瞧见她鼻翼一颗咖啡色的小痣。

怕再次被溅到水,林稚将他拉到屋檐下,着急地抖动裙摆,有些脏了。她偏头往右上方扫了一眼,这人也没戴耳机啊,这么大动静听不见?

"走路小心点吧。"林稚提醒了一句,好看的眉头皱在一块儿,压不住声音里的火气。

网约车司机打来电话,林稚顾不得跟他多说,朝他伸出手:"这伞是我的。"

对方盯着她的手,将伞收起了,把伞柄放进她手心里。林稚蹭到他一小块皮肤,他的手极冷,跟手背的雨滴一起,冻得她一个哆嗦。

她拿到伞,背过身接了个电话,跟网约车司机讲完地址,说:"我手机快没电了,您直接开到定位的地方吧,穿蓝色裙子的就是我。"

她讲完电话,瞥见男生还没走,低头发消息。

不一会儿,从左侧开过来一辆白色的雷克萨斯,停在两人跟前。

"上车吧。"驾驶座的中年男人摇下车窗,冲路边喊。

路口不好停车,那司机有些着急。

林稚拉开车门坐进去,驾驶座的中年男人扫了眼后排低头玩手机的她,正要说话,瞥见街边站着的男生朝自己做了个制止的手势。

"小姐,您去哪儿啊?"

"千禧酒店,订单上应该有显示地址吧?您按照那个路线走就行。"林稚心里嘀咕着这司机,估计是新手,第一次接单。

中年男人没再多说什么,发动车辆。

林稚扫了眼斑驳的后视镜,那男生还在原地。林稚多事地想,雨这么大,他不回咖啡店拿伞吗?

开往酒店的路一反常态地畅通无阻,平常半个小时的路程,这回二十分钟就到了。那地方就在银泰旁边,白色简约的门牌,外表毫不招摇。踏进去,整个风格很后现代,太空式的装潢,大堂安安静静,暗蓝地面泛着粼光,踩上去能看见一个阴沉沉的倒影。

林稚上楼,有电话进来。

"喂?"

"小姐,您约的车还坐不坐?我都等了您半天了,不坐麻烦您取消订单好吗?"

林稚一阵失语。

那刚刚送她过来的,又是谁的车?

"你们刚才看见林稚没有?公司的项目部聚餐,她一个外人来干什么?"

"积攒人脉呗,还能为什么?那曲晏是什么好东西?如果不是因为那点工资,我真不愿意跟他出来应酬。说真的,我还挺佩服她的,什么都吃得下啊……"

"我听说她从学校出来就跟朋友创业,去年不是传她的公司快上市了吗?那个神气的嘞,怎么现在混成这个样子?"

"出了场车祸,她在医院躺了好几个月,被朋友踢出局了,连她原创的品牌也没保住,真够惨的,据说还是相交十几年的好友。"

女洗手间里,两个相邻隔间里的人继续你一言我一语——

"不管怎么样,曲晏是不可能给她项目的。"

"为什么?"

刚刚那人笑了笑:"你知道咱们项目部这次拿到的大单是谁介绍的吗?就是林稚以前的那个公司。人家现在改头换面,已经上市,曲晏巴结都来不及,怎么会转头跟林稚合作。"

"那曲晏还把她带过来?"

"图她那张脸呗。你没看那帮合作商,看到她,眼珠子都直了。

不过，她也算值得了，要是真被哪个大佬看上，也不算亏。"

"那些人的年纪都够当她爸了，她怎么看得上？"

另一个轻笑了一声："未必吧——新来的那个周停，不就喜欢她吗？他跟她一个学校的，你刚在包厢里没看到，他那双眼睛就没从她脸上移开过。"

"她在业内的名声可不太好。"

"也对，那张脸上就写了两个字——野心。"

林稚在外面补妆，话落在耳里，里面的两人嬉笑着结伴出来了，她没躲。

说人坏话，被当事人抓个现行，显然那两人没料到是这个局面，面面相觑。

"你们在说我啊？"林稚直截了当地问。她这人从来不喜欢玩阴的，有仇当场就报。

"什么事这么好笑，说给我听听呗。"她继续说。

那两人被噎得面红耳赤，拉扯着跑出去了。

林稚低头洗手，内心没什么波动。前同事的几句闲言碎语，本就没达到可以伤害到她的地步，她不在意这个。

只不过，有野心怎么了？

她不过二十九岁，连野心都没有，人生还剩什么？难不成让她年纪轻轻去养老吗？

林稚美大出身，工艺设计硕士，毕业后跟几个最好的朋友创业，只用了短短两年，拿过业内几个不错的大奖，轻而易举拿到投资，创立自己的品牌"青禾"，风光无限。

眼下虽然时运不济，风光不再，但她这人拿得起放得下，脸面是什么，先糊口再说吧。

她坦荡一笑，扯了纸巾擦手，款款而出。

林稚回包间的时候，曲晏跟几个广告商喝得正尽兴。门被推开，他朝林稚招了招手，没等人坐下，便眯着眼睛问："去哪儿了，这么久？让咱们几个老板都等急了。"

林稚抓起桌上的酒杯跟几人碰了碰，懒于应付："补了个妆。"

刚被她怼了的一个女生抓住话柄，冷嘲热讽："是啊，得弄好看点，才方便陪客人嘛。"

林稚一个眼刀过去，那女生噤了声。

她早该猜到，曲晏这次叫她来存了什么花花肠子。给她介绍项目？他根本就没安好心。亏得她还觉得两人是一所大学毕业的，他也算她半个师兄。没料想，他竟把她叫来陪酒，给他做嫁衣，之前那点情分在生意场上被打磨得丁点不剩。

"你放心，跟着师哥干，我保证不会亏待你。"他凑过来跟她小声说话，示意她再积极点，"这个订单拿下，我给你百分之十的报酬，怎么样？你不是很缺钱吗？"

他的目光紧盯着她，像找到了什么了不得的把柄。

林稚冷冷地笑了声。

昏黄的灯光打在她的头顶，她这一笑，让整个包厢都生了颜色。

她眼底灿灿的，多了几分勾魂摄魄的意味。

曲晏了然："这就对了嘛。"

他跟周围几个大腹便便的中年人交换了眼色，正欲对这个标致的美人大灌特灌时，坐在角落里的一个男生突然出声："没必要对女生用这种下三烂的招数吧？"

话一出，那端过来的酒杯在空中滞了滞，曲晏看向窝在沙发上的标致美人，又看了看角落里的男生。

曲晏的笑容僵了僵："庄少，您什么意思？"

"我刚看到他往杯子里加了料。"男生指了指林稚侧前方的肥胖男人，然后挑了挑眉，双手抱臂，"你有什么想法，直接找人家姑娘聊呗，背地里使这种不光彩的手段干什么？"

林稚抬眸，跟角落里那个戴黑框眼镜的男生交换了视线。

包厢里的人面面相觑。

"哪里的话，没有的事儿。"几秒后，有人打圆场。

"那要不张总把这杯酒干了？"林稚看着肥胖男人，笑容渐深。

"这……"肥胖男人与身旁的人交换了眼色，犹豫中，眼底的猫腻尽显。

曲晏暗地里拽了拽林稚的裙摆，暗示她算了。林稚没搭理他，扫了眼那杯停在她面前的酒，又扫了眼端着酒杯的人，冷着脸，没打算退让。

到底是见过大场面的，一点都不怯，连刚刚编派她的几个女生都看愣了。

被拆穿的肥胖男人一看糊弄不过去，拍桌而起："叫你喝就喝，装什么？今天你来到这地儿，别说是加点助兴的料，就是加毒药，你也得给我喝了！"

旁边的人起哄："就是，别给脸不要脸！"

曲晏赶紧打圆场："要不我替她喝？给哥哥们赔个不是……"

"滚一边去，你别管啊，我今天还就是要她喝不可了……"那个被叫作张总的男人叫嚣着。

眼看包厢里乱成一团，突然，门口的服务生喊了一句："小周总来了！"

包厢里突然静了一瞬，像触发了什么了不得的开关。

原本盯着林稚想看热闹的人，突然一拥而出，将前门围了个水泄不通，所有人都想把自己的名片递过去。

林稚不禁看过去，包厢里的人众星拱月似的，将那个男人围在其中。

她完全看不到那张矜贵万分的脸，只能隐约瞧见灰黑拼色领的西装上衣敞开着，露出修长好看的脖颈。那人似乎察觉到她的视线，伸手理了理领子。那别致的袖扣，她不知道在哪儿见过，一时想不起来了。

众人追随那个小周总而去，包厢里一下空荡起来。没多久，一群人估计没在小周总面前怎么露脸，又"呼啦啦"地回来。

林稚跷着个二郎腿，屁股还没坐热，服务生端着一个盘子走进包厢，上了三大瓶威士忌。众目睽睽之下，服务生将酒递到那个张总面前，说："小周总让送来的，嘱咐我看着您喝完。"

"什么？"那张总脸上的横肉一颤，顿时僵住，"全部？"

他估摸了一下这个量，说："这酒太烈了，喝完这个，不死也得胃出血啊，这……"

"张总，小周总的意思，这酒跟今年的项目书，让您自己掂量。"

周围的人听得傻眼了："你什么时候得罪他了？哥，要不咱喝吧？我提前把救护车叫来，喝完咱就上医院，不会有事的。"

张总骑虎难下，心一横，抄起酒瓶就往嘴里灌。

林稚垂下眼帘，她没兴趣观看这个场面，拿了外套出去了。

刚才喝了点酒，此时酒精开始挥发，热气上涌，她蹲在路边，想吐却吐不出来。正难受着，一双男士皮鞋出现在眼前，林稚视线向上，在皮鞋主人的那张脸上睃了一会儿，是不认识的面孔。

"你还好吧？"那人有几分迟疑，出声。

"你谁啊？"

"我，周停。"

不记得。

她在脑海里搜索了一会儿，哦，在洗手间听墙根的时候，听到过这个名字。

追她的？

林稚懒得搭理他，往路口走了几步，偏偏打不到出租车，那人也没有走的意思。

好在没一会儿,岳千千到了。

林稚拉开后座的车门,还没进去,岳千千就捏着鼻子嫌弃道:"表姐,你怎么大白天还喝酒?"

"就两杯,大惊小怪。"林稚坐稳了,跟司机交代完地址,又冲岳千千嘱咐了一句,"不许跟你姑妈告状。"

"表姐,你这可就冤枉我啦。春节的时候,家里亲戚轮番套我的话,我都没有乱说。"

"得了吧,就你这大喇叭。"林稚吐槽了一句,脸上却是挂着笑的。

岳千千早林稚两年来江城,现在在江城一所医科大学读硕士,是她在这个城市里唯一的亲人。

取过行李,车子驶出市区,路越来越颠簸,岳千千的神色也越发复杂。

林稚新租的地方远离市中心,靠近郊区,一个老式居民区,连个正经物业都没有。街边零星几个铺面,泛黄的几个灯箱在阴雨中摇摇欲坠。岳千千还没来得及消化目之所及的一切,就被林稚推下车。

岳千千:"咱们出省了吗?"

"没,六环而已。"

林稚支付了车费,领着岳千千往最里面的一幢楼走。大约这里少有年轻女生出现,路边一个麻将馆里,几个玩牌的妇女不时投来探寻的视线。

林稚租的一楼,带一个小院。看得出来这里很久没住人了,院子里长满了荒草。一扇生了锈的铁门锁住了这里,但锁头坏了,一推就开。

岳千千深吸一口气:"表姐,你从哪儿找的这么个地儿?你打算在这儿修仙啊?"

"租房 App，你不会不知道吧？"

岳千千吐了吐舌头，说："我现在住的房子还是大四那年我爸妈陪我租的，一直没挪过窝儿。上次给你介绍的房东，是我唯一认识的一个。"

她好好参观了每个房间，瞧着里面的老物件，又是一阵大惊小怪。林稚有些头疼，让她打下手，还真不是一件容易的事儿。

林稚从包里找到一根发圈，一把将长发束起，开始大扫除。

一番清扫完，两人"呼哧呼哧"喘气时，门口有人敲门。

林稚歪脖看向窗外，院里站着一个中年女人，穿着一件橘色的短袖，撑着一把伞，一头汗。

岳千千总算找到个休息的空当，先林稚一步去开了门。中年女人立马挂上笑容，往里打量了一圈，问："新租客啊？"

林稚点了点头，出于对陌生人的警惕，没有说话。

"纯净水要不？"中年女人突然来了句。

中年女人见林稚一脸莫名地看着自己，扭身一指街对面的店："我家做桶装水生意的，刚上楼送货，碰见你搬家，顺便来问一句，要水不？"

中年女人怕她不买，赶紧补充一句："现在办卡，充值一百块钱送二十。"

岳千千扭头看了林稚一眼。

林稚点头："那办一个吧。怎么弄？"

中年女人拿出二维码，说："扫这儿就行。放心，我都是送货上门，你可以存下我的电话号码，有需要就打电话。"

扫完码，岳千千随她去店里拿卡了。

林稚检查了下，房间里的电器都能用，卧室得换个床垫，明天才能送来。她简单收拾了下，发现窗外一直有水滴漏进来。

找了半天问题的源头，约莫是楼上的空调外机出了故障。

那户人家窗户紧闭，黑色的窗帘挡得严严实实，看着像无人在家。

算了，她暂时没有精力处理这个问题，在床上垫了几件衣服，将就着刚躺下，岳千千回来了。

"表姐，了不得！"

岳千千一路小跑回来，衣服上落了雨，她顾不得整理，讳莫如深地说："你楼上住着一个怪人。"

林稚哼笑一声，这姑娘不知道刚才在人家店里听了什么八卦。

"有多怪？"

岳千千将她拽起来，说："你别不当真。听那老板说，那人在这儿住了几个月，房门都不出一次，回回她去送水，都没有人开门，附近的人连他长什么样都不知道。"

"人家爱清静不行？"

"年轻人哪个是这样的？大家都在猜，说——"岳千千凑近她，压低了声音，"那人是犯了什么事躲这里来的。"

林稚笑说："知道了。"

"你不怕？这地方连监控都没有一个，而且你这大门还是坏的。要不我今天在这儿陪你一晚吧？"

"你晚上不值夜班？"岳千千今年开始在医院实习了。

"我请个假……"

"不用。"林稚环顾四周，东西收拾得差不多了，"你想吃什么？我点外卖，吃了饭你就走，别耽搁。"

她打开外卖软件，看了一圈，这地儿实在偏，附近居然没什么饭店。

"要不，泡面？"她箱子里还有一些。

几分钟后，泡面搞定。就在岳千千咕哝着"表姐，你好歹是个老板，也太穷了"的时候，天花板突然"轰隆"一声巨响，吓得她立马停下吃面的动作。

缓了一瞬，林稚被她抓着手一通摇晃："楼上不会是在杀人剖尸吧？"

"你一个实习医生，见惯了大体老师，还怕这个？"林稚捡起掉在桌上的叉子，擦干净，递回岳千千手里，"再不吃，面吃了。"

岳千千几乎要哭了："表姐，要不咱还是回雅江吧？那里有山有水有田有地，你想怎么折腾都行。"

林稚撇嘴："然后跟你姑妈挑的男生结婚，做个洗衣做饭送孩子的妇女？"

岳千千哑哑嘴，不说话了。半晌，她才开口："那你也多招一个人合伙啊，多少有个照应。"

"一个人好，一人吃饱全家不饿。"林稚找来外套穿上，"走吧，我送你。"

天还没黑，林稚给岳千千叫了车，送走她。回来后，她发现客厅的桌上多了一个白色信封，打开，里面是一沓现金，约莫是表妹看她日子实在难过，接济她的。

林稚拿着那沓钱，找了把椅子坐下，失了神。

老街好像有一种说不清的魔力，雨还淅淅沥沥地下着，敲打着窗玻璃，让人特别犯困。她一觉睡到天黑，醒来的时候，身上疼得难受。

包里的药吃完了，她找了一件外套，撑着伞出门找药店。

这一片都是矮房子，最高不超过七层。居民区里，零星的灯光在细雨中闪烁，路灯坏了好几盏，黑夜里浮动着潮气。

她之前看房子的时候，记得路的尽头有家药店。没走出去多远，拐角的路灯下，站着一个男生，路灯将人的影子拖得很长。那人没有打伞，穿黑色的雨衣，佝偻着背。他个头很高，标准的雨衣长度只到他的小腿，一双白色的球鞋已经被雨水灌湿了。

鬼使神差，林稚在路过他的时候，看过去一眼。

然后,她立马倒吸一口凉气。

要不是浑身不舒服,没力气,她一定会惊叫出声。

她第一眼看到的是,男生手里抱着一个红彤彤的东西——不确定那"红"是不是血。他对着路边的水龙头冲洗,那个红团子好似在挣扎。

林稚第一反应是遇到变态了。岳千千白天一惊一乍的话,虽然没让她放在心上,但总归是留了个疑影。

男生感觉有人注视着自己,立马停下动作。细碎的雨点在两人之间落下,两人的面容都模糊了许多。

她站在低洼处,看着血水从他那里流向自己。在血水触及自己脚上那双人字凉拖的瞬间,林稚如同触电一般弹起,慌不择路地往前面跑。

她不知道跑了多远,扭头再看,男生居然追上来了。

这人刚刚莫非做了什么见不得人的事,被她发现,要将她灭口?

林稚加快了速度,但很明显,她的脚力不如男生。眼见身后的人离她越来越近,林稚丢了伞,一个转身,拿着手里那串钥匙对着男生的脖颈就是一顿扑腾。她想喊救命,但喉咙跟被人掐住似的,一个字也发不出来。

她又湿又热,像从河里扑腾了一圈被打捞起来一样。

一抬头,感觉有什么从头顶落下来,拂在她脸上有点痒。她抹了把脸上的水,看清了,是她的丝巾。林稚摸了摸脖子,丝巾不知道什么时候掉的。

"你怎么不出声啊?"林稚蹙眉,"大半夜的,想吓死谁……"

对方眼眸一黯,垂下眼。

这种情况很难让人不误会。

她重新捡起伞,起身时,朝男生怀里看过去。刚才的血团子已经被冲洗干净了,小家伙露着一双宝蓝色的眼睛,滴溜溜地看着她,张嘴"喵"了一声。林稚嗅到了一股特别的味道，倒不是她想象中的血腥味儿。

林稚抬头，男生刚好高她一个头，那张脸苍白无色。他的眼睛很黑，不知道是不是顺着光的原因，特别亮，稍微掩盖了一脸病态。

因为这双清澈的眼睛，她认出他来，是白天在机场咖啡店遇到的那个人。

她接过丝巾，攥在手里，语气缓和了些："谢谢。"

他没说话。

林稚转身，朝着夜幕里亮着灯箱的二十四小时药房走去，在心里嘀咕了一句：这人怎么莫名其妙的……

林稚要了几盒止痛药，结完账走到门口，忽然折返，对着玩手机的店员说："再给我拿点酒精跟创可贴吧。"

她提着药袋往回走，也没别的意思，只是想对这场误会聊表一下歉意，如果他还在的话……

林稚这样想着，抬眸看见不远处，站在路口的那道身影。

他在雨里走得很慢，给这个本就清凉的雨夜增添了几分孤寂感。

她快步走上前去，拍了拍他的肩膀。男生回头，她看见他脖颈上那道细长的划痕，是之前被她用钥匙划伤的。

"上点药吧，流血了。"她指了指脖子，把酒精跟创可贴递过去。

男生犹豫了下，伸出手来。林稚注意到他的手，手指修长，骨骨分明，苍白的手背上，血管清晰可见，长得很斯文很秀气。但他涂药的手法十分狂野，也没找着位置，对着脖子一通乱抹，好像应付式地抹完，着急要走。

林稚看不下去了。

"我来吧。"林稚接过棉签，然后拆创可贴的包装盒。

她撑着伞不方便，男生伸手过来拿过她的伞，倾斜着打在她的头顶，自己大半个身子露在雨里。

"你过来点。"林稚招手。

他挪近了,揭开雨衣的帽子,俯下身,视线跟她齐平了。他靠近得令人猝不及防,头颈相交,一股年轻男生的荷尔蒙扑面而来。

她撕开塑料纸,屏息帮他贴好。

从林稚这个角度,刚好能看见他的头顶,又粗又硬的短发茬。干爽的黑发下,那张脸没有多余的表情,端端正正。很少人能把板寸头留得这么好看,如果是学生时代遇到这种类型的男生,她一定会追。

一闪而过的念头,林稚觉得自己肯定是疯了。

她捏着撕下的包装纸,收回手。男生站直身子,把雨伞递回到她手里。

两人一前一后走在雨里,快回到院子的时候,一辆黑色的越野车碾过水坑,停在两人面前。从车上跳下来一个人,朝他们这个方向,挤了个夸张的笑容。

"凛凛。"那人叫了句。

走在林稚身后的男生脚步顿了顿,越过她,上前。他的动作很慢,跟他齐肩的男生却十分活泼,揽着他的肩膀往楼里走。

林稚在开院子铁门的时候,楼上的灯亮了。

原来,他就是岳千千口里的那个怪人。

就一小孩嘛,看着比她小半轮,怪点不是应当的?

庄旭走在周凛川前头,一眼就发现了搁在门口的快递。他"咦"了一声,意外地朝身后默不作声的男生问:"你买什么了?"

周凛川凑过去看,这快递不是他的。

这栋楼的构造很奇妙,他的门牌号上写的一楼,实际上是二楼。

他拿钥匙开门,庄旭一踏进房门,一股冷气扑面而来。现在是五月,开空调还为时尚早,这屋子里冷得跟容不下活物似的。

他搓了搓手臂上的鸡皮疙瘩,满屋寻了个遍,问:"遥控器呢?

你要冻死我啊？"

男生没理他，将快递盒放在玄关的柜子上。那里摆放着一块小黑板，他拿起粉笔，在那个写到一半的"正"字上补了一笔。

庄旭抱着手臂看他，说："这一黑板写完了，你打算干么？"

得不到回应，他蹙眉："凛凛，我跟你说话呢。楼下是姑娘怎么回事儿啊？"

周凛川抬眸看了他一眼。

庄旭"呵呵"两声，突然明白了什么："我说呢，你放着家里的豪宅不住，找了这么个破烂地儿。"

他的话又多又密，嘴巴跟机关枪一样。周凛川捡起一个枕头丢过去，示意他闭嘴，庄旭这才停止了。

庄旭无聊地打量了下房间。屋里安静得不像话，两片黑色的窗帘拉得严实，黑压压的，让人透不过气，大概从他上次走后就没拉开过。

裹在毯子里的小猫露出个脑袋，小心翼翼地嗅了嗅他身上的味道，轻轻"喵"了一声。庄旭没忍住，揉了揉它的小脑袋，叹了口气——跟它的主人一样，可怜的小鬼。

庄旭忍不住去欺负它，猫示威般地叫个不停。

周凛川扶额，家里有个缠人精还不够，又来一个让人头疼的。

如果不是这只小野猫一个小时前打翻了厨房里的番茄酱，家里的水管又恰好坏了，他才忍无可忍地出了门，还被当成坏人，莫名其妙挨了顿打。

他想了想，头更疼了。

庄旭跟这只狸花猫玩了一会儿，很快察觉到旁边的人状态很不好。等到凑近的时候，才发现他全身都在发抖，庄旭立马变了脸色："你感冒了？"

他伸手去碰周凛川的额头，被对方制止。庄旭按住他再去探，力气太大，周凛川终于发出了闷哼声。

这声音落在楼下林稚的耳朵里，让她手上动作一滞。

这老式居民楼，隔音效果并不好。

林稚倒了两粒药在手心，淡定地吞了。

大概是淋了雨的缘故，周凛川感觉头昏昏沉沉的，此时庄旭已经在翻箱倒柜。

"你的药呢？周凛川，你什么身体你自己不知道？你想死是不是？"

庄旭怒吼的时候，周凛川绕过他，打开了门口柜子的抽屉，拿了一板白色的药片，掰下两粒送进嘴里。随后，他趿着拖鞋走进浴室，"哗啦啦"的水声，让整个房间热闹了些许。

庄旭撇了撇嘴，嘀咕："本少爷学医这些年，就没见过像你这么不听话的病人。"

周凛川站在简陋的浴室里，蒸腾的热气让他的脸泛起些许血色。他在镜子前站了一会儿，伸手碰了下脖颈上的创可贴。大概是擦了酒精的缘故，伤口凉凉的。

庄旭在他家闹腾了一夜，第二天急着去上班，临走前多事地问："这快递是我给你带下去，还是你亲自去送？"

见男生瞪着自己，庄旭这个情场老手耸了耸肩："还是你自己送吧，正好一来二去就看对眼了。看对眼了之后呢，就有故事……"

在庄旭说更多话之前，周凛川将他跟快递一起赶出了门。

庄旭扶了扶眼镜，在心里吐槽这家伙真不经逗。

想来周凛川这个闷葫芦白活了二十几年，顶着一张帅得惨绝人寰的脸，成天把自己关在家里。

世界多灿烂啊，白瞎了那张脸。

他边穿衣服边下楼，楼下那户的女主人正拧开院子里的水龙头

第二章

不速之客

林稚的工作室还没正式开工，在这之前，她得把仓库收拾出来放材料，加上之前在网上接的一些活还未完工，等她想起楼上定制的猫窝时，已经是一个星期后了。

那人走得匆忙，她连尺寸也没来得及问。

林稚看了眼二楼紧闭的窗户，决定上楼一趟。

拿好卷尺，她一路小跑上楼。到了201门口，她抬手敲了敲门，半刻，无人应门。

她继续敲，门依旧紧闭。

就连隔壁202的主人都被她敲烦了，一个有点婴儿肥的小姑娘拉开一条门缝，探出头来，提醒她："是不是人不在家？"

林稚不死心，站在门口等了会儿，见实在无人应，不得不放弃。然而，在她转身正要下楼的时候，身后"咔嗒"一声，门开了，里面传来一股很浓烈的药味。

林稚转身，男生嘴唇发白，疲倦的眼神扫到她身上，也不说话，疑惑地蹙眉，等她说明来意。

"上周你朋友来我店里，给你定了个猫窝，方便我进去量一下尺寸吗？"

男生盯了她一会儿，摇头，正要关门，林稚伸脚堵住门。

摇头什么意思？现在是不方便，还是不想做？

给个准话啊，打算急死谁？

两人拉扯之间，林稚掏出手机，准备给那个下单的客人发微信，突然手里一空，男生从她手里拿过手机，就着弹出的对话框，打了四个字：不用，谢谢。

林稚呆了一瞬。

原来他说不了话。

她拿回手机，回了一行字：要是你不想外人进去，你自己量好后发我就行。

/022/

她又补了一句：不会很麻烦。

男生静了片刻，神色稍霁，让开了道。

林稚原本以为这家主人死宅，房间里肯定泡面碗成堆、垃圾遍地，出人意料，除了屋内只有黑白色，陈设虽然简单，但出奇的干净。林稚穿着鞋刚走了两步，便不好意思地退了出去，脱掉球鞋，穿着袜子进了门。

窗帘没拉开，整个房间很暗，只有客厅亮着一盏落地台灯，越往里走，越感觉到湿冷。

林稚问：你打算把猫安置在哪儿？

男生随便指了个靠近阳台的位置，那个角落放着一只猫碗、一个小水盆。

林稚走过去，原本躲在窗帘后面窥探的小猫突然跳出来，跑到她身边，亲昵地蹭她的小腿，还挺黏人的。

她这才认真地打量了它一会儿，不是名贵的宠物猫，而是随处可见的小田园猫，叫唤起来奶声奶气的。

周凛川将林稚领进门后，没怎么招呼她，坐在沙发侧翼上，托着脑袋玩手机。阳台的窗帘被女人拉开一扇，温暖的阳光流淌在屋子里，有些刺眼，但也能忍受。

他刷了一会儿短视频，实在无聊，目光往角落里一瞟。女人穿着卡其色的工服，扎着高马尾，戴着一副银丝边眼镜，跟初见她时的一脸精致妆容不同，现在更像个乖巧的学生妹。她垂头认真地看着卡尺上的数字并记录，碎发从额头落下来，挡住眉眼。

他再要细看，林稚突然起身。在被发现之前，他收回视线，瘦长的手指捏着马克杯，默默喝了一口水。

她随身带了纸和笔，站在那里画立体稿，一时半会儿不会结束的样子。

就一个猫窝而已，不至于这么复杂吧？但是她太认真了，以至于衬托得他太闲。

周凛川起身热好水,将水倒在杯子里,放在茶几上等着凉。

倚在沙发边站了一会儿,他忽然想起自己还穿着睡衣,回卧室换完衣服出来的时候,女人已经走了。

那杯已经凉了的白开水没被动过,房间里又冷了下来。

林稚从201出来时,刚才跟她在楼道里说话的女生突然开门出来,一脸八卦地询问:"姐姐,那家主人还活着呢?"

她笑着回:"怎么这么问?"

"我没见他买过菜,人不吃东西,能扛那么久吗?"

"他每天晚上下楼。"林稚回答,她见过。

女生"哦"了一声,随后"嘿嘿"两声:"他长得好像大明星。"

林稚看了她一眼,这女生看着二十岁左右的样子,有点婴儿肥,但一双眼睛很大,显得她整个人很可爱。

女生一路跟随她下楼,进了她的工作室,"哇"地叫出声来,忍不住问道:"你这里面好别致啊,姐姐,你是搞艺术的吗?"

"我就是一做家具的。"

"好厉害!这么好的店,开在我们这个偏僻地儿可惜了。"

林稚笑笑不说话,见她拿着展示柜上一个雕刻品爱不释手,便问:"你喜欢吗?送给你。"

"啊?"女生有些不好意思,犹豫着要不要接受。

"我自己做的,非卖品。"

女生这才大方地收下了,说:"我要发到我的班级群里,这不得羡慕死他们。"

"你是大学生?"

"嗯,我叫何瑶,念的广告学,大二。"

林稚点头:"现在还不到暑假吧?"

"嗯，我身体出了点状况，休学一年。"何瑶找了一张椅子坐下来，"这条街没什么年轻人，我爸妈也经常不在家，你都不知道我有多无聊。"

"常来玩。"

"一定。"

女生蹦蹦跳跳上了楼。林稚在院子里待了一会儿，往楼上看，不知道是不是她的错觉，那扇紧闭的窗帘好像拉开了一丝缝。

林稚将材料归置，一个猫窝让她在工坊里待了两天。她干活的时候需要极度安静，经常误了饭点。

这天她饥肠辘辘地收工，清点好工具，伸了个懒腰，衔了个面包就抱着一堆木头上楼了。

她站在201门口准备敲门，刚一抬头，门开了。周凛川站在门口，手里提着个黑色垃圾袋，准备出门的模样。

她要张嘴说话，突然想起他的状况，一时又腾不开手来。短暂的时间里，她在脑袋里构思了好几种表达方式——用脑袋或者仅能活动的腿比画。

但哪种都没用上，男生把门缝拉大了点，然后自己拎着垃圾袋下楼了。

似乎是让她先进去的样子，但她不确定。

林稚不是那种没有边界感乱闯别人家的人，她站在楼梯口等了会儿，男生小跑回来了。昏暗的白炽灯光，映照着他清瘦的轮廓，上面有细碎的汗珠。

楼下的垃圾桶距离有点远，正常人步行过去，起码要五分钟吧。但他只用了一分钟？甚至还不到。

林稚的思绪在脑子里转了个弯儿，手上的东西一空，被他单手抱在怀里，进了门。

她跟了进去。

她在手机上打出一行字：现在方便安装吗？

周凛川低头打字，林稚等了一会儿，上面写着：可以。

他继续打字：你可以正常说话，我会读唇语。

她点点头，递过去一张纸，说："你收好，以后拆卸的时候用得上。"

周凛川慢腾腾地拿起来看了一眼，是一张图纸，上面被人画得密密麻麻，看着乱七八糟的。他目光下移，视线在右下角停了停。

林稚还在说话："你这猫看着不大。"

她用手比了比，确定门洞的大小没问题，扭头见男生还捏着那张纸发呆。林稚顺着他的视线看过去，纸页上是一张废稿，右下角是她用铅笔勾画的一张脸，而脸的主人现在正神色不明地盯着自己。

林稚头皮发麻，但又觉得只是一幅素描而已，他应该不知道她画的是他。她故作淡定地走过去，将纸页翻了个面，说："搞错了，这页才是。"

背过身的瞬间，林稚恨不得把自己的手当场剁掉。

好端端的，没事画人家干什么？

画就画了，还被当事人逮个正着。

周凛川没察觉到旁边女生内心的波涛汹涌，垂首看猫窝的图纸，上面标得极细，每一块木头的用处都写得清清楚楚。都说字如其人，她人生得天然美艳，字也娟秀，蝇头小楷。

看男生将图纸收好，林稚收起心思，往阳台方向走。小猫站在沙发上拱了拱背，长长地打了个哈欠。林稚敲了敲它的小脑袋瓜，它没躲。

"小家伙，又见面了啊。"

安装过程并不复杂，她很快弄好，起身时手上有些脏，一直站在她身后的男生指了指厨房。林稚走进去，拧开水龙头，没出水，是哪里坏了。

"你这厨房没水。"她看着周凛川说了句。

男生走过来，又拧了一圈水龙头，一点水没出。

"你家别的地方有水吗？"

周凛川点头。

"你搬过来多久了？"

周凛川：三个来月吧。

"你都没发现？你没做过饭啊？"林稚只觉得这个人很神奇。

周凛川一指客厅的外卖单，上面有一串订餐电话。

站在男生背后的林稚瞪了瞪眼睛，这家伙该不会是故意把她引过来维修的吧？

得，买个猫窝，还得赠送一项服务。

她舒出一口气，蹲下身打开橱柜的门，果然，出水口的阀门都是关着的。

林稚尝试着拧了一圈，上面生了锈，拧不动。

"有扳手吗？"林稚问。

周凛川茫然地看了她一眼。

这小孩大概不知道扳手是啥玩意儿。

林稚起身，在厨房里踅了一圈，橱柜顶上放了个工具箱。她一米六七的个子完全够不着，想找周凛川帮忙，那只猫不知道打翻了什么，他蹲在客厅的地上，正收拾残局。

林稚只得去吧台搬了一张椅子，勉强能够到。手指一点点将那个工具箱抽出来，另一只撑在柜面的手稍一用力，脚底踩的椅子突然旋转，她惊呼一声，心中警铃大作，整个人被甩了一百八十度，在重力的支配下，直直向地面撞去。

但没有发生她想象中的惨状。

林稚定下心神，才发现她整张脸撞进男生的颈窝里。

周凛川那么高的个子，在接住她的同时，他踉跄了一下。因为脚下不稳，她不由得向前低了低身子，粉色的裙摆垂在周凛川的小腿上，轻轻晃动。少年的脸离她很近，她甚至能感觉到他身上散发的热气。

那温热的气息就拂在她的耳侧，像夜风过隙，悠悠荡荡。

林稚忍不住避了避。

周凛川低头，那晃动的裙摆就像烧红的晚霞，而同样烧红的还有他的耳根。

他第一次跟一个女生隔得这样近，近到难以控制自己的心神。

林稚闻到一股薄荷味，来自他，裹着她身上喷洒的一点点橙子香水气味。

这个姿势维持了几秒后，男生终于动了，扶住她不盈一握的腰肢，小臂发力，将她托起放到地上。

"你哪儿不舒服吗？"林稚问。

周凛川盯着她，不明所以。

"你身上有点烫。"

她正儿八经一句话，在此时此景下，落在男生耳里，却更像一种调戏。周凛川不自然地别过脸，先她一步捡起工具箱里的扳手，对着阀门轻轻一拧，松动了。

那个地方好像破损了，水一下滋出来，好不容易用胶带堵住，站起身的时候，少年的发梢湿漉漉的，睫毛也沾了水珠，肤色白净，眼神无辜，站在那儿，像一只落水的小狗。

林稚"扑哧"一声，笑出声来。

在楼上耽搁了一会儿，下来时，已经夜深了。虽然已经入夏，但昼夜温差大，快入夜的街道有些湿冷。她回屋加了一件外套，端了一杯热水，在院子里坐了一会儿。

这会儿屋外树影婆娑，偶尔有几辆货车经过，带着呼啸的风声。

门口道路上的电线杆下似乎站着一个人,不知是不是她的错觉。那人眸色幽深,时不时朝她院里看。

林稚没多想,从她把工作室搬到这里开始,每逢有路人经过,总会好奇地窥探。

她窝在躺椅里,闭目养神了一会儿,享受着这份闲适。她正神游时,想到方才男生被她笑得一脸涨红的模样,一下又乐不可支。这是谁家小孩啊?这么纯情。

她乐了一会儿,微信里有消息进来,是岳千千发来的语音。

"表姐,你那儿怎么样?"

"还行。"

"楼上那个怪人你见过没?是不是肥头大耳的中年谢顶男?"

林稚笑了,跟她说的天差地别。

"没你说的那么夸张。"

"你一个人在外面,一定要注意啊,平时防狼工具都要随身携带,千万不可大意。"

"好。你实习怎么样了?"

岳千千差点痛哭:"天杀的,给我分的带教师哥超级凶,今天一个下午净找我碴了,流年不利啊。表姐,我要不转行吧?我给你打下手行不行?"

"那你等我发达那天,我聘请你做我的私人医生,年薪百万。"

"表姐,我觉得你可以!"

林稚笑着把手机扔到一边,刚要锁门睡觉,突然一双男人的手从即将关闭的门缝伸进来。她吓了一大跳,连连后退几步。

"你是谁啊?"

外面天色渐深,来人逆着光,看不清楚面容。等她拿了手机,打开手电筒,才看清他的脸,那张脸她见过的。

"周……周什么来着?"

"周停。你不记得我了？"

男人似乎喝多了，对她一脸陌生的神色尤为愤怒。

林稚在脑袋里搜索了下，前不久，她确实见过他。

不过，他怎么找到这儿来的，林稚警觉起来："你跟踪我？"

周停没否认，烦躁地搓了搓头发，说："我只是想来见见你。"他说着朝林稚走近了几步，燥热难耐地扯了扯胸前的领结。

林稚一个侧身，抱着手臂，面无表情地抬头："不好意思，我现在要休息了，请你出去。"

那人仰头"呵"了一声，目光幽深，死死地盯着林稚："你还是像以前一样不可一世啊，高高在上，一个眼神就能把人践踏得一无是处。你有什么啊？从前你确实厉害，大设计师、大老板。现在你有什么？躲在这个破地方，你也就是一摊烂泥而已。

"你凭什么瞧不起我、无视我？我从大学开始就喜欢你啊。是，以前我是没什么本事，可这么多年我努力奋斗，什么都有了，你怎么还是不正眼瞧我？你全身上下不就剩一张脸吗？早就被人玩烂了……"

林稚直视着男人，目光很冷，像看一堆垃圾。

突然，院子里有人动了动。林稚移目看过去，是何瑶，大概是来找她玩的。

何瑶没见过发酒疯的人，一脸惊恐地看着屋内，动也不敢动。

"瑶瑶，上楼去。"林稚尽量让自己的声音平和下来。

"姐姐……"女生看着她。

"没事。"

何瑶犹豫了下，消失在夜色里。

林稚松了口气，准备拨打110报警。还没等她在按键上输入号码，手机被人夺了去，重重一摔。

她这才意识到，遇到个真疯子了。

再出声时,她的嗓音已经有点发抖:"请你离开……"

话还没说完,男人的手突然伸过来,捏住她纤细的脖子,往墙上按去。

她的后脑勺受到猛烈撞击,疼得眼睛都有些睁不开了,只感觉炽烈的呼吸从自己的下颌喷薄而来,带着刺鼻的酒气。

林稚走后,周凛川洗了个澡,他把屋里的空调开到最低,还是热。

他坐在客厅里,手机被他扔在一边,发了一会儿呆,跑到那个猫窝前坐了会儿,手指有一搭没一搭地敲着上面的小木门。猫翻着肚皮躺在里面,一双眼睛滴溜溜地看着主人,尾巴晃动得可欢快了。

周凛川溢出一丝笑,小东西这么快就享受上了。

他没注意到有人敲门,事实上,他也听不见。

只是那只猫听到门口的动静,蓦然翻身而起,跳出猫窝,跑到玄关处,警觉地盯着门,随后冲周凛川"喵喵"叫个不停。他察觉到异样,趿着拖鞋去开门,见一个小姑娘气喘吁吁地站在门口。

"那个……"何瑶扶着腰上气不接下气,"楼下出事了。"

周停用脸在林稚耳下厮磨的时候,她这才感觉到男人跟女人之间的力量差距有多大,尽管她这个时候依然保持着冷静,但推开他的概率依旧几近于无。

就在她等待着时机的瞬间,客厅大门突然被一脚踹开。

伏在她身前的男人闻声停下动作,看向来人。在他愣怔的瞬间,衣服被人从后面抓住,整个人被甩到地上。

男人吃痛地哀号起来。

周凛川一手掀起餐桌上铺着的一张蓝色印花桌布,上面摆放的水杯跌碎一地。

下一刻,他用桌布裹住林稚被撕扯得衣衫凌乱的上身,将她当在身后，狠厉地盯着地上哀号的男人。

周停脸上的表情狰狞无比，挣扎着起身，丝毫没有就此作罢的意思，抄起身旁一个花瓶，就往周凛川这个方向砸过来。周凛川没躲，转身牢牢护住林稚的头。

花瓶重重撞击在周凛川的后脑勺，林稚不敢看，当她睁开眼时，周停又来了第二下，花瓶在撞击中碎成两截。男人再要去寻攻击物时，周凛川一个飞扑，倒地的瞬间，将男人压在身下。

周停酒醒了大半，看着一脸狠厉的周凛川，错愕地挤出两个字："是你？"

周凛川没给周停多说话的机会，抓住男人的手腕，卡住他的关节，把他的胳膊扭到身后，另一只手掐着他的后脖颈，将他的脸使劲朝地上撞去。

男人的头瞬间血流如注。

撞见这一幕的何瑶尖叫一声，靠在门边颤抖不已，瘫软在地。

林稚逼着自己冷静下来，捡起脚边的手机，虽然屏幕已经被摔碎，但勉强还能用，她拨打了110。

报完警，林稚扭头看过去。

男生的黑发细碎地散落额前，眼睫似鸦羽，面容在阴影里显得晦暗难明。他攥着那个男人的脖子，把对方死死地按在地上。

林稚这才腾出工夫去看何瑶，灯光下，女生的脸色尤其苍白，唇色乌青。林稚连叫她几声，都毫无回应。

他们一行人是坐着警车去医院的，老街离医院太远，救护车比警察来得慢。林稚打了岳千千的电话，一路上，按她教的做了临时急救，这才没出什么大事。

何瑶的父母凌晨时才匆忙赶到，没等林稚解释就冲进了病房。

她去缴完医药费回来，发现周凛川坐在外面走廊的长椅上，靠着墙睡着了。

他看上去极累,不过在她走过去的瞬间,他醒了,抬了抬眼皮,单手在手机上打了一行字:你没事吧?

林稚觉得有事的是他吧。他的左手无力地垂在身侧,不知道是不是骨折了。

这时旁边病房有医生出来,林稚叫停了那个人:"医生,麻烦帮他也看看吧。"

那人扭头看向女人,揭下口罩,惊讶地叫了她的名字:"林稚?"

周凛川抬眸看向他胸前的名牌——夏云舟。

他们是认识的。

他不知道为什么要留意这个医生,可能是因为对方的神情看起来跟他身边这个女人太过熟络,让他忍不住在意。但他没表露出来,只是沉了沉气。

三个人去了治疗室,周凛川的后背上还残留着玻璃碴,有些已经嵌进肉里。

他是怎么硬扛这么久都不吱声的?

实在不好上药,只能剪掉衣袖,夏云舟拿消毒棉球在周凛川的伤口附近清理了一下。拔玻璃碎片的时候,林稚看着都觉得疼,但周凛川一声都没吭一下。

周凛川赤膊的时候,从林稚这个角度,刚好看到他的肩膀。

他的肩很宽,很结实,手臂撑在腿上的时候,斜方肌有一条好看的弧线。林稚很难相信像他这样把自己锁在屋子里大门不出二门不迈的人,也有这么好看的肌肉,而且不是一朝一夕能形成的,更像是经过长久的锻炼。

联想起他打架时的模样,林稚生平第一次对一个比自己小这么多的男生感到好奇——

他是做什么的?好像不是普通人。

"他这个伤口太深了，需要定时来换药，不然很容易发炎。"夏云舟放下镊子，起身给周凛川缠上绷带，"我先给他开瓶点滴，他烧得太厉害了。还有，这段时间注意不能碰水。"

"饮食方面呢？"

"清淡就行，不要喝酒。"

他看了一眼林稚，见她在仔细记录注意事项，顺口问了句："他是你什么人？"

夏云舟突如其来的一问，让林稚猝不及防。

初见时，他拿错了她的伞，而她在马路上救了他；后来他是她的顾客，今晚却又为她打了一架。

他俩算什么关系呢？

"邻居吧。"林稚寻了个言简意赅的答案。

坐在椅子上的男生看了她一眼。

这时，治疗室的门被突然推开，进来两个人。

"凛凛？"

"表姐？"

两人异口同声地喊了声。

岳千千比她身旁的男人先跑过来，揽着林稚的肩膀仔细查看，问："你没事吧？"

"你怎么来了？"林稚讶异，她没跟岳千千说来这里的事。

岳千千说："我有个大学室友在急诊科，你俩见过，她跟我说的。这是怎么回事啊？"

"有人醉酒闹事。"林稚言简意赅地答，平静地将今天发生的事讲述了一遍，"还好邻居帮了忙，警察已经把人带走了。"

"你怎么不第一时间给我打电话啊？"岳千千有些内疚。

"你那么远过来也来不及啊，还三更半夜的。"林稚安抚她，"我没受什么伤，他俩比较严重。"

岳千千顺着表姐的视线看过去,一个跟自己年纪相仿的男生坐在看诊桌前,垃圾桶里有带血的玻璃碎片,不难想象当时的情况有多危急。

"还有一个呢?"

"在急救室里,被吓晕了。"

治疗室因为后面两个人的到来,一下变得拥挤起来。

周凛川安安静静地坐着,旁边的庄旭不知道在跟他说些什么,他懒得去看庄旭的唇语。突然,庄旭怒气冲冲地站起来,要上前质问林稚的样子。周凛川伸手拽了下他,神情里写着"别多事"。

但这一幕落在林稚眼里,却成了庄旭吃醋的样子。看着两人拉扯的双手,她沉默地移开视线。

岳千千凑到她耳边,小声问:"那小帅哥是谁啊?"

"就是你说的那个怪人。"

"啊?"岳千千不由得多看了他几眼,剑眉星目,这男生好看得不像话。她眼珠一转,"那他都为你伤成这样了,你俩——"

"没你想的那事。"

岳千千挑了挑眉,神情里写着"我看未必吧"。

林稚懒得理会她熊熊燃烧的八卦之火,正要拿着夏云舟开的单子下楼拿药,刚走到走廊,却被夏云舟叫住:"要不让庄医生去吧,他对这儿熟一点,我有话要跟你说。"

庄旭点头:"没问题啊,他本来就是我的朋友。岳千千,你领他去输液室吧,我随后就到。"

"哦。"岳千千松开林稚的手,领着周凛川走了。

"怎么了?有事啊,夏医生?"

"我还要问你呢,你有什么事,这么久都不来医院复查。我上次就跟你说过,你车祸伤得太严重,可能还会有后遗症。"

林稚神情摇摆不定,说:"忙。"

她顿了顿，又接着说："夏医生，你知道当初我命悬一线的时候，脑子里第一念头想的是什么吗？及时行乐。我连恋爱都没正儿八经谈过，死了太亏了。"

"我听说肇事者已经入狱，你是不是得罪了什么人？"

她笑道："就是运气不好，遇上了酒驾。好了，夏医生，别板着一张脸，我听你的，好吧？"

夏云舟默了默，半晌，才吐出一句话："定期复查。"

"好。"她敛住笑，"我一会儿就跟你去，行不行？"

凌晨的医院走廊，来往的人依旧不少，有推车从两人身侧疾驰而过，夏云舟揽了下林稚的肩膀，将她带到身侧。猛然的拉扯，女人的发梢拂过他的脸，留下淡淡的香味，让他片刻失神。

林稚倒没注意到夏云舟的异样，只是一侧脸，见周凛川推着点滴架子，站在病房门口。他随意披着一件灰色的大衣，大概是庄旭给他找的，显得肩宽腿长。他用纸巾擦着手，像是刚从厕所出来。

在与林稚四目相交时，他别过视线。

不知道是不是她的错觉，她看到他脸上不悦的神色。

顺着他的视线看下去，一楼大厅里，一个身穿白大褂的女人正挽着庄旭的手臂，两人说说笑笑，举止亲昵。

这时，有护士路过周凛川身旁，话语中有些责怪："哎哟，你这个血都倒流了，快回去坐着吧，不然还得重新扎针。"

"那人是谁啊？"林稚多嘴问了一句。

夏云舟顺着林稚手指的方向看过去，说："庄医生的女朋友吧，麻醉科的。怎么突然问起这个？医院里的八卦我知道得少。"

"没事儿。"

林稚推开夏云舟搭在自己肩膀上的手，快步走向周凛川，接过护士给他举高的药瓶，说："我来吧。"

两人挑了一个角落坐下，安静地待了会儿。

"要不要看部电影？"实在无聊得慌，林稚提议，"你手机在哪儿？"

周凛川的目光望向裤子口袋。

"你平时喜欢看什么？爱情电影还是动作片？"

她询问着，起身去找他的手机。手在他的口袋里摸索了一会儿，突然觉得男生不知从什么时候开始僵硬了许多，她以为他的烧还没退下来，伸手去探他的额头，男生不自然地躲开。

林稚一时莫名其妙，疑惑地看向他。他的目光有些复杂，盯着她看了很久，率先移开视线。白净的脸上泛起微微的红，璀璨如星的眼睛因为一丝赧然，变得醉人的漂亮。

她笑了笑，心道：可惜了。

周凛川被她笑得头皮发麻，心想：她笑什么？

还有，这个姿势要持续多久……太近了。

周凛川感觉脖子一阵痒，难受地后退了些。等到林稚终于从他的口袋里掏出手机，他屏住呼吸好一会儿，心神才慢慢定下来。

林稚随便找了个电影打开，她没什么心思看，充当手机支架的作用。

但她身旁那位更是没有看，两个精力不集中的人机械地盯着手机屏幕。一个小时过去，输液室里的人走了大半，后排就剩他俩。林稚昏昏欲睡，有人来了，带着一阵淡淡的香水味。

她抬头，岳千千正托腮看着自己。她吓一跳，打了个哈欠，问："你什么时候过来的？"

"有一会儿了。值了一夜的班，我还没来得及换衣服呢，就被庄医生催着上来看看。他跟庄医生关系不一般哦？"

林稚勾唇表示肯定，但想到夏云舟说过庄旭有女朋友，不由得蹙眉。

岳千千递给她一个食盒，说："吃点吧，忙活一晚上了。"

/037/

林稚接过，打开包装盒。

"你刚跟夏云舟聊什么呢？"岳千千突然一问，打断她的动作。

"没什么，瞎寒暄。"

"他喜欢你。"

"你够了啊，别瞎说。"

"真的，夏云舟在我们医院那是有名的高岭之花，多少医生、护士想跟他走近点，都被拒之门外，他看你的眼神就跟……"岳千千顿了顿，"你看那位一模一样。"

"哪位？"

"就是你恋爱未遂的那位，现在周氏集团的当家人，周——"

岳千千还没说完，林稚伸手捂住她的嘴，警告："你够了，我说过别再提。"

岳千千揉了揉被她捏疼的腮帮子，点头如捣蒜："我知道了。不过，还好那人是过去式了，我听说他只是周家的养子，根本不算正儿八经的豪门。周氏集团真正矜贵的那位，根本不屑管理集团，混体育圈的，你见过真人吗？"

"没印象。"

"果然最神秘的富二代只在传言里存在啊！"岳千千感叹一声。

林稚没心思听她的话，闻到食物的香味，确实饥肠辘辘，迫不及待地咬了口灌汤包，感觉自己活过来了。她连吃了两个，才想起旁边那位，转头看向周凛川。

他低头玩着袖子，不知道在想什么，垂着眼，显得有些落寞。

趁他抬头，林稚夹了个灌汤包，递到他唇边。

两个人慢悠悠地吃完一盒灌汤包，周凛川的吊瓶也打完了。在他去拿药的时候，她还是被夏云舟叫去做了一个断层扫描，要两天以后才能拿结果。

电梯口人挤人，她走楼梯从三楼下去，正好遇到在楼梯口跟女医生你侬我侬的庄旭。本应装作没看见离开，但下了几级台阶，她又折返，打量着两个人。

庄旭抬头，松开女医生的手，让她先走，笑着跟林稚打招呼："林小姐，有事啊？"

"本来吧，你们的私事轮不到我插嘴，但你这样不道德吧？"

"啊？"庄旭看着女人严肃的脸，莫名其妙。

"麻烦请你处理好上一段感情之后再开始新的恋爱，你如果利用一个人的残缺欺负他，那就太卑鄙了。他帮了我，如果你让他受到伤害，别怪我让你在这个医院混不下去。"

庄旭张张嘴，一时之间不知道说什么，看着女人消失在楼梯间，他失了神。

林稚去病房找何瑶，被护士告知她醒了，身体没什么大碍，已经跟父母回家。

岳千千一路跟出来，死活闹着要送林稚回去，被她赶回宿舍补觉了。林稚站在路口打车，在顺风车来之前，周凛川已经拿了药出来，一路上，林稚只觉得困极了。

周凛川精神倒是不错，他本来就觉少，坐着发了一会儿呆，手机振动，一条微信来自庄旭：凛哥，你这是从哪儿找的这么个祖宗啊？凶起来吓死人。

周凛川：你又怎么惹到她了？

庄旭：我发誓我什么都没做。

手机震动感太强，周凛川侧头看了眼熟睡的女生，调低了些。

庄旭：她大概是误会了我跟你的关系，又撞见我新交的女朋友，以为我劈腿，将我好一顿骂……

庄旭：该说不说，她这个人还是挺护短的。

周凛川没忍住，鼻尖溢出一丝笑。

庄旭：你小子该不会在暗爽吧？收着点，兄弟，倒也不必让全世界的人都知道你对她有意思……

周凛川：活该。

庄旭：我受到一万点伤害……

他正疯狂打字控诉，手机里突然收到五位数的转账。

庄旭：这钱，什么名目？

手机这头的人淡淡打出一行字：她算打个巴掌，我给你颗甜枣吧。

庄旭：合着我是你俩Play（游戏）的一环。

周凛川勾唇抬眸，车身突然颠簸，女生身体向右侧滑去。在她的头撞向玻璃的瞬间，周凛川的手从她的后颈绕过去，稳稳地托在她的耳边。

第三章

那双眼动人

林稚只感觉自己被拽入那个她不愿记起的雨夜，阴冷又绵密的雨水降落，空气的气压极低。她独自开车回家，也许是刚发生过一次剧烈的争吵，此时她心情不佳，扫了眼后视镜里那辆从周家大院开出来便一路跟随的黑色路虎，她猛踩一脚油门，隧道里传来轰鸣声。

从车窗外卷进来的寒风从她锁骨间拂过，心里太冷，她竟一时不觉得这冬至的雨天有多糟糕了。

手机不断传来嗡鸣声——

"林稚，你回来！我们好好谈谈。"

"你现在的状态不适合开车，停在路边吧，我让司机来接你。"

"我现在身上的担子太重，没办法顾及感情，现在我选择进入婚姻，不过利益所致。如果可以的话，你等我三年，三年之后，我会来找你。"

林稚气笑了，扶住方向盘的手在怒极之下颤抖不已。

"你觉得我凭什么要一个离过婚的男人？"

回完这句话，她只觉喉咙如同被人死死掐住，呼吸困难。

刚出隧道，倏然之间，前方传来一声剧烈的轮胎摩擦声，原本疾驰在对面的油罐车瞬间变道，冲着她的车迎面驶来。

情急之下，她疯狂打方向盘，想要转向避开，但距离已在咫尺。

就在这时，那辆黑色路虎疾驰，冲向她的前方。在驾驶位上的男人与她擦肩而过的瞬间，林稚惊恐地看向他的脸。

刺眼的光线下，她看不清他的轮廓，就连他身上穿的那件青色开衫，也失去了本来的颜色，尤其是那双眼睛，深邃幽沉，坚定果决，带着一丝火星，连同他的车，一起刺破昏暗的雨夜，不顾一切地冲向原本要撞上林稚的油罐车。

那一瞬间，林稚的大脑一片空白，除了流逝的时间，其他一切仿佛都静止。

耳畔传来撞击声，那巨大的冲击力，连她已经刹停的车身也未能幸免，三辆车齐齐冲出护栏。

天旋地转，她的眼睛完全被血糊住，无法视物，只有微弱而急促的喘息声，表明她还活着。

林稚睁眼时，依旧在车上。

外面天气晴朗，风和日丽，那已经是半年前的事了。多处骨折让她在医院躺了整整两个月，很难想象，那个被周彦臣派出来跟着自己的司机，伤得有多重。事实上，当时她想过去探望，但那人音信全无，无法查到踪迹，也许真的死了。

她不得不佩服周彦臣的驭人之术，只一个命令，就能让一个人甘心赴死。

他让她背上一条命，她恨他。

而那场车祸也并不是油罐车的司机酒驾所致，司机是周氏集团收购的一家工厂的老板，因不满而泄愤，想要报复，偏偏周彦臣身边保镖如云，让他无法近身。八卦新闻上，周彦臣的绯闻满天飞，所以他想到找上绯闻女主林稚。

周彦臣依旧是高高在上的周总，而她已经粉身碎骨了。

林稚擦了擦满头的汗，察觉到男生扶在自己脖颈上的手，一扭头撞上他的视线。

男生低头打字：没事吧？

林稚摇头，注意到他肩膀上的伤口又裂开，血渗出来，将白色T恤染红。

他把自己的手……垫在她的脑袋下，垫了一路？

林稚看了看时间，已过了半个小时。

她想帮他擦一下，但男生仿佛不愿意让人触碰，套上外套。

车一路驶进老街，她在一家手机维修店前面喊停。手机触屏部分失灵，换个屏幕四百块，林稚在换新手机跟换屏幕之间犹豫了下，最后选择了后者。修完手机走出店门，她撞见倚在墙边的周凛川。

"你怎么没坐车,走回去有一千米,你不累啊?"林稚问。

他打字:饿了。

像一只无处栖身的小狗。

林稚心里莫名生出一股怜爱,眼角晕开一丝笑意:"想吃什么啊?姐请客。"

她一摸口袋,给何瑶付了医药费,刚修手机屏幕又花了四百大洋,钱包已经空空。她风光正盛的那几年,卡里的金额多到她从来没记清过,只过了半年,转眼变成穷鬼一个。

"买菜做饭行不行?我做饭凑合能吃。"她问。

周凛川点头。

她乐了,这人倒也不挑。

林稚踮脚,揉了揉他的后脑勺,短发茬没有想象中的扎手。她说:"你可真好养活啊!"

男生的耳根一下子红了。

老街的菜市场林稚第一次去,大倒是大,但是太陈旧了。门口鱼摊上的水缸破了,流了一地腥臭的水。林稚怕周凛川嫌脏,想让他在门口等。

周凛川以为她担心裤脚被打湿,一声没吭,弯腰将她打横抱起,自己则不管不顾地踩在水里。林稚头一回被人在大庭广众之下抱着,周围的摊贩们笑盈盈地看着,她二十九岁的"高龄",本来没脸没皮,这下只觉得燥热。

不是,谁让他抱了?

周凛川将她放在地上。林稚瞥了眼他变得脏兮兮的白球鞋,不自然地咳了两声。

就在左侧,有一家海鲜店,林稚问周凛川:"煮个海鲜粥吧?"

医生说他饮食不能重油重辣。

周凛川:都行。

林稚进店挑了几只海虾,女老板称重的时候,乐呵呵地说:"一看你们就是新婚夫妻啊,两个人的眼神跟裹了蜜似的。"

林稚摆手:"不是,他就是个弟弟。"

"姐弟恋啊?"老板将称好的虾递给她,"姐弟恋好,弟弟会疼人。"

误会解释不清,林稚只能尴尬地扯了扯嘴角。突然头顶传来低低的、短促的笑声,林稚不由得看了眼周凛川。在她抬眸的瞬间,男生已经止住笑,又恢复先前清冷的模样。他先她一步扫了码,接过袋子。

"说了我请客。"林稚拽住他。

在她说话的时候,他已经输入了密码。

周凛川:我不习惯让女生花钱,要不下次吧?

'那我更不喜欢欠人人情,你帮了我,我给你做顿饭应该的。'

男生默了默:你微信转我?

"可以。"

周凛川在微信上调出二维码,递到林稚跟前,她伸手扫了。

"不对啊,你这是添加好友,搞错了。"过了一会儿,她在后面喊,走在前面的人好似听不见。

算了,加了好友,再转过去……好像也行。她点了添加,还没等她退出微信界面,男生已经验证通过,速度快得惊人,倒像是怕她反悔似的。

林稚看了眼周凛川的头像,按灭了手机屏幕,跟了上去。

回去的路上,岳千千打来电话,询问她是否到家。

两人闲聊了一会儿,岳千千忽然感叹:"你楼上那男生长得帅,看起来家境也不错,可惜了,是个聋子。"

岳千千单纯对同龄人感到惋惜,没什么恶意,但林稚大概是跟周凛川熟起来了,陡然觉得"聋子"二字用在他身上,实在过于刺耳,让她没了深聊下去的想法。

但岳千千显然还没有截住话题的打算,继续说:"我跟庄旭打听了下,他是后天残疾,去年出了场严重的事故,渐渐地不爱说话了。他跑到那么偏远的地方,可能是一时接受不了,逃避吧。"

"你打听这个干什么?那都是别人的隐私。"

"你住那么远,我当然要帮你了解清楚啊。你看看这次多凶险啊,还好有人家帮忙。他跟庄旭是熟人,庄旭又是我的带教师兄,咱们也算是拐着弯儿的朋友,以后有什么事他能搭把手,我也放心。"

到了家门口,林稚不愿多谈,含混地"嗯"了一声。

挂了电话,林稚开了门,径直走向厨房,处理好虾线,洗好米,放进高压锅里一起煮。周凛川换了身休闲的衣服下来,倚在门口看她。

林稚洗了手出来,朝他眼前挥了挥:"看什么呢,这么出神?"

周凛川:你做饭的样子,挺不一样的。

林稚"扑哧"一声笑了:"哪儿不一样?"

周凛川揉了揉头发,在手机上打出一行字:你看起来不像会做这些。

"以前确实不会,后面独自在外面打拼,总要填饱肚子吧。我不讨厌做饭,但是不乐意收拾厨房。"

周凛川:交给我吧。

"行。"林稚拍了拍他的肩膀,"等的就是你这句。"

林稚的客厅里很乱,又是办公区,又是生活区,混在一起,简直没有下脚的地儿。她在厨房里忙活了一会儿,周凛川在外面大致收了收,勉强理出来一张能放东西的桌子。粥端上来,撒上葱花,空气中全是香味。

尝第一口,周凛川才知道她口里的"做饭勉强能吃"有多自谦,粥又黏稠又入味,裹着虾的鲜香,滑进喉咙。

热气氤氲,两人虽然隔着桌子坐着,林稚突然觉得这个原本内心封□的男生有了丝烟火气。他的同龄人现在在干什么呢？大概在为工作疲于奔命，而他闲散地坐在这儿，像个局外人。

"你多大？"林稚看着他问。

周凛川：二十三。

"比千千还小两岁，我妹妹像你这么大的时候，每天屁颠屁颠地追着喊我姐。"

周凛川：我不缺姐姐。

他顿了顿：而且，你看着也不大。

林稚冲他轻笑，柔声问："那你觉得我多大？"

周凛川放下汤匙，挑眉，露出若有似无的笑容。

周凛川：我看你像小学生。

林稚先是一乐，而后又反应过来，坐直了些，说："你该不会是觉得我很平吧？"

男生放到唇边的汤匙顿时一滞，嘴里的粥差点呛出来，咳嗽了半天，苍白的脸微红，他抬手打字，屏幕一下卡了。

什么破手机？周凛川眉头皱着，好半天才费劲打出一行：我说的是身高……

林稚看着他手忙脚乱的模样，眼睛弯弯的，笑道："这么呆呢。那你上大学了吗？"

周凛川：嗯。但是念得不好。

"为什么想到来这边？"

周凛川：安静。

"父母呢？不会管吗？"

周凛川：他们大概怕刺激我，又或者也跟别人一样，觉得我是个废人，烂泥到哪里都无所谓吧。

林稚喝粥的动作一滞，身体微微侧转，转眼凝视周凛川。

他生活的世界，寂静无声，但他看着很平静，让她经常忘了他的那部分残缺。难以想象，如果他身体健全，该会有多么明朗。

"泥地里也能开出花啊。"林稚看着他，语气里充满了力量，"每个人都有自己的花期吧。我相信你也会找到，你很棒。"

周凛川怔了怔，阳光洒在她的头顶，像洒上了一层金粉。这样尴尬的励志话语，也只有从她嘴里说出来，他才有耐心听下去吧。

他低头舀了一大勺粥送进嘴里，嘴唇无声地翕动，说了两个字："好烫。"

吃完饭，周凛川上楼休息了，林稚则忙于网店的更新及部分订单的处理。这个小网店是她从大学时就开始经营的，那时她正处于创业起步阶段，她将它作为创业失败的退路。后来过于忙碌，她就将网店交给一个熟悉的学妹去打理，直到她出了车祸昏迷，她的搭档联合外资做局，将她踢出董事会。她四处找工作碰壁，这个网店又回到她手中，成为最后的栖身之所，订单不多，但足够她生活。

这天，林稚接到曲晏电话的时候，她正在跟一个胡搅蛮缠的客人拉扯。电话刚接通，那头男人音量瞬间拔高："姑奶奶，你终于接我电话了，江湖救急。"

林稚"哼"了一声："上次你坑我那事，我还没找你算账呢，你倒先找上门来了？"

"这次真有急活，大单。是这样的，我有个客户，在我们公司做全屋定制呢，她想找人做一张婚床，对着公司的设计稿看了一圈都不满意，我这不只能来求你了吗？"

"我最近忙，没时间。"林稚简单回绝。曲晏这个人太重利，没有深交的必要。

"四十万，我一分不抽你的，成吗？"

林稚虽然早就清楚，曲晏做的是高端家装，但对这个数字还是讶异了下，这是她小破店一年的营业额了，她不至于跟钱过不去。

"客人说了，先付一半的定金，等成品出来，再付另一半。"

"再加十万。"

见她谈条件，曲晏这才舒了口气："行，我个人贴给你。林稚，上次的事是我的问题，下次聚，我自罚三杯。你这边先出设计稿，材料我核对好了，就让人给你运过去。"

"得了，挂了。"

林稚刚掐断电话，门口有人敲门。她以为是周凛川来了，拉开门冲着来人说："落下什么东——"话刚说到一半，被吞了回去，"夏医生？"

林稚有些惊讶："你怎么来了？"

男人一身黑西装，站在门口，将抱在怀里的花递给她："你的检查报告出来几天了，你都没去拿。"

距离上次去医院，已经过去了将近一周，林稚有些不好意思："那也不用你专程跑一趟，微信上发个消息就成。"

"今天白天我没排班，而且你搬家了，我还没来参观过，正好一起。"

"进来吧。"林稚拉开门。

夏云舟看了一圈，感叹："你这里比原先那个地方大好多。"

"而且租金便宜一半，我把一楼全部租下来了，另外一边是仓库。线下的客人很少，目前我主做线上，租在市区浪费。这条街一楼都是商铺，没人投诉噪声。"

林稚一边说着，一边倒了一杯水给他。

夏云舟将检查报告拿出来递给她，说："你脑部存留的积液被吸收了大半，整体来讲恢复得不错，现在你还会头疼吗？"

"下雨天就会，我会吃颗布洛芬来缓解。但是夜里会感觉后背发烫，出汗后又发寒，下半夜醒了就难以入睡，吃安眠药也没用。"

"其实很多车祸患者都会有你说的情况，大部分来自心理，因为我们过于关注而导致内心觉得它应该疼痛，那么身体也会给出相应的反应。这种后遗症多做心理疏导，会好得更快一点。"

"那以后要麻烦夏医生了。"

"乐意之至。"

林稚看着他突然打趣："你还跟小时候一样啊，小古板。以前在雅江的时候，大家背后都这么叫你。"

"啊！为什么？"

"明明是同龄人，你比谁都老成，大概是你家是中医世家的原因吧，家教太严，不像我们，在泥巴地里滚大的。"

她与夏云舟在一个镇子里长大，不过他学理，她读文，一直到她出车祸，他成为她的主治医生，两人才有了真正的交集。

"走吧。"她突然起身。

夏云舟一愣："嗯？"

"请你吃个饭，等下有事吗？"

夏云舟马上说："没事啊。"他忽略了过来之前刚吃下的那碗米线，"正好饿了。"

"顺便带你参观一下这里。"

夏云舟没拒绝："行。这里比我想象中热闹。"

"现在这个天气，会有很多人从市区过来露营，周末人更多。"

老街的中心有个广场，距离这边七百多米，怕不好停车，两人步行过去。

因为临近放学，路上熙熙攘攘，行人不断。走到广场后，林稚直接带着夏云舟上了三楼一家川菜店，点了豆花沸腾鱼、春笋盐煎肉、麻婆豆腐。

等上菜的时间，她突然想起刚刚从电梯口出来的时候，路过一家书店，她起身，说："你等我一下，我去旁边看看。"

回来时，她的手里多了一本书。

菜已经上齐了，分量很足，三个菜就放满了一桌。夏云舟一直等她，没有动筷。

"不好意思啊，让你久等。"林稚将书放在桌边，坐下了。

夏云舟扫了眼，是一本《手语教程》。他好奇地问："你怎么还看这个？"

林稚没多解释，只说："闲来无事，翻翻。"

她刚扒了一口饭，手机接连振动两下，是周凛川发来的：去哪儿了？

林稚回复：跟一个朋友吃饭。

周凛川：什么时候回？

林稚：怎么？

周凛川：饿了。

林稚腹诽，这小孩赖上她了是吧，拿她当长期饭票了。

周凛川发完消息，去洗了个澡，出来的时候，林稚还没回他消息。他的头发还没干，发梢滴着水珠，相比之前来这里的时候，头发长了很多。房间里氤氲着水汽，周凛川烦躁地将手机扔到一边。

这几日，她每天都会上来，查看他的伤口恢复情况。她猝不及防地闯进他的生活，在他反应过来的时候，她已经是常客。

他想起医院走廊上，她站在那个医生旁边爽朗地笑。

好好的医生不忙着救死扶伤，抱着一束玫瑰，跑到别人家门口是什么意思？什么年代了，还送花，老土。等等，这女人怎么给他在家做饭，到了医生那儿，就成出去吃了？

这样一想，周凛川更烦了。

偏偏这时，庄旭还发消息来刺激他：小阿凛，出来玩啊。

周凛川：滚。

庄旭：哟，这么大的火气。刚英雄救美，林姐姐就不理你了？我这儿得的一手消息，夏医生跟林稚可是青梅竹马，你好不容易事欢个人，难度系数太大了。

周凛川：谁说我喜欢她了？

庄旭：呸，哥哥我早已洞察一切。要不哥们儿单独给你介绍个女生，保证比林稚好追一万倍。

周凛川：我谢谢你。

回完消息，下一秒，他将庄旭的对话框移了出去，眼不见为净。

周凛川：林稚。

林稚：干吗？

周凛川：用不用我去接你？

林稚嘴角弯着，这人平时看着高冷得不得了，一旦熟起来，怎么比他家的猫还黏人？

她故意晾着他，按灭手机屏幕。

"谁啊？"

"邻居。"

夏云舟扫了林稚两眼，说："就是上次跟你一起来医院的那位？他的伤口恢复得怎么样？"

"差不多了吧。"

"你俩关系不一般？"夏云舟看着她问。

察觉到他误会了，林稚嘴里的饭险些喷出来，说："他就是一小孩，怎么会？你想到哪儿去了？我要有那种念头，我都觉得自己在犯罪。"

"我就是觉得他不适合你。"

"啊？"

"太年轻，没什么定性。而且，他身体有缺陷，对吧？"夏云舟放下碗筷，认真地跟她分析利弊，"我在医院见多了这种病人，他们对身体的残缺自卑，思想上容易走极端。"

林稚蹙眉："虽然我跟他不是你想的那样，但是，我觉得作为一名医生,你不该有这种偏见。你不了解他,没有跟他相处过,就一概而论,不太礼貌。"

夏云舟垂下头:"抱歉。"

"没事儿,你又没什么恶意。"

气氛又安静了一会儿,两人看起来都没什么食欲。林稚看了眼几个没怎么动的菜,问:"你是不是不喜欢吃辣?"

"没有啊,我无辣不欢。"

林稚扫了眼他额头上的细汗,不明白这人怎么吃个饭都要逞强,说:"应该找个粤菜馆的。"

"要不下次?我请你。"

林稚一愣,点头应了:"好啊,有时间的话。"

两人从楼上下来,看见路的尽头围满了人,突然一声"轰隆"的爆炸声传来,引得围观的路人一阵惊呼。

看着前方浓烟滚滚,夏云舟扭头:"你先回去吧,我过去看看。"

"我跟你一起。"

她边走边给周凛川发微信:这边发生火灾了,我一时回不来,晚饭你自己解决。

刚打完一行字,手机突然黑屏,没电了,不知道刚刚那条微信发过去没有。

等到了路口,两人抬头。火焰冲天,浓浓的黑烟熏得天色渐渐暗了下来。火舌在风的催化下,将大厦上面的灯牌卷入,原本只是二楼起火,很快蔓延到三楼。消防车还没到,底下围观的路人不断尖叫。

火灾发生地点与一所初中毗邻,又是饭点,楼上被围困的人中有不少是学生。家长们已经瘫软在地,哭喊声震天,有的想冲上楼解救自己的孩子,但很快被强烈的火势逼出来,楼梯的消防通道被堵住了。

担心惹事的一楼商家早就跑得没影,此时只能寄希望于消防。

好在不断有人从低矮的窗户跳下来求生,或是趁火势不大冲下楼脱困,但看起来都受了伤。

"我是医生,麻烦大家让一让。"夏云舟在人群外挥了下手。

很快,有人自觉让出一条路让两人进去。

夏云舟让林稚按照伤势轻重给伤员排号,又叫了几个热心群众帮忙,很快,救人的队伍越来越壮大。

现场情况混乱,林稚按照夏云舟教的法子给人急救,一抬眼,一个黑色的人影从步梯口冲了进去。

林稚张嘴,发现嗓子被浓烟熏哑了,她费劲地喊了一声:"周凛川!回来,周凛川!"她微弱的呼喊声很快淹没在鼎沸的人声中。

下一秒,大厦外的钢化玻璃直接炸开,一股热流涌向外面,附近围观的人群被吓得不敢睁眼,楼下一阵骚动。

糟了,开始爆炸了。

林稚起身正欲往楼里冲,被夏云舟一把拉住:"你疯啦?里面正危险呢,你进去干吗?"

"周凛川进去了。"林稚着急。

"消防队马上就来,专业的事交给专业的人来做好吗?"夏云舟劝她。

可是周凛川听不见,甚至无法呼救。

林稚推开夏云舟的手,跟着冲了进去。

楼里黑漆漆一片,火势汹涌下,灯早就灭了,浓烈的黑烟中,难以视物。

她的电话打不通,周凛川不确定她是不是在这里,她最后的留言只说回不来。

他紧握拳头,双眸猩红,后背全是汗,脑子里已经没有别的念头,只有她不能出事这一个想法。

他呼喊着林稚的名字，徒手砸向安全出口的门把手，已经感受不到疼痛了。门一打开，被围困在里面的人疯了一般地拥向他，所有人都在四处逃窜，只有他在人流中逆行，寻找那张熟悉的面孔。

事实上，他一直在找她，从加州的初见，到回国后的每一次错过，造化弄人。

浓烟中，能见度很低，在一串"噼里啪啦"的火星中，所有逃命的人不断被打散。

爆炸声轰鸣，他拍打着自己的耳朵，想要辨清楚林稚的声音，但是太难了。

茫然中，周凛川突然被人抓住了手。

隔着烟雾，他看清那张寻找已久的脸。只见林稚捂着口鼻，将手里的另一块湿帕子堵在他鼻子下面，气喘吁吁地将他往外面拽："你跑这儿来干什么？快出去！"

林稚拉着周凛川下楼时，跟几位逆行的消防员擦肩而过。

夏云舟正焦急地等在外面，见两人安全出来，才松了口气，而后目光定格在两人紧牵的手上。林稚察觉到他的视线，松开了。

一名消防中队长找她询问里面的情况，林稚口述了几句，余光瞥见站在不远处的周凛川，他已经跟消防员交涉完了，靠在墙根站着，双手垂在两侧，手背的血顺着修长的指骨流向地面。男生垂着头，不知道在想些什么。

"你朋友怎么样？他好像受伤了。"中队长问。

他刚说完，旁边另一个消防员朝他低声耳语了几句，中队长不由得多看了周凛川几眼："如果不是他冲进去，今天可能会有很多人受伤，帮我谢谢他。"

因为营救及时，没有什么伤亡，只有一位老人因为过于担心自己的孙子，心脏病复发了，夏云舟跟着救护车一起去了医院。街上的人也散得差不多了，一切又恢复了宁静。

周凛川蹲在那里闭目养神，交叠在膝盖上的手突然感觉到一阵冰凉。他睁眼，女人蹲在他的左前方，用棉签蘸着药水，一点点给他上药。

林稚盯着他，那双眼睛比清水还清："虽然你这个年纪正是逞英雄的时候，但也要考虑到自身情况啊，有时候照顾好自己比什么都重要。人活着，要惜命，懂吗？"

周凛川瞧她一眼，俯身用另一只手将她垂下的碎发拂向耳后，口中忽然发出沙哑的一声："没逞强。"

林稚一震，以为自己出现了幻觉，他……开口说话了？什么时候恢复的？

"你的手机一直打不通。"

林稚确认自己没听错。

他看着她，又张口："我以为你在里面，幸好。"

此时此景，是西沉的余晖，是染满天际的云霞，是夕阳下落满一身灰烬，看着自己，眸光灿烂的少年。

林稚的心像被突然拨动了下，柔软得一塌糊涂。

第四章

不想做她生命里的过客

林稚盯着他,看了半晌,问:"你会说话啊?"

周凛川点头,指了指耳朵:"我戴了助听器,你慢一点说话,我能听清。"

林稚点了点头。

"你的腿没受伤吧?能走吗?"她有点内疚,大概是那条匆忙发出的短信误导了他,才让他旧伤未好,又添新伤。

"能。"

周凛川站起身的瞬间,身侧那盏路灯忽地亮了,柔和的昏黄灯光,打在他的头顶。林稚看了一会儿,连旁边来了一辆摩托车都没发现,他无声地将她往怀里拉了拉。林稚还没反应过来,直直跌进他温暖的怀抱里,他的下颌距离她的额头毫厘之间。

林稚低头,没去看周凛川,只是轻声问:"要去吃饭吗?"

她伸手指了指前面亮起来的招牌灯箱。

那是一家地道的江城菜馆,林稚在江城多年,几乎不怎么吃江城菜。她是川西人,重麻重辣,江城的菜系偏南方,味道淡了点。但周凛川看起来倒很是习惯,他夹了好几次林稚面前那盘桂花酿小番茄,喜欢甜食,小孩子口味。

在他的筷子又朝她这边伸过来,夹了几次没夹上的时候,林稚看不下去了:"我让服务员拿个勺子?"

"没事,不用。"他拒绝。

林稚撇了撇嘴,站起身在他旁边坐下,接过他的筷子,夹起番茄送到他嘴边。

周凛川一愣:"干吗?"

"张嘴。"

"啊?"

周凛川看着她,没动。

"你的手受伤了,夹菜不是费劲吗?我喂你。"看着他脸上不自然的神情,林稚突然乐了,"怎么,害羞啊?"

"也没那么严重,就是……"

"张嘴啊。"

"哦——"他一个字拖得老长,那颗甜滋滋的酿番茄在唇齿间停留片刻,又被吞咽进食道,连心尖都感觉到了甜意。

他不知道,喜悦能来得如此简单。

在他咀嚼的时候,林稚将筷子还给他,正要起身回自己的座位,手腕蓦地被一把抓住,他着急地站起来,吓她一跳。

"干吗?"

"这就不喂了?"

林稚转过头,扫了眼桌上的菜,其他都是好夹的,便说:"你光盯着这盘番茄吃,不腻啊?自己先吃点其他的,中和一下。"

他的笑脸瞬间垮下去,又努力调整了下表情,做出一副没关系的模样。

"手还疼啊?"

"一点点。"

林稚扫了眼身边这个"嗷嗷待哺"的小孩,她一挑眉,朝桌上的菜抬了抬下巴,问:"要吃哪个?"

周凛川重拾了笑意,可是一点不客气,挨个点了一遍。林稚扶额,心想还是那个不说话的小男生比较可爱。

"你不吃啊?"

"吃过了,虽然没吃多少,但是经过刚才一番折腾,没什么胃口了。"

"跟谁吃的?"周凛川有意无意地问。

林稚笑了,他不是都知道?

"夏医生,他来给我送检查结果。"

周凛川停下咀嚼的动作,一颗心提起来:"你病了?哪儿不舒服？"

"没有，是之前车祸受伤的复查，没什么问题。"

周凛川松了口气，转而又问："你跟夏医生，很熟吗？"

林稚摇头："不算熟吧，医生跟患者的关系。不过他人不错，对我还挺关照的。"

周凛川暗自扬了扬嘴角。

"你现在戴上助听器，是不是跟普通人没什么区别？"林稚心里好奇，但又怕话题太敏感，小心地问了句。

"也不是，如果隔得太远，或者别人说得太快，我还是听不清，但比之前强。"

林稚点头，好看的眉眼被灯光衬得格外温柔。

周凛川笑："没关系的，你想问什么都可以，我不介意。"

"为什么之前不戴？戴上会免掉很多麻烦。"

"刚开始是接受不了，后来开始享受这种寂静的感觉，人只有在极致安静的时候，才能直面自己吧。"

林稚顿了顿："那你今天——"

"我害怕，在那样的环境下，听不见你的声音。"她的话还没问完，被男生接了过去。

林稚愣住，他看向她的眼睛炯炯有神。

林稚与周凛川对视了一会儿，那双眸子里的光好像越来越亮，好像要直入她的心里。她不由自主地避开，指着面前的菜，问："还吃吗？"

她没有回头看他，大概过了几秒，耳边传来他的话："饱了。"

林稚瞥了眼店里墙上的时钟，叫来服务员打包，然后跟周凛川说："我明天不在家，你得自己解决吃饭问题。"

"去哪儿啊？"

"去市里，接一批材料。"林稚笑，"接了个大活，等拿到尾款，再带你吃好吃的。"

周凛川看着她的笑容，也跟着愉悦起来："这么厉害？我以后给你打下手怎么样？"

"你？"林稚嘴角一扯。

这时候服务员过来，将饭菜打包好递给她。

这个点还有公交车，从店门口左拐，不到一百米就有回去的公交车，虽然只有三站路，但林稚今天实在是困了，不想走回去。

因为老街公交车的班次比较少，所以虽然现在已经是晚上，但车厢里的人还是很多，好不容易挤上去，司机一个起步，她差点没站稳，摔到别的乘客身上。

林稚急于找扶手的位置，但被身旁的人挡得严严实实。再扭头时，一只手伸过来，拉住了她。

微凉的手指握住她的小臂，在人群松动的瞬间，他顺势往她身侧挪了挪，将边上的乘客隔开了，他握住她手臂的手，却一直没松开。

在他为她隔开的一小片天地里，她没来由地抬眸看向面前的年轻男孩。

大概是察觉到她的视线，周凛川强装镇定地看向窗外，手指却泄露了心思，握住她手腕的指尖微微地收紧了一下。

林稚只觉得一阵酥麻从她的皮肤一直蔓延到心底。

下了公交车，林稚将手里打包的饭菜递到周凛川手上，问："你家里有微波炉吗？"

周凛川想了想："应该没有。"

"那这些你怎么吃？"

"用锅热一热就行。"

林稚侧目看他："你会哦？"联想到那个连水槽阀门都没开的厨房，她表示怀疑。

周凛川被她看得不自在，点头："当然啊！我只是觉得一个人做饭麻烦，其实我很能干的。"

林稚笑了，但这笑落在周凛川眼里，只觉得她不信自己，一时有些懊恼。

"周凛川。"

"干吗？"

林稚走了一会儿，忽然开口："等你的伤好了，我就答应你来工作室当我的助理。"

周凛川忽然停住脚步，呆呆地看着路灯下的她。林稚回头看他，男生的笑容如同被投掷石子的湖面，一点点荡漾开来："好啊。"

他实在很容易满足，林稚看着那张灿烂的笑脸，也跟着一笑，进了院子。

周凛川捏着还带着她手心余温的袋子，上楼。

靠在阳台的栏杆上，他抱着手臂，下巴枕在上面。楼下的动静断断续续，他安静地听着，一点睡意也无，心里"突突"跳个不停，跟着了魔一样地不想进屋。

好想告诉她，他喜欢她。

周凛川想。

怎么样才能让她知道，他有多喜欢她？

林稚第二天起了个大早，曲晏那个项目已经进行大半，缺的部分材料得她亲手去操办才放心。她刚走到门口，碰见正从楼上下来的何瑶。

从何瑶出院以后，林稚碰见过她父母几次，听说家人不放心她在这边，带回乡下疗养去了。她看起来恢复得不错，脸色也红润了许多。

还未等林稚说话，她先开了口："林姐姐，我正要找你呢。"

"什么事？"

"我听我爸妈说想把医药费给你,你一直没收。"

"你本来就是因为我才受伤的,我很过意不去,这点钱你不用放在心上,再说你爸妈不怪我就已经很好了。"

"他们不知道。"何瑶笑,凑到她耳边,"我跟他们说我遇到坏人了,你帮了我。"

"其实你没必要要为我撒谎。"林稚有些不好意思,难怪人家父母还能和颜悦色地跟她说话。

"没事儿,这条街的人最八卦了,你做生意嘛,要是被他们瞎传,我怕影响你。"

听何瑶说完,林稚心头一暖,虽然她搬来这里不久,但遇到了很好的人。

"谢谢。"林稚又想起她专程找来,问,"你有事啊?"

"对,我舅舅的农庄过段时间开业,我爸妈让我邀请你跟凛川哥哥过去玩,不知道你们有没有空。农庄距离这边不远,两个小时的车程,那边环境还不错的,可以采摘跟露营,还可以看星星。"

"哪天啊?"

"下周末吧,你有时间吗?"

林稚在心里大概算了算,差不多能收尾,点头:"可以。"

何瑶开心得差点跳起来:"太好啦!你有凛川哥哥的电话吗?我刚去敲门,他不在家。我一会儿要坐熟人的车回乡下,应该见不到他了,我给他打个电话。"

"行,那我一会儿发你吧,我现在得出门。"

"好啊,我等你们啊,地址到时候我发你微信。"说完,何瑶转身上楼了。

林稚往楼上扫了眼,自言自语了一句:"他不在家吗?"

庄沮被周凛川从被窝里拉起来的时候,不到清晨六点。这家伙不知道哪儿来的兴致，这么早跑来市区，算了算，有一个小时的车程，他是没睡觉吗？庄旭睡眼惺忪地看着面前这个人，一时之间恍如梦境。

"起来。"周凛川踹了他一脚，庄旭彻底醒了。

他就不该告诉周凛川公寓密码锁的密码，不对，周凛川怎么——

庄旭偏头看了眼他耳朵上的助听器，又惊又喜："你把助听器戴上了？"

"走。"周凛川挤出一个字。

庄旭白了他一眼，拽着被子继续蒙头大睡："祖宗，我好不容易遇到个不用值班的周末，你让我睡到自然醒行不行？"

"我让你帮我找江大艺术系的设计课程，你找了没有？"

"啊？"

庄旭捂着被子回忆了下，那不是昨天夜里他才交代的事儿吗？哪有天不亮就找上门要的？真是想一出是一出。

"大哥，我毕业五年了。"庄旭无奈地抓狂，"你给我点时间，我去问下行不行？"

"我记得你前前前任在里面任教，对了，我手机里应该还有她的联系方式，我还是自己打电话问问——"

周凛川低头翻找电话号码，捂在被子里的男人一个鲤鱼打挺，从床上翻了起来。

"给我十分钟，我换个衣服洗漱一下。"

周凛川抬起手腕，计时："五分钟，楼下等你。"

庄旭匆忙洗漱完下楼，周少爷正倚着一辆白色牧马人的车头，他只穿着简单的白T恤，双腿交叉，站在阳光下，跟秀场模特似的。庄旭努了努嘴，几天不见，他怎么变化这么大？

周凛川见人来了，一把将钥匙丢给他，说："你来开。"

太子殿下使唤奴才呢？庄旭在背后腹诽了一句，但在周凛川转身看过来的时候，立马换上笑脸："少爷，您说去哪儿？"

"江大吧。"

"可以申请先吃个早餐吗？"

"去校门口吃。"

"得嘞。"

庄旭乐不可支，这种心甘情愿被支配的感觉又回来了。

江大的课堂上，两人从后门进去也引起一阵骚动。周凛川背着个单肩包，白T恤简单清爽，还真像个大学生。半个教室的女生都回头看过来，庄旭拽了拽他的胳膊，周凛川跟没事人一样，找了个角落的位置坐下。

前排的几个女生私下里叽叽喳喳地讨论了一会儿，然后推出个胆大的来，涨红着脸，小声说："两位师哥哪个系的？"

庄旭这个毕业好几年的被小妹妹当成同龄人自然开心，正想跟她玩笑几句，身边的人冷着脸淡淡道："我有喜欢的人。"

一开口就让人吃个闭门羹，气氛跌落到冰点，庄旭尴尬地扯了扯嘴角。

"大哥你就不能笑一笑？吓到人家了。"

"不会。"周凛川从背包里拿出笔记本，翻开。

庄旭无语："我看你对着林稚挺会笑的。"

周凛川一脚踹到他脚踝上，庄旭"哎哟"一声，闭上了嘴。整堂课，周凛川都埋着头认真做笔记，认真到让庄旭怀疑这家伙真的是个本科生？当年高考的时候，他都没这么努力过。

庄旭趴在课桌上睡了整整两堂课，醒来的时候快下课了，一抬眸，隔壁座位上的周凛川记了一页密密麻麻的笔记，庄旭瞠目结舌。

周凛川扭头看着满眼写着疑惑的庄旭，淡定地收拾背包："林稚让我去她工作室做助理。"

"啊?"庄旭愣了两秒,"扑哧"笑出声,"周公子、周少爷,你放着家里的上市公司不管,跑到个小木坊上班?"

周凛川平静地道:"有什么问题?"

"你知不知道老爷子派人到处找你?你能躲到什么时候?"

旁边安静了一会儿。

庄旭感觉到他的低气压,摆摆手:"算了,你开心就好,这个世界上能有什么比让自己开心更重要的呢?只是林稚……如果她知道了——"

知道你是她曾经喜欢的人的弟弟,她要怎么面对你?

庄旭不知道该怎么说下去,看到周凛川目无焦点的茫然表情,停住了。

一张嘴怎么就管不住话呢?庄旭恨不得抽自己几下。

"你到底喜欢她什么啊?你看你,长得好,家世好,怎么也不差个女朋友,怎么就在一棵树上吊死,这么多年对她念念不忘?"

"是吗?"周凛川抬眸,蓦然自嘲,"难道不是我配不上她吗?"

"大哥!咱也用不着为了个女人这么贬低自己。"

周凛川盯着笔记本的封面,几乎要将那里盯出个洞来:"我听不见了,我再也不能滑雪了,我不知道我还能干什么。"

"那也不看看你是为了谁?当时要不是你,她都不在这个世界上了。我听岳千千说,林稚一直在找那个救她的人。"

"她不用知道,"周凛川抓起桌上的笔记本放进背包,起身要跟着下课的学生出教室,"这件事本来就是周家欠她的。"

庄旭脑子里一团乱,周凛川是他从小就相识的好友,这个世界上他最希望周凛川好。可是这家伙,偏偏又轴又傻,怎么明知山有虎,偏向虎山行呢?多大岁数了,还玩暗恋?

眼见着前面的人被人潮挤走,庄旭跟了上去。他正准备好好跟这块木头说说,艺术学院楼下,一辆黑色加长林肯停在不远处,周凛川脚步顿了顿。车门被司机拉开,一个西装革履的男人走了下来,引人注目。

周凛川神色一黯,抬步走了过去。

"集团对江大有一笔捐赠需要我出席,正巧听人说起你在这儿。"周彦臣看了看这个许久未见的弟弟,拍了拍他的肩膀,"你要是想来这儿读书,我可以给你安排。"

突如其来的接触让周凛川别扭,他后退了一步,拉开了点距离,淡淡地说:"没有,我就无聊来逛一下。"

周彦臣笑了下:"自从上次祭祖回来你就没影,很忙?"

周凛川含糊地"嗯"了声。

"找女朋友了?"

周凛川愣了愣,顺着他定格的目光看去,握在手里的手机屏幕不知道什么时候被按亮了,屏保上是一个女人的侧脸。周凛川下意识地锁了屏幕,林稚的照片暗了下去,他将手机放进口袋,抬头撞见周彦臣目光里暧昧的笑意,答了句:"没有。"顿了顿,又接了句,"但是有喜欢的人。"

"哦?"周彦臣看起来很高兴,"怎么认识的?"

"在国外,认识很多年了。"周凛川不想再谈论这个话题,目光下移,看到他无名指上的婚戒,"你要结婚了?"

"嗯,我结婚,你总该回来吧?"

见他不说话,周彦臣问:"怎么了?"

周凛川面无表情地看向他:"太快了。"

周彦臣随意地挑了挑眉:"对方跟咱们家门当户对,对我的事业发展有帮助,爸爸也挺满意的。"

周凛川抿着嘴,定定地看着这个跟他没有血缘关系的哥哥。周彦臣随手解开领口的一颗扣子,活动了下脖颈,道:"爸爸很担心你,派出去的人被我拦下了,你出去散心没问题,现在也该收心了……"

后面的话周凛川已经听不清了，他满脑子都是从前林稚在周彦臣面前甜蜜的样子，可是周彦臣似乎从来都不知道，自己拥有了多珍贵的东西。他有多嫉妒周彦臣，对方从来不知道。

周彦臣嘱咐完，领着他往车边走："走吧，带你去认识集团里的几位叔伯。"

"不了。"周凛川从来不愿参与那样的场合，"我有事，走了。"

周凛川在周彦臣欲言又止的眼神中转身，胸口一阵闷。

他好像完全忘了，曾经有个女人为了他差点粉身碎骨。那自己隐忍的那几年，又算什么呢？好想见她啊。

周凛川憋着心思往校门口走，庄旭看他一言不发，问："怎么了？你哥是不是发现什么了？"

他扭头，目光骤然变冷："我在做什么见不得人的事吗？"

"不是。"庄旭解释，"毕竟她差一点就成了你嫂子啊。"

"她现在不是。"他的话语里充斥着固执。

庄旭拽住他，瞪大眼睛："你认真的？"

周凛川反问："不然呢？"

"我以为你顶多是同情。"

同情能让一个人疼惜多久、坚持多久呢？

庄旭挠了挠头："哎呀，我也搞不清楚，你俩在国外那点交集，还不如跟普通朋友多。"

周凛川没答，有些人，也许就匆匆见了一面，但已足够为此停留半生了。

他低着头往校门口走，越往外越喧闹起来。周凛川先庄旭一步准备上车，突然听到庄旭在他身后叫了声："林稚？"

周凛川蓦然回头，马路对面，红灯下，隐约站着一个人。她目光安静地看着川流不息的车流，六秒之后，红灯变绿，她朝这边走了过来。

真的是林稚。她的脸在他眼前逐渐清晰起来，四目相对之间，周凛川忘了前进，就这样目光呆滞地看着她走近。

庄旭偏头看向周凛川，他站在一棵树下，光影漏下来，模糊了他的面容，碎发飘荡在他额前，投下细碎的阴影，勾勒得他那双眼睛深邃无比，眼神明澈，波光流转。

庄旭从未见过他这样的眼神，那一抹不易察觉的温柔，在光影底下全部暴露出来。

这算哪门子的同情，这家伙分明是陷入爱河了。

庄旭先开了口："没想到在这儿还能碰到。"

林稚先是看了眼周凛川，然后才将目光扫向庄旭。庄旭突然想起那天医院里的误会，往周凛川的身侧躲了躲，说："林小姐，我跟他可不是你想的那种关系啊，我们是纯铁哥们儿。"

周凛川白了他一眼，多余的解释。

林稚问："你俩在这儿干吗呢？"

"哦，我陪他过来……"庄旭话还没说完，被周凛川掐了下胳膊，闭嘴了。

"你不是运材料去了吗？"周凛川走过去，自然地接过她手里提着的包。

"是啊，就在这附近，师傅已经先我一步回去了。正好来江大，我找千千有点事。"

"她没在医院？"周凛川问。

"听说她昨晚改论文改到半夜，睡在宿舍了。对了，何瑶给你打电话了吗？"

"嗯？"

"她邀请我们去她舅舅家的农庄露营，找我要了你的电话。"

周凛川"哦"了一声。庄旭的脑袋凑过来，插进两人的对话兴致勃勃地问："露营啊？"

周凛川默默地将他的脑袋转向了别处。

林稚拿过包正要走,周凛川拉住她:"我陪你一起去吧?"

"不用,女生宿舍就在前面不远,再说,你一个男生也进不去。"林稚从包里翻出一个白色信封握在手里,将包递回给他。

周凛川顿了顿,问:"那待会儿一起回?"

林稚笑:"不然呢,你想拎着我的包跑路啊?"说完,她小跑着进入阳光下。

庄旭在他眼前打了个响指,揶揄:"别再盯着了,人都走远了。"

周凛川收回视线,手心一摊:"车钥匙给我。"

庄旭怪叫一声:"周公子,不是吧?我大早上被你从床上薅起来陪你听课,你就这么把我扔下了?重色轻友啊你!"

周凛川挑眉,没容他挣扎,从他手里抢过车钥匙,双手插兜上车了。

没一会儿,林稚回来了,拉开车门,车内的凉意将她身上的热气一扫而空。他从车载小冰箱里拿出一瓶冰水,拧开瓶盖递给她。林稚"咕咚"喝了一大口,这才喘口气,问:"这车是你的啊?"

"庄旭的,我可买不起。"周凛川看向她,声音软软的,"我很穷的,只能暂时在你那儿打工养活自己。"

见他一副求收留的模样,林稚溢出一丝笑,哪有人这样跟自己的老板撒娇的。

"你怎么认识庄旭的?"

车行驶在市区,林稚看着窗外一闪而过的行道树,闲来无聊地问。

"我们高中是一个学校的,但是算不上特别熟。高二那年,他不想出国留学,想留在国内学医,被他爸一怒之下赶了出来,那家伙抱着铺盖卷就到我家来了,赶都赶不走。"

林稚"哈哈"大笑:"啊!他这么自来熟呢?"

"嗯。他在我家一住就是两年,他爸都看不下去了,跑到我家来送伙食费。"

"那你们认识很多年了。"

"你没有这样的朋友吗？"

林稚侧目，想了一会儿，说："我高中没朋友，大学的时候有两个要好的，本硕都在一起，后来一起创业，风风雨雨都走过了，但是突然就散了。"她省去了很多腥风血雨的部分，说得云淡风轻。

她被朋友背叛的事早就跟个笑话一样在江城业内传了个遍，林稚不愿多提。

话音落下半响，驾驶位上的人一直沉默。

林稚戳了戳周凛川："你怎么了？"

他只低下头，看了她一眼："对不起，我不该提这个。"

"这有什么？我奶奶说，人年轻的时候就该多吃亏，这样老了才有福报。我还嫌不够呢，让暴风雨来得更猛烈些吧！"

周凛川轻轻扬眉，似笑非笑的，眼底还掺了点无可奈何：'怎么感觉跟着你这个老板，随时会抛锚呢？"

林稚也学他，轻扬起眉："你现在后悔可晚了啊。"

两人相视一笑时，林稚发现他脖颈间的汗，虽然车内的空调冷气很足，但他那个位置一直在阳光下。

"有纸巾吗？"她边问边自顾自地去翻找，在扶手箱里找到一包尚未拆封的纸巾，里面一张照片被带了出来。

周凛川专注地开车，没注意到这边，突然听见旁边的人"咦"了一声。林稚将照片在他眼前晃了晃，笑问："女朋友哦？"

周凛川闻言一个急刹车。林稚吓得看向后面，还好已经开往郊外，路上没什么车。她没料到他会有这么大的反应，摇了摇手腕："还真被我说中了？"

他定睛在照片上看了一圈，上面确实有个女生，长发垂肩，女生后面的他正运着篮球在场上奔驰，根本没注意到镜头。这照片是什么时候拍的？又是什么时候放在他车里的？

周凛川挠挠头，一时不知道该怎么解释："不是。"

他越脸红，林稚越揶揄他："暧昧对象啊？"

"庄旭的妹妹。"

这辆车一直放在庄旭的车库，庄妍放张照片进来也不是没可能。

"嗯？"林稚乐得看他涨红一片的脸，抱着手臂看好戏。

"我们很多年没见过了。"

"哦……"她将尾音拖得老长，莫名越发想逗他。

"我没有。"

周凛川泄了气，她实在知道怎么捉弄他。在她面前，他青涩得像一张被揉皱的白纸。而在他面前，她永远有得天独厚的优势。

"什么没有？"她笑，"算了，开车吧，再不回去，师傅要等着急了。"

"我没谈过女朋友。"

他眼底闪过一抹不易察觉的动容，与第一次见他时那种波澜不惊相比，实在难得。

林稚怔了怔，还没等她想好要说什么，男生突然倾身过来。她的指尖碰到他的脸，才发现他的脸烫得吓人。

他没再说什么，只是俯身去捡刚刚掉在她身侧座椅缝隙中的那张照片。因着这个姿势，他小臂的线条流畅有力，整个上身的构图跟海报一样。林稚看着他，因为低头，他额前的黑发滑落，遮住眼睑。林稚看着他被挡住的额头，鬼使神差地伸出手，替他拨了拨。

周凛川蓦然抬眼，目光深不见底。

车内狭窄的空间，这样的距离，女人身上几不可闻的香水味道，于他而言，几乎是极致的诱惑。

后面突然传来的鸣笛声，打破了两人之间微妙的对视。周凛川直起身，将照片捏成一团，放到裤子口袋里。

"你干吗这么激动?"林稚清清喉咙,试图让自己放松,"现在的小孩哪个没几个前女友?"

林稚合上眼皮,闭目养神。

"我跟他们不一样,我喜欢一个人,那是一辈子的事。"男生的声音像是从很远的地方传来。

林稚掀开一点眼皮,眯着眼看向开车的人,他的眸光竟然比这灼灼的夏日还要滚烫。

连续好几日,周凛川的神色时不时浮上林稚的心头,害得她干活的时候都分心,但那家伙不见人影,最近总往市区跑。

又过了几日,一个阴雨天,曲晏过来看货,把工作室里几个叫得出名字的设计师和助理都带过来,并不宽敞的木坊一下热闹起来。前前后后看了个遍,曲晏不住地点头,表示很满意。林稚在心里"呵"了声,就曲晏公司做的那些产品,看似土豪,实则全是华丽的堆砌,没什么看点。那位顾客既然能看上他家的风格,想必跟他的眼光大差不差,顺着这个思路,不难做出成品。

林稚倚在门边喝完了一整杯水,曲晏笑盈盈地跑出来:"我刚还在说呢,把我那公司也搬到这边来,风景好,灵感不断。我们公司所有设计师的脑子还抵不了你一个,是时候拖出来操练操练,在写字楼里待久了都生锈了,关键时候一个也指望不上。"

林稚淡淡地回:"天分使然,跟别的没关系。"

曲晏拍了拍她的肩膀,她又狂又傲,但实在是难得的宝贝。

"要不你跟我合伙吧?我给你经理人的位置,咱俩一块儿干,强强联手,你主内我主外,怎么样?"

林稚一摆手:"我习惯一个人。"

"你还真是一朝被蛇咬,十年怕井绳啊!"曲晏试探般地看向她,"我前段时间看到祝雪青了。"

林稚额头一跳,好久没听过这个名字了。

"听说她马上要结婚了,她的公司前不久已经在香港敲钟上市。你说说,论营销我就干不过她,随便打开个App都是他们投放的广告,下了不少血本吧?林稚啊,要我说什么好?当初要不是你退出,之后香港证券交易所上市仪式上主理人的位置轮得上她?"

曲晏的话匣子一打开便滔滔不绝,林稚有些没听进去,更懒得接话。

待他说完了,林稚一抱手臂,看向他,有些不耐烦:"你们打算什么时候走?"

曲晏听出她话里的赶客意味,进屋喊人去了。

林稚蹲在院子外,查看前几天种的蜀葵,下了几天雨,已经开始冒头。她蹲在风口,门口有汽车鸣笛声,她探头看向马路,围在脖颈的丝巾差点被吹飞。她正准备重新围上时,就看见一辆车开过来。

车快速停下,周凛川从车上跳下来,先她一步开了口:"怎么蹲在这儿?视野盲区,很容易出事。"

"这条路太窄,我怕你倒车的时候听不见后面车子的鸣笛声,才过来帮你看看的,好心当成驴肝肺。"林稚撇嘴。

周凛川盯了她几秒,突然笑了,眉眼舒展了许多:"担心我啊?"

"嗯?"什么时候,他开始反过来拿她打趣了。

两人说着话,身后传来几声低笑。林稚扭头,才发现几个年轻姑娘探着头,一脸花痴。

周凛川穿着一件白色的棉麻衬衣,袖口卷起,双手插兜,下面是一条淡蓝色的水洗牛仔裤,显得挺拔,站在那里少年气十足。

林稚暗自侧了侧身子,挡住那群小姑娘的视线,朝着面前的男生抬眸:"还不走,吓到我的客人了。"

"嗯?"周凛川不明就里。

"你的脸脏了。"她撒了个谎,面不改色心不跳。

周凛川果然伸手去擦，在林稚离开的瞬间，伸手拦住她："你还没说是不是担心我呢？"

"神经。"林稚说着说着突然笑了，拨开他的手臂，进了院子。

院子里一个二十岁出头的女生见状感叹了声："我就说在市区怎么从来没见过帅哥，敢情都跑到这里来了？"说完一副怅然万分的神情。

林稚权当没听见，进了屋。曲晏也看好戏般地探了探脑袋，但人影都没瞅见，问："你谈恋爱了啊？何方神圣能撬动林大小姐这座冰山？"

林稚一向不喜欢别人拿自己的私生活调侃，催促曲晏赶紧装货。

吵吵嚷嚷一上午，一行人终于走了。目前手头上的工作都已交付，林稚终于有自己的时间。阳光不烈，她拿了把小铲子在院子里的花园里铲草。前段时间，她请了做景观的人来打理了一番，已然换了景象，假山流水，好不惬意。

正当她沉迷玩泥巴的时候，头顶突然传来一阵细微的呼吸声。

林稚抬头，见周凛川背着双手，凑近自己："你花大价钱请人给你打理院子，怎么单留这么一块出来？"

'我专门嘱托的，让留一块空地别碰，我想自己种点什么。"林稚歪着脑袋想了一会儿，问，"你觉得种什么好？"

"百合吧。"周凛川想了一会儿回答。

"啊？"林稚的脸皱成一团，眯着眼瞅他，"这么俗？"

"小姐，现在是夏天，太阳这么烈，种什么都容易被晒死吧？百合好，耐热，现在种，秋天就能赏。"说完，他朝林稚凑近了些，"而且，寓意也不错啊。"

他的声音里带着暗示意味的笑，林稚推开他，男生顺势接过她手里的小铲子，蹲下去，说："我来吧，别把你的衣服弄脏了。"他一直背在身后的另一只手在林稚眼前摊了摊，"喏，给你。"

是个包装精致的蛋糕盒子。

林稚一眼认出上面的LOGO（标识），是她以前常去的一家私家烘焙馆，但后面被网红打卡后，总要提前好几天预订才能吃上，要不就是排好几个小时的长队，她好久没吃过了。

林稚提着蛋糕盒子，转身坐在旁边的藤编长椅上。她打开包装盒，舀了一勺蛋糕放进嘴里，难得的满足。她撑在椅子扶手上，看向男生的背影，问："你不会排了很久吧？"

周凛川翻着手下的地："花五百块雇了个人，排了五个小时。"

林稚震惊了："就为了一块蛋糕？"

周凛川扭头看她："不喜欢啊？"

她不忍再吃了，顿觉嘴里满满都是沉甸甸的人民币味道。

周凛川见状笑了，扭头对她说："骗你的。我有认识的人，跟这家老板很熟，托他买的。你最近连轴转，再不吃点甜食，我担心你会过劳死。"

周凛川夸张地吐了吐舌头，逗得林稚"哈哈"大笑。

香甜的淡奶油，冰激凌质感，入口即化，她一口口地吃了很久。

周凛川一点没夸张，他发现林稚一旦开启工作模式就跟打了鸡血似的，好像在跟谁较劲一样，不舍昼夜，一个人一天工作二十个小时并不难，难的是日日如此。算起来，她已经连续维持这个状态接近半个月了，他觉得她此刻更应该回房去补个觉。

一小块地翻完，他放下铲子，从台阶上跳下来。他去洗了个手再出来，发现林稚已经在藤椅上睡着了。

周凛川将身上的外套脱下来盖在她身上，她睡着的模样好乖，没有雷厉风行，没有浑身戒备。他看着这张安静的脸，突然生出一种欲望，他再也不想只做她生命里的过客，他想靠近她。他对她，早已不再是那种远远看看就已经满足的感觉了。

第五章

独属于两人的暗语

出发去农庄的那天，天气很好，早上六点，林稚就收到了何瑶催她出发的微信，还附上了定位。她起床后在院子里洗漱，楼上还没动静。

洗漱完，瞌睡也跑光了，她便回卧室找了几件适合休假穿的衣服。收进包里之后，她突然又返回衣柜前，手指在一排衣架上滑动了数秒，终究还是将角落里那条买了很久、但一直没机会穿的孔雀蓝波西米亚风的手工印花连衣裙拿出来换上。剩下的时间，她化了个清新的淡妆。

出来的时候，她正好碰到从外面回来的周凛川。男生满头大汗，热气腾腾的，见了她这身装扮，眼睛一亮。除了当初在机场时，看她盛装打扮过，她大多时候穿着便于行动的T恤和牛仔裤，今日难得穿了裙子，她实在太适合蓝色。

"你去哪儿了？"林稚问。

听见林稚出声，周凛川这才移过视线："晨跑。"说完，后撤了一步，他一身汗，有味道，怕熏到她。

林稚感叹，果然是年轻啊，耗不完的精力。

她抬腕看了下时间，还早，便说："你先上去洗澡换衣服吧，我出去吃个早餐，你慢慢收拾，不急。"

"你等我跟你一块儿去。"说话间，男生已大踏步上了楼，声音回荡在整个楼梯间，"就十分钟。"

空气里还留存着男生身上的汗味，但并不难闻。林稚想到之前酒桌上那些大腹便便、脑满肠肥的中年男人，刚才的那一幕实在赏心悦目多了。

她在院子里待了一会儿，朝阳洒满半个院子的时候，她没等来周凛川。一辆车在她院子门口停了下来，林稚定睛一看，几个顶着熟悉面孔的人从车上下来。

林稚张了张嘴，还没来得及开口，周凛川已经下来了，三两步走到她身边。两个人几乎是异口同声地开了口："你们怎么来了？"

/078/

庄旭"哟"了声："几日不见，两位默契了许多啊。"

周凛川懒得搭理他的打趣："干吗？"

庄旭压低了声音，冲他使了个眼色："我来助攻你懂不懂？就你们两个人，多尴尬。"他说完对着林稚笑了笑，"出去玩嘛，自然是人越多越好玩。"

周凛川冲着后面跟过来的夏云舟努了努嘴，蹙眉："这就是你叫来的人？"

他眼瞅着夏云舟径直向林稚走去，恨不得把庄旭生吞活剥了。这个白痴，把夏云舟叫过来干吗？

庄旭挠头："其实我本来跟夏医生不太熟，只不过在科室里号了一嗓子，结果把最不爱热闹的人招来了。"

周凛川一时有些生气。

"走啊，两个女生还在车上。"

"还有谁？"

"岳千千跟我妹。"

周凛川满头黑线地去停车场把车开了过来，还没来得及跟林稚说话，夏云舟先开了口："林稚坐我的车吧，我们正好在路上叙叙旧。"

周凛川看向林稚，见她点了点头："行啊。"

他眸色渐深，看着林稚和夏云舟并肩走着，自己极慢地跟在后面。

车内等不及的庄妍打开车门就朝周凛川奔来，从夏云舟跟林稚中间一跃而过，直往周凛川身边凑："凛川哥哥，好久不见啊。"

周凛川朝前面看了一眼，见林稚连个余光都没给过来，黑着脸没接茬。

庄旭见妹妹差点挂在自家哥们儿身上，连忙一把拽过她，抬起手腕看表："这个点过去正好，路上不热。"

他刚说完，旁边的男生一把将钥匙扔给他，指着前方的小轿车，说："我坐那辆。"

说完，在两人诧异的目光里，周凛川大步走过去，拉开夏云舟的车门，在后排跟岳千千坐在了一块儿。

副驾驶位上的林稚扭头，愕然道："前面那辆车就两个人，你跑这儿来，不挤啊？"

"我乐意。"他淡淡地回了三个字。

林稚眨了眨眼睛，谁得罪他了？

大概是岳千千觉得后排的气氛冷冻结冰，实在难受得慌，赶紧下车去跟庄旭他们一块儿了。

"怎么了？"庄旭不明就里。

岳千千鸡皮疙瘩都起来了，摇摇头，感叹道："那边简直就是修罗场。"

庄旭不明所以："不会吧？"

"夏云舟也喜欢我姐，你不知道？"

"啊？"庄旭猛然扭头，心道坏了。

车子越往郊外开，建筑物越少，眼前呈现出大片的翠绿。因为天气适宜，又是周末，从市区出来的人不少，路上车辆不断。

林稚开着车窗，戴着羊脂玉镯的手搁在车窗上，在车颠簸的时候，镯子发出清脆的敲击声。

恍然间，她好像回到雅江祖父居住的那个小镇上。想想也是可笑，小时候拼命读书，想离开的地方，成了长大后最想念的地方。

夏云舟侧目，看林稚安静不说话的样子，问："怎么，想家了？"

"有点。"林稚将手从车窗外收了回来。

"你有多久没回去了？"

"其实不久。"她上次就是在从雅江落地江城的机场，遇到周凛川，不过是一个多月前的事。

林稚从后视镜看向后排，镜子里的男生正抱着手臂闭目养神，她默默伸手将车内空调温度调高了一点。在她回头的瞬间，假寐的男生突然睁开眼。女人披肩的黑发被风吹往后面，他不由得伸手，轻握住她的发尾，看着手心那绺头发发呆，好轻好柔，一不留神就

/080/

飘走了，就像她。

那头夏云舟还在费劲地找话题："我大概有五年没回去了。家里把中药房搬到江城来了，老家没什么亲人在，回去也没什么意思。"

林稚有些讶异："这么久？难怪你口味都变了。"

夏云舟笑了笑："刚开始来的时候饮食上最不习惯，可现在江城菜已经是我最拿手的菜系了。"

"你会做饭？"

"什么时候去我家尝尝？"

林稚不是涉世未深的女孩，夏云舟的意思很明显，她不是感受不出来。

她淡淡一笑，没说去，也没说不去。

这个笑在周凛川脑海里如幻灯片一般反复放映，折磨得他整个路途都心烦意乱。

农庄位于一片山谷脚下，一抬眸，满眼云雾缭绕，空气浸润肺腑，整个人立马神清气爽。路口人太多，车开不进去，一行人只好下车。

村庄路口拉着横幅，身着红色戏服的腰鼓班子敲打起来。林稚瞪大眼睛，看着好不容易从人群里挤出来的何瑶，问："我们就来玩两天，不至于这么大阵仗吧？"

何瑶笑："我家可请不起腰鼓队，听说今天市里有领导来视察，村里安排的。"

林稚点头，去后备厢拿行李。还没等她伸手，旁边一只胳膊伸过来，把她的行李一把拎起，他头也不回地走了。

"周凛川……"林稚刚要开口，说话声被震天的鼓声淹没。

庄旭快速跟上扬长而去的周凛川，那家伙浑身一股生人勿近的气场。

他干笑两声："你该不会在车上一直这个样子吧？"

周凛川冷冷睨他一眼。

庄旭顿时感觉被冻得浑身一颤："少爷，控制下表情，你这副样子跟马上要去炸碉堡似的。"

周凛川"哼哼"两声："我第一个炸你。"

庄旭立马打圆场："听哥的，问题不大，真的。"

周凛川懒得跟他废话，快步走了。

林稚跟其他人走到的时候，周凛川和庄旭已经在前台办理入住了。何瑶家里的农庄是在原本的宅基地上重建的，几家人入伙，规模不算小。她舅舅是主经理人，因着何瑶的关系，再三推托说不要钱。林稚指着身边几个人，笑了笑："没关系，来的路上，大家都说好AA了。"

何瑶的舅舅看着几个人衣着不俗，没再坚持，倒是何瑶在一旁不高兴："说好请你们来玩的，这下成了我揽熟人生意了。"

林稚拍拍她的肩膀安慰："哪有占妹妹便宜的，你好好带我们参观就行。"

放下行李，何瑶带他们去边上的茶坊喝茶。这里地处山区，不远处的种植区有成片的茶园，十分壮观，而在当地的茶坊里，能喝到今年出的第一批茶。

以翠竹为材料搭起的茶楼，一进去便茶香四溢。难得来这么雅致的地方，几个人进了包厢，点了个招牌茶饮，围炉坐着闲聊。

包厢内热气氤氲，加上早上一路舟车劳顿，周围的谈话声渐渐模糊了，林稚倚在边上的榻上昏昏欲睡。她肘下的靠枕是用粗线编制而成，虽然好看，但周凛川估摸着有些硌人，因为她翻动了好几次。周凛川盘腿坐在她身侧，顺手将一旁的毯子叠成个豆腐块，垫在她腰侧，这下大概是舒服了，她睡深了些。

这些细微的动作落在庄旭眼里，令人很是不习惯，他凑过去小声问："凛凛，你什么时候这么会照顾人了？"

周凛川俊眉一挑，声音从牙缝里挤出来："我也来照顾照顾你，要不要？"

说着他从茶壶里倒了一杯茶，递到庄旭跟前。庄旭连连摆手，一旁的庄妍见了，连忙过来端走，说："我哥不喝，我喝。凛川哥哥倒的茶，甜的。"

庄旭瞪大眼睛，这马屁拍得丧心病狂啊！

何瑶过于热情地邀请大家去村里的民俗博物馆参观。庄旭趁机把妹妹从周凛川身边扯了过来，看着她满脸花痴的模样，眉心直跳："别老往我朋友跟前凑，不老实待着，你信不信我给家里打电话，让他们把你接回去？"

"怎么了，我跟凛川哥哥要是好了，咱们也算是亲上加亲了不是？"

庄旭扶额："得了吧你，还有，你往他车上藏照片算是怎么回事？"

庄妍怔了一下，忽而有些失落："他发现了？怎么不直接找我问呢，这样我就能顺势跟他表白了。"

庄旭拍了拍她的肩膀，一时不知道说什么好了。

林稚醒的时候，包房里已经空了，只剩下茶桌上紫砂壶里的水还沸腾着。周凛川倚在榻榻米的另一头，翻看着一本德语书。

林稚淡淡地扫了眼书名，问："你还会德语？"

周凛川点头："我妈妈以前带我在德国待过一段时间，耳濡目染。"

他说完，将书塞回旁边的书架，询问："渴不渴？"

林稚点头："有点。"

周凛川坐了过去，找了两个干净的杯子，说："这茶很新鲜，城里很少喝到。"转而又指了指她面前的一盘糕点，"这个也好吃。"

林稚看过去，看那摆盘，像是没人动过，问："没人吃？"

"之前点的早被他们抢空了。"他笑了笑，"等人走了，我才让老板又上了一盘，你多吃点。"

等茶杯摸着不烫了，他才递到她手里。

林稚端过来，嗅了嗅香气，说："行啊，我也来尝尝凛川哥哥倒的茶，看看是不是甜的？"

周凛川听出她话里的揶揄，根本经不起逗，脸瞬间红了："你都听见了，原来你在装睡啊？"

"睡了。"随即，她又挑了挑眉，"不过中途醒了一次。"

怎么好巧不巧地听到那一句？

他侧身过来想要解释，皮肤白皙得像奶油，五官清俊，又有两分未褪的少年气。

"那个女孩就是之前我在照片上看到的那位，她喜欢你啊？"

"我不知道，我对她又没那个意思。而且这次出来，也不是我邀请她的，我根本没想那么多人来，我就想单独跟你……"

"跟我干吗？"

他抿抿嘴，他什么意图，她不知道？

他瞧着她，突然品出什么味来，看着她的眼睛："林稚？"

她啜了口茶，抬眸："干吗？"

"你吃醋啊？"他歪着头笑，目光突然有些执着。

林稚捏着茶杯的手紧了几分，难得地怔了下。她拿捏人不成，反被拿捏了，还真是不该提照片的事。

她没否认，这好不容易显露出来的一星半点的醋意让周凛川瞬间愉悦起来，但他也没紧逼着追问。

"他们人呢？"林稚面不改色地换了个话题。

"出去玩了。"周凛川答。

他从榻上站起来，理了理衣服，问她："楼下有一个小集市，要不要去逛逛？"

林稚刚醒，一时间有些犯懒。她一向出去旅游不爱到处逛，不过是喜欢到一个谁也不认识的地方做几天废人，换一种生活方式。在她还在思考的时候，周凛川已经伸手过来将她拽起，连拖带拽地将她拉出这间屋子。

男生在前面嘀咕："你工作的时候跟打了鸡血似的，怎么今天成懒猫了？"

林稚伸手敲了敲他的后脑勺："不许非议姐姐。"

这个旅游村的规模比寻常一个镇还大还要繁华，行人络绎不绝，虽然已经半商业化，但还是有不少本地的特色小吃。要不是刚才几块糕点吃腻了，真想买点尝尝，但此时林稚是半点也吃不下了。

为防止两人被人流冲散，周凛川从出门开始就拉着她的手腕。等绕过拥挤的人潮，到了稍微冷清点的路口，他才发现林稚盯着他紧握着的手，周凛川轻咳一声，松开手。

林稚脸很热，身上也被晒得很烫。她撤回手，双手环抱，两人一前一后漫不经心地走着。

空气清新，没有目的，这种感觉很妙。

在小集市的尽头，某个不起眼的小摊上，一个身穿扎染服饰的小姑娘跟路过的林稚对视了一眼，坐了半晌她突然起来，跑到林稚面前，问："姐姐，要买饰品吗？"

小姑娘看起来不过十三四岁的模样。

林稚头一次遇到这样直白拉客的小孩，扫了眼她家的摊子，里面有一些手工的银饰，还有少量针织披肩、帽子和小布袋。小摊的右侧，坐着一个老人，挑着长针，钩织着手里的毛线。大概里面所有贩卖的物品都出自她的手，奇怪的是，明明是一位老人所织，色彩搭配得却极为和谐，像覆盖在这山里的植被，平和又富有生命力。

她任由小姑娘将她拉了进去，结果一下出不来了，每一条都好看，挑花了眼。好不容易选了两条适合自己的，林稚举到周凛川眼前晃了晃，问他："哪个好看？"

他认真地想了一会儿，指了指她左手中那条，说："这个。"

而后，他又摇了摇头："要不都买吧？"

他指了指身旁那一架子的披肩，然后凑近，小声说："你放心，你把这些买光我都负担得起。"

林稚蹙眉:"你不是没钱吗?"

周凛川煞有介事地说:"给你花的钱还是有的。"

"喊。"

周凛川笑着看她,眼睛亮晶晶的。

林稚指着一排男款银饰,问:"你有没有想要的?"

"我?"

"不要算了。"

"喂,我要。"

"我不会反悔,你别拽着我。"

她在里面挑了挑,看到一个手环,是用扎染吉布和植物蓝染棉布编织而成的,锁口处的黄铜雕花尤为精致。她拿起来,戴到周凛川的手腕上,简单别致。

她挑得轻车熟路,看起来十分内行,正好又是他喜欢的类型。

周凛川问:"你该不是经常给男生送礼物吧?"

林稚斜眼:"你提醒我了,来都来了,给夏医生也挑一个吧。"

周凛川的肩膀立马紧绷起来,挡在她面前不肯让开。

林稚"哈哈"大笑,他实在不经逗。

"我没那么多男性朋友,也没那么多时间。"

周凛川难掩笑意:"那我是最特别的一个?"

林稚没接话,又继续给一起来的两个女生挑了东西,去结账的时候,见那个本地的小姑娘冲着她笑。她猜对方大概是误会了她和周凛川的关系。林稚一边扫码一边问:"怎么就你一个人陪奶奶出来卖货啊,家里没有其他人了吗?"

小姑娘摆手:"不是,还有一个哥哥,不知道野到哪里去了。"

"哥哥对你好不好?"

"不好,他有好吃的经常躲着我自己吃。"

林稚扫了眼门口看老人钩织的周凛川,有意逗小孩:"那你觉得那个大哥哥怎么样?"

小姑娘立马竖起大拇指："哥哥好帅，简直是我的理想型，跟姐姐太般配啦！"

　　林稚没忍住，笑出声来。

　　等她结完账出来，周凛川见她一脸愉悦的样子，问："你笑什么？"

　　"刚才那小孩说你是她的理想型。"

　　周凛川的嘴角扬了扬，尾巴立马翘起来："那你呢？"

　　"我觉得你一般。"

　　他的嘴角瞬间拉直。

　　不论在上大学还是踏入社会后，林稚见过不少好看的男生，司空见惯，审美疲劳了。但实话实说，硬要排个名次的话，周凛川应该能拔得头筹。越相处越发现，这个装酷的大男孩总会有孩子气的一面，还挺可爱的。

　　他嘟囔着："看来眼光跟年龄没什么关系。"

　　一旁的林稚很快捕捉到这句充满怨气的话，立马一个箭步从后面勾住他的脖子："你是说我年纪大，还是说我眼光差，啊？"

　　周凛川立马怪叫起来，那副夸张模样不知道的还以为她踩到他尾巴了。她稍微松了手，男生立马挣脱。

　　"喂，你跑什么？"林稚在后面喊，"我又不揍你。"

　　这家伙属什么的啊，跑这么快？

　　夏日的烈阳下，蔚蓝的天空好像离头顶很近，又很快被他们甩在身后。

　　回到农庄的两人大汗淋漓，火速回房间洗了个澡。周凛川强迫自己眯一会儿，他从昨天晚上开始就没怎么睡好觉，但足足酝酿了半个小时，仍没有困意，大脑中的多巴胺分泌得过于多了。

　　他的视线不自觉地往手腕上瞄。不算贵重的东西，但这是林稚第一次送他礼物啊。她的眼光怎么这么好？

他越看越喜欢，林稚的脸幽幽地在他脑海里浮着，挥散不去。他现在已经可以光明正大地想她了。

他就这样盯着看了半个钟头，突然以迅雷不及掩耳之势坐起。明明人就在隔壁房间，为什么不去见她？

他快速换了件衣服，正要出门，碰见正好回来的庄旭。

"你等等，我跟你一块儿去餐厅。"庄旭叫住周凛川。

"我不饿。"

庄旭一挑眉，拍着他的肩膀，摇头："有情饮水饱啊？你不饿，林稚也要吃饭的，我刚在走廊看见她跟岳千千她们先去了。"

周凛川这才停下脚步，倚在门边玩手机，等庄旭出来。

农庄里有专门的餐厅，到了饭点，用餐的人不少。

他们从楼梯下来，在餐厅侧门看见几个黄毛站在那里抽烟。这里是禁烟区，有服务员前来提醒，但被几个人不耐烦地赶走了。

周凛川连眼神都懒得给过去一个，径直要进餐厅。

"周凛川，好久不见啊。"突然背后传来吊儿郎当的一声。

周凛川一怔，但并没有回头。庄旭意识到不对劲，轻轻碰了碰周凛川的胳膊，小声问："谁啊？"

"别管他，走吧。"

进餐厅的那一刻，庄旭扭头，发现那几个人还跟着，领头的男生就是刚才跟周凛川打招呼的那位。直觉告诉他，那人不是善茬，但这里是用餐区，想来他们也不会在大庭广众之下找碴。

人还在后面跟着，周凛川怕把林稚她们吓着，准备单独挑张桌子坐下，那边庄妍已经先看见两人，朝他们挥手："这里。"

周凛川顿住脚步，犹豫着要不要过去，被庄旭拉了拉："没事的，走吧。"

一行人选了一张靠窗的六人长桌，林稚坐在靠走道的位置。周凛川走过去，在她对面刚坐下，林稚就推了一碗面到他面前，他一下没反应过来："什么啊？"

"听庄妍说今天是你生日？怎么没听你提起？"林稚问。

周凛川还没来得及答，庄妍先替他说了："他害羞，尤其是人多的场合，他从小就那样。"

他抬头跟林稚对视一眼，埋头吃面，扒拉了两口，再抬头，见林稚在对面比了一下手语："生日快乐。"

她什么时候学会手语的？

这满桌人只有他们看得懂，像是一种独属于两人的暗语。

周凛川静了几秒，眼角微提，目光越亮，声音越轻。

"谢谢。"他回了一个手语。

一碗面吃得他心里鼓鼓胀胀的。

在几个人有说有笑的时候，刚才在门口跟着周凛川的几个人坐到他们斜后方的位置，高谈阔论，吵闹喧哗，引得整个餐厅的人侧目。

林稚察觉到周凛川神色有异，扭头看过去。那几个人突然停下说话声，冲着她吹了个口哨。

周凛川的脸色一下就变了，顿时乌云笼罩，阴霾黑沉。

他正要站起身，手一下被林稚按住。直觉告诉她，那几个人跟周凛川认识，脸上就差写着"来者不善"四个字，而面对找事的人，最好的办法就是冷处理。

奈何树欲静而风不止，那些人说话声音越来越大。

"有些人退役了就把往日咱们这些哥们儿都扔一边了，真没劲。"领头的那人突然酸溜溜来了一句，话锋一转，"周凛川，你现在不在滑雪队了，一天天的很闲吧？还是周少爷的魅力大呢，在哪儿都前呼后拥的，这么多美女陪着。"

"可惜了，她们知道你是个聋子吗？"

"哈哈哈，远哥，你咋尽戳别人的痛处呢？"

"老徐，周凛川何许人也？当年他可是备受瞩目的滑雪天才，他的大跳台纪录至今还在国家队挂着呢。可惜，天才陨落，泯然众人，实在让人痛心。早知如此，当初就不该那么狂妄，低调点，也不至于谁都想来踩上几脚。人啊，活着就得谦逊，太不可一世，可不就得受点报应？"

周凛川拿筷子的手握成拳，青筋暴起。他不想打架，尤其是在林稚面前，此刻已经忍到极限。

"周凛川，我听说你爸让你拿了冬奥会的金牌才答应认你，现在你成了这副鬼样子，是不是彻底被扫地出门了？你要是实在无处可去，我可以去求教练，让你留在队里做个后勤……啊！"

尖锐的惨叫声刺破所有人的耳膜，周凛川抬眸，林稚不知何时起的身，朝那个聒噪的声源处走去，她将端在手里的汤从那人的头顶劈头盖脸地淋下去，动作流畅，没有丝毫的犹豫和拖泥带水。

岳千千见状倒吸了一口凉气。一切发生在电光石火之间，她想阻拦都没来得及。

滚烫的汤汁淋得那人"吱哇"乱叫，坐在他旁边的人"腾"地站起来，指着林稚的鼻子怒吼："你是谁啊？"

餐厅的天花板上悬挂着水晶灯，林稚刚好站在灯下，白炽灯光打在她的侧脸上，轮廓显得尤为冷硬。

好奇怪啊，这些人明明不关他们的事，可偏偏他们要做好事的看客，等着你陷入泥潭，妄想践踏着你，享受看戏的快感。这样的事情曾经发生在她身上，如今又发生在周凛川身上。

如此浅薄，令人作呕，多可笑啊。

"几位九年义务教育没毕业？不知道在公众场合说话得注意分寸？"林稚挑眉，用最轻松的语气说，"指什么指，头上长个脑袋突显你个子了？还想打女人？满嘴胡言乱语，运动员是吧？叫什么名字，这么嚣张，拿过几个世界冠军呀？"

说着说着，她突然笑道："该不会是他的手下败将，想看别人笑话不成，恼羞成怒吧？看你这么咆哮，我猜得没错？"

她扭头看向呆愣着的周凛川，目光里多了几分温柔、几分肯定："看到残缺的玉珏仍旧是主宰神明的王，自己费尽心机，也只配在阴暗里爬行，你以为少了鲲鹏，自己能展翅高飞，结果顶多只能做扑腾的鹌鹑，看清了本质又不敢承认，破防了？"

她实在太洞察人心，只轻轻抓住一个点，就足以让人溃不成军。

她只站在那里，就明艳得不像话。

周凛川的心猛地被击中了。

即便是和他身处同样的境地，她不会难过，不会崩溃，不会委屈，却在他最难堪的瞬间，从人群中走了出来，捍卫他的自尊，在寂寥黑暗的天际撕开了一道光。

男人被激得面红耳赤，见整个餐厅的人都等着看他笑话，面子挂不住，伸手就要往林稚脸上挥。林稚做好了防范的动作，但丝毫没用上。周凛川一个箭步冲上来，将她护到身后，一只手扣住男人的手腕，冲着他的腹部结结实实打了一拳。

他发怒的时候，与平时寡言的模样截然相反，爆发力骇人，眼底闪动着愤怒的光："你敢动她试试？"

那人光会耍嘴皮子，打起架来像个废物，那一拳打在他肚子上，他的身体向前弯折下去，倒在地上光闷哼了。

剩下的人一拥而上，而原本在那边坐着的庄旭跟夏云舟也冲了过来。餐厅里乱作一团，用餐的客人们尖叫着散开。

庄妍跟看影院大片似的，眼睛都不眨一下。而这边的林稚撤出"战场"，回到座位上，淡定地吃着桌上的菜。三个女生中只有岳千千还正常，一脸的惊魂未定，挑了个相对安全的位置坐下来，问："表姐，咱们不拉架吗？"

林稚咀嚼着嘴里的食物，看着一地狼藉，耸肩说："这会儿他们热血上头，咱们过去很容易被误伤，等他们打累了，自然就停了。"

打架的几个人，除了周凛川，其他人都挂了彩。

最后还是店主带了几个五大三粗的服务员将他们拉开了，对方嘴里仍不干不净。庄旭指着对面一个黄毛，怒吼："你再骂一句试试？"

"还是报警吧。"林稚拿出手机。

对面几个在役运动员一听警察要来,顿时急了,只有那个带头的还嘴硬:"叫呗,又不是我们先动的手。"

林稚一指斜后方的监控摄像头:"那不都拍着呢。"

那几人没想到还有监控这茬,顿时神色慌张。

"我吃饭吃得好好的,被人泼了一碗汤,我倒要看警察怎么判!"

"你该庆幸今天淋到头上的只是一碗汤。"周凛川开口,眼睛带血似的瞪着对方。

气氛又开始剑拔弩张,店主连忙出来打圆场:"这事私下解决就算了,没必要闹到警察局。都是半大小伙子,血气方刚的,有几句话不对付,动手很正常,大家都是这个年龄段过来的,要不冷静一下,和解了?"

"意思是我们这几个人白挨了顿打呗?"

"你还好意思说呢,"庄旭在边上搭腔,"几个练体育的,被外行人揍了,说出去也不怕被人笑话。"

"你说什么?"

"怎么,想进去蹲几天?那你这了不得的职业生涯可要被毁了,还怎么有脸取笑别人?"

"他……他报警了?"

那几个人脸一白,撒腿溜得没影了。

庄旭跟夏云舟伤得不重,但经历了一场恶战,都有些疲惫。两个女生也没了吃饭的心思,都回房间休息了。

林稚坐在餐厅外的露天院子里,点了两杯柠檬水,透过落地窗,看正在跟店主谈赔偿事宜的周凛川。没一会儿,人出来了,在林稚旁边找了把椅子坐下。他除了嘴角带了点瘀青,其他看着都还好。

"你没事吧?"林稚问。

刚才那几个人话说得实在难听,她担心他走入死胡同。

"我没那么脆弱。"男生仰头,看着逐渐变黑的天空,缓缓道,

"我以前是练跳台滑雪的,是运动员。"

林稚点头:"我猜到了。"

"你怎么猜到的?"

"你太自律了,晨跑夜跑从不间断,一般人坚持几天还行,但很难形成一种习惯,只有军人跟运动员,很明显你不是前者。不过刚开始的时候,我猜的不是这个。"

"嗯?"

"我以为你是混社会的,毕竟你打架很厉害。"

男生突然笑了:"你也不赖,下手毫不含糊。"

林稚咬着柠檬水中的吸管,问:"刚刚那人是谁啊?"

"他叫林远,以前跟我一个队的,后来因为成绩下滑得厉害,被送回省队了。"

"你以前一定很厉害。"

男生眸子亮了亮,问:"怎么会这么说?"

"他嫉妒你,才会说那样的话吧。而且,我觉得你身上有一股劲,好像不管从事什么行业,都可以做得很好。"

周凛川立马做了个急救的动作:"啊,你今天夸我夸得太多了,我扛不住了。"

"有点肉麻吗?"

"肉麻归肉麻,你多说点,我爱听。"

"少贫。"林稚站起身,"走吧,去看看这里有没有药店,给他们买点药回去。"

周凛川也跟着站起来,两人并肩走在青石板的小道上。夜幕中的村落,有种别样的风味。夜风从两人之间穿过,一股透心的凉意袭来,林稚揉了揉肩膀。

周凛川很快察觉到她的异样,询问:"你冷吗?"

"不是,肩膀有点痛,可能明天要下雨了。"

周凛川紧张起来:"你刚才没受伤吧?"

"没,他都没碰到我,肩上的伤是以前车祸留下的后遗症。"

"很难受吗?"

"还好。"

他的手从左侧伸过来,轻轻捏住她的肩膀。两人之间的距离拉近,一股清冽的男人气息扑面而来,林稚丝毫不觉得冒犯。来到一个陌生的地方,看着男生安静的侧颜,让她突然有了一丝倾诉欲:"我以前被人救过。"

周凛川转眼,看着她。女生站在昏黄的路灯下,眼神温柔如水。

"当时我以为自己真的要死了,脑子里的走马灯转啊转,一点画面也没有,我没想到自己会活下来。可是不知道怎么,劫后余生对我来说,更多的是罪恶感。我并不值得一个人牺牲自己来救我,即便活下来又能怎么样呢?我一无所有,徒增孤单而已。但是后来,我无数次想起那个冒着生命危险来救我的人,我对他一无所知,从未谋面,我就觉得我应该好好生活。也许活着没什么意义,但我还是会想着那个人,让自己珍惜所拥有的一切。"

周凛川沉吟了一会儿,点头:"这是好事。"

"我的意思是,周凛川,不论你经历过什么,不要在意别人的想法,更不要放弃自己,去寻找你的理想,然后义无反顾地坚持下去。"

"我会的。"

他很认真地消化了这些话,林稚紧绷的情绪终于舒缓了些。

走到了风雨桥,底下的溪水边传来一阵叫嚷声。两人循声看过去,原来是有人在放灯。桥的另一头,却被广场舞大妈占领,堵得水泄不通。两人只好去桥下,顺着浅水区从通往对岸的石阶过去。

溪流两岸只有很暗的照明灯。周凛川打开手电筒,怕林稚看不清路,面对着她倒着走。

"今天那碗长寿面是你点的?"

林稚点头:"本来想给你买个蛋糕,但在软件上找了个遍,也没找到专做蛋糕的,咖啡店倒是不少。你说这算不算是个风口?"

"你指的是来这里开个蛋糕店？"周凛川问。

林稚还认真地想了想，很快否定了刚才的想法："算了，这里除了旅游旺季，其他时间段客人都不算多，会亏钱的。"

"财迷。"他看着她笑，"你脑子里是不是随时装着本生意经？"

"不然呢，我要赚钱，我还有贷款要还。"

"什么贷款？"

"我之前在江城给我妈买了个房子，想着要把她接过来一块儿住，原本打算两年之内提前还贷，结果现在变成这样。"

"要不我帮你还了吧？"

林稚忍俊不禁："你是财主啊，这么有钱？"

"以前比赛的奖金我都存着，没动过。"

林稚多看了周凛川两眼，才发现他是认真的。

"算我在你工作室入股怎么样？"

他的眼神变得有些难辨，一下被她捕捉住，居然率先移开视线："算作我的生日礼物。"

林稚忍俊不禁："哪有人干活倒贴钱的？"

"我乐意。"

"你这样很容易被人骗的。"

见男生不答话，她才正色了几分："我不跟人合伙做生意。"

他有点急了："为什么？"

他蓦然转身，脚下一滑。

"你别激动……"林稚的话音被巨大的落水声淹没。石阶上有青苔，她忘记提醒他了。

周凛川穿着白色的衬衣，浸泡在水里，水不深，还不到他的胸口。他想踩着水底的石头爬上来，没站稳，再次跌进水里。这下头发也打湿了，他抹掉脸上的水，甩了甩头，远远看着，像一只狼狈的落水小狗。

"要不要我拉你一把？"林稚笑着问。

男生修长的手指伸过来。

林稚有意逗他:"叫声姐姐,我就拉你。"

周凛川的喉结滚动了一下,嗓音像抱怨,更像撒娇:"快点啊……"

林稚不逗他了,抓住那只悬在半空中的手,谁知还没使劲,就被一股反方向的力拉拽着。林稚只觉得身子一轻,跟着跌在水里,好在男生扶着她,没有磕碰到石头。

她的衣服也湿透了,贴在身上,狼狈情况和他倒是不相上下。但是很凉爽,尤其是在这样的夏夜,烦闷情绪在入水的那一霎,居然一扫而光。

她有点想念小时候在雅江,跟着母亲在溪谷里玩耍的夏天了。

林稚捧着水朝周凛川浇过去:"你是不是故意拉我下水?"

周凛川迎着她的视线,不躲不闪,抿着唇笑:"谁让你逗我的?"

但很快,他又有点担心,问:"冷吗?"

林稚摇头:"不冷。"

水很凉,浮在上面的空气却燥热。

先前很多人在吵闹,这会儿突然安静下来,只有不远处商业街的射灯偶尔转到这边,只停留几秒,又转向别处。

静了片刻,周凛川找了个石阶准备爬上去。

"你别动。"

"嗯?"

"水里有蛇。"

周凛川湿着脸愣住:"哪儿?"

"你别动啊。"

"你不怕?"

"我当然不怕,我从小在镇上长大的,什么没见过,你别动啊——"

岸边的榕树被风吹得"沙沙"作响,周凛川僵硬着身子,看着林稚越凑越近,忽然感觉小腿一阵清凉。

"哎呀——"周凛川大叫一声,等反应过来,罪魁祸首就在眼前笑弯了腰。

　　那笑容勾魂摄魄,看得他胸腔热腾腾的。

　　他们离得太近了,即便是黑漆漆的夜里,也能将对方每一个表情看得一清二楚,又或者这张脸已经在他脑海里生了根。

　　额前的碎发一直在滴水,好痒,他伸手擦掉,再抬头,她仍旧在笑。

　　"你别笑了……"

　　林稚不听。

　　下一秒,他突然伸手搂住她的腰,探身堵住了她的嘴。

　　林稚浑身跟过了电一般,心跳快要停止,她什么都来不及阻止,甚至忘记闭上眼睛。

　　月光在溪水里狂舞,沉沦。

第六章

关于悸动

下半身泡在凉爽的水里，上半身的皮肤却滚烫无比。他轻啄了一下她的唇，随后迅速撤开，人并没有离开太远，他看着月色下她的眸子，那里面装满了错愕。

黑暗足以让少年生出勇气，即便脑袋快要炸掉了，好似缺氧得厉害。

她唇上的口红被吻得晕到嘴角，有一种不自知的性感，引诱着他的大脑失去控制，再次靠近，用仅存的那丝理智，注视着她的神情。如果她有一丝退避，他一定会停止接下来的动作。

可是她没有。

她或许也跟他一样失去了理智，又或者她也喜欢他吗？

这一念头让他欣喜若狂。

他蹭过她的鼻尖，侧过头，扶住她的后颈，继续刚刚那个匆忙结束的吻，不同于那时的忐忑急切，而是慢慢加深。林稚只觉得漫天星辰都被他遮了去，温柔的唇齿触碰，令她情不自禁地闭上眼睛。耳边是他的呼吸声，淹没在潺潺溪水中。她昏昏沉沉的，几次有逃开的念头，但在犹豫中竟然生出几丝不舍，脑海中仅剩的残念又在不停追问。

林稚，你到了一个陌生的地方，居然这么放纵了？

放纵就放纵吧，人生一世，草木一秋。

她居然就这样轻而易举地说服自己，在这缠绵中沉沦。

吻绵长而深沉，直到挤压完她肺里所有的氧气，她才突然清醒过来，推开他，平息着已被点燃的情绪。她背过身，什么也没说，也不知道该说什么。

她踩着石阶上了岸，摸了摸后颈，分不清是水还是汗，湿漉漉的。

就这样，她消失在夜色里。

周凛川不知道自己在水里泡了多久才让五感回归，他捂住因为屏住呼吸太久而憋得通红的脸，终于有了释放的出口。

而夜色中的女人像刚溺水被人打捞起来一样，茫然地走在路上。再不走，她恐怕要窒息而亡了。她明明不该像个初次经历亲吻的人慌张无措，此刻却像个弱智一样四处乱窜，半个小时过去，心脏仍无法平复地狂跳着。

短短不到十分钟的路程，她走了近一个小时。

"表姐，你在听吗？"岳千千伸手在发呆的林稚眼前晃了晃，"怎么了？跟你说了半天都没反应。"

"什么？"

岳千千眯着眼睛，跟林稚重复了刚才的话："我说我最近在江大天天碰见周凛川。"

"嗯？你没在医院？"

"没有，这段时间为了赶论文泡图书馆呢。"

"哦……"

"我看他手里拿着家居设计方面的书。"

"嗯。"

"你就这反应？"

林稚此刻最不想听有关周凛川的话题，没有接话，起身要去浴室洗澡。岳千千一把拽住她，才发现她身上湿漉漉的。

"你这是怎么了？"

她凑近去看表姐的脸，红通通的，是不是发烧了？她伸手去摸，被林稚避开。

"晚上就你跟周凛川没回来，你们发生什么事了？"

林稚嘴巴抿成一条线。没有，什么事也没有……她还能告诉岳千千，她跟周凛川那家伙接吻了？

绝对不行。

林稚稀里糊涂地进了浴室洗完澡，然后晕晕乎乎，一觉睡到天亮。第二天醒的时候不到七点，岳千千跟庄妍已经约好下楼吃早餐，剩她磨磨蹭蹭不想起床，脑子里思索着，等下碰到周凛川该说什么。

脑海里乱作一团，她叹了口气，将被子扯上来捂住自己的脸，疯了。

在村里晨跑了一圈回来的岳千千见表姐一直没下楼，回房见她还在睡着，掀开被子，催促她起床洗漱："你捂这么严实，也不怕把自己憋死。赶紧起床，好不容易出来放松放松，大好晨光，你不会就打算这么睡过去吧？"

林稚磨磨蹭蹭地起床，说："要不我叫个外卖在房间里吃算了，今天就不下楼了。"

岳千千蹙眉："你不舒服？"

"没……"

"那你在躲谁？"岳千千眯着眼。直觉告诉她，昨晚一定发生了什么事，奈何表姐的嘴巴太严了，怎么都撬不开。

"今天的露天烧烤，你确定不去？来的路上，你不是一直念叨吗？"

"没胃口。"

"那他们三个男生白去看场地了，一大早搬帐篷和食材，来回跑了好几趟。"

那周凛川这会儿不在……林稚脑海里飘出这句话，说："你先下楼吧，我随后就到。"

怎么又乐意出门了？岳千千张了张嘴，话没出口，表姐已经进浴室洗漱了。

她只得给庄旭发微信，询问那边的情况。

天公作美，是个阴天，不算太炎热，是个适合露营的好天气。

庄旭回完微信，一抬眼看见周凛川在树荫底下搭帐篷。这家伙从昨晚开始就很反常，从来了这里开始就闷头干活，一句话也没有。

庄旭把夹炭的火钳递给旁边的夏云舟，走过去递给周凛川一瓶水。忙活了一早上，庄旭都累糊涂了，靠着一棵树，拧开水瓶，"咕咚咕咚"喝了一大半。他垂眸一看，周凛川正慢条斯理地拧着瓶盖。

庄旭问："你怎么了？不舒服啊？"

他挪了个位置，让周凛川靠过来，见男生摇头。他没不舒服，但显得心事重重。

庄旭捅了捅他的胳膊："说吧，什么事能让你魂不守舍成这样？"

周凛川沉吟了半晌，都快把庄旭的耐心耗没了，才幽幽地吐出了一句话："我做了一件出格的事。"

"啥事？有多出格？"

"算了，我说了你也不明白。"

"哟呵，瞧不起谁呢？"

周凛川没心情跟庄旭拌嘴，转而看向湛蓝无云的天空。庄旭盯着他失焦的瞳孔，正分析着呢，旁边的男生没头没脑地突然来了句："我知道我犯了错，但我并不想更正。"

大哥，说点我能听懂的，成吗？

看他的神色，不像是为昨天那拨闹事的人难受，庄旭稍稍安了心："那些人说的话，你不要往心里去。"

"我没那么闲。"周凛川仰头喝了一大口水，咽下后继续说，"其实就算没有那场车祸，我身上的旧伤也让我坚持不到奥运的赛场上。你是医生，应该比我更清楚。"

"我不知道，以你的耐力和韧性，说不准。"

"我爸想借那块极有分量的奖牌跻身江城政界，而我拼命地想向他证明自己，一切早已不像当初入行单纯。我拿它换了我爱的人一条命，有什么不值得？"

庄旭乐了："林稚有那么好吗？"

周凛川"哼哼"两声："比把你扔在江城，自己出国进修的秦医生好一万倍。"

庄旭欲哭无泪："周凛川，你专往人伤口上撒盐是吧？"

周凛川继续干活，头也不回："你有这工夫，还不如多打几个国际长途。"

他将帐篷搭好，再回头时，庄旭果然在不远处煲电话粥。周凛川勾唇，看了眼腕上的表，已经九点，估摸着她们已经出发了。

那边夏云舟已经在生火，他帮忙处理食材，时不时往身后那条小道上看。

"那个，昨天谢谢。"

"啊？"夏云舟意识到周凛川在跟自己说话，反应过来他是指打架的事，"举手之劳。"

"你没受伤吧？"

"擦破了点皮，问题不大。"

"回市区了，我请你喝酒。"

夏云舟突然觉得这个男生比他想象中要真诚许多，点头："行啊。"

两人聊了一会儿，几个女生终于出现在路口。庄妍咋咋呼呼地跑过来，跟周凛川说话。周凛川瞥了眼跟在后面的林稚，她将手里的水果放到餐桌上，被夏云舟招呼着烤串去了，自始至终没看过来一眼。

一股失落立马弥漫在心头，以至于他完全没把心思放到手上串食材的动作上，猛地一扎，手心被刺破，庄妍吓了一跳。

"没事吧？"她去抓周凛川的手，却被他避开。

"小声点。"

"哦。"

"去给我打点纯净水来。"

"好。"

好不容易把庄妍支走，周凛川也没了串食材的心情，没忍住把岳千千叫了过来。

"你姐昨天晚上跟你说了什么吗？"

"啊？"岳千千一脸疑惑，这两人怎么都奇奇怪怪的？

"你不是跟她住一个房间吗？"

"是啊。"

"她什么也没跟你说？"

"说什么？"

"她有没有聊起落水的事？"

"没啊，你们落水了？难怪我姐昨晚回来浑身湿透了。"

"她什么也没说？"

"没有。"

周凛川面无表情地坐回椅子上，双手无力地垂在身侧，一动不动。

岳千千看着他的样子，仔细地盯着他的表情，见他脸上忽然闪过一抹懊悔，她嘴唇翕张："不过她今天早上——"

"早上什么？"周凛川蓦然抬起头，眼睛有了光亮。

"我干吗告诉你？我可是站夏医生那边的，从不轻易爬墙。"

"我拿庄旭的秘密跟你换，怎么样？"

"啊？"

岳千千扭头，扫了眼蹲在树下打电话的庄旭。那人还不知道自己已成为两人的交易对象，正咧着嘴对着电话那头笑得跟花儿似的。

"有了这个，我相信你的实习生涯会比现在顺利。"周凛川淡淡道。

"我姐本来不打算来的，是我硬拉她过来的。"

周凛川神情有些紧张："她不舒服？"

"没有啊。"

周凛川神色稍霁。

见他沉默，她问："怎么了？"

"没事。"

周凛川看向树林里的那道身影。他的直觉没错，她在躲着他。一时之间，一股无法消解的委屈从心口升腾而起，直至嗓子眼。

远处的林稚并没有察觉到周凛川的情绪变化，她坐在夏云舟跟岳千千中间，听两人对着肉串大聊特聊解剖学，被逗得"哈哈"大笑。

何瑶拿了自家酿的杨梅酒过来，入口甘甜，后劲却很足。周凛川闷闷不乐，连灌数杯，彻底醉倒在餐桌上。

林稚看着被庄旭扛进帐篷的周凛川，有些不放心，想去看看，被岳千千按住。

"姐，刚刚的真心话大冒险你太敷衍了，重来，不许耍赖。"

林稚坐回座位，注意力早已不在这里，但还是摸了摸鼻翼，掩住心思："想问什么？"

"林稚姐有很多人追吧？"一直看热闹的何瑶也加入其中。

"这个我做证，"岳千千举手，"从小我姐追求者的投喂充斥着我整个童年啊。"

庄妍也是个会来事的，趁热打铁地追问："迄今为止，有没有让你比较遗憾的人或事？"

"当然有。"

所有人都洗耳恭听。

"我在加州做交换生那年，负责过一个公益项目，因为是第一次，又在异国他乡，我非常紧张。结果也如我所料，反响平平。不过，我收到了一封信，是手写的中文。那个人将他参与活动的感受写了满满几页纸，给了我很大的鼓励。后来，我在一次义卖展上，通过取货单看到了同样的字迹。"

"是个男生？"

"嗯。"

"帅吗？他长什么样啊？"

"我忘了，只隐约记得他向我发起邀约，我应该是答应了的，但他爽约了。那是我在加州做的最后一个展览，之后交换生结束，我很快回国，再也没见到他。"

众人唏嘘间，林稚起身时笑了笑："很正常，人这一生遇到的人太多了。"

夏云舟拿了她落在椅子上的防晒衣，跟上林稚："你去哪儿啊？"

"这边风景不错，想走走。"林稚回。

出了露营区，太阳光线在无遮挡的情况下，显得尤其炙热。林稚想着要不要往回走的时候，身边的人递过来一件防晒衣，夏云舟说："一起吧。"

庄旭安顿好周凛川回来，见餐桌上的几人兴致缺缺，问："怎么了？我这刚走不到五分钟，怎么都跟晒干的茄子一样？"

庄妍摇头："可惜了，你刚错过一个特别遗憾的故事。"

"谁的啊？"

"林稚姐的。"

"啊？"庄旭扫了眼不远处的帐篷，咬了口羊肉串，含糊道，"那可惜的不是我，另有其人。"

露营地的尽头，是一片湿地，环境宜人，各种鸟类逗留于此，很适合发呆。大概是察觉到林稚很长时间不说话，夏云舟问："你心情不好？"

林稚扭头："怎么会这么问？"

"感觉。"

林稚笑了："夏医生对病患都这么细心？放心吧，我身体好得很。"

夏云舟不动声色地道："我不单单把你看成病人，你知道的。我来这里是因为你，林稚。"

/106/

他看着她的眼睛开口。

林稚的笑容凝在唇边，扭头看这个寡言少语的男人。他成熟稳重，职业稳定，想必身体也不错，是个很好的对象。他是将她从死神手里抢回来的人，她感激他，但是别的——

在她沉默的瞬间，夏云舟抬起手，碰了碰她的脸。

这时，耳边的风也渐渐静了。

男人的脸在她眼底放大了几分。

林稚并非不知道他要做什么，可是脑海里突然闪现昨天夜里的情景，潺潺的溪水、炽烈的眼睛、绵密的亲吻，甚至月光中起舞的微尘。

她的大脑瞬间被填满，林稚别过头。

夏云舟缩回手，笑了笑："我好像唐突了。"

她怎么会在这种时候想到周凛川？林稚被自己的念头吓了一跳，定了定心神，她才开口："我很抱歉。"

"我知道你的意思了，没关系。"夏云舟很有分寸地后退几步，与她拉开了距离。

这场对话就这样尴尬地戛然而止，留下沉默的两人。林稚也没心思再溜达，正欲找个理由回去，夏云舟开口："表白失败的是我，你怎么比我还尴尬？以后，朋友还是能做的吧？"

看他的神色，不像是会耿耿于怀的样子，林稚轻松了些："当然。"

"我以为你被人追得习以为常了，不会这么不自在。"

"你又不一样。"

"那周凛川呢？他跟我是一样的吗？"

"啊？"林稚的肩膀塌下，一时不知道该怎样作答了。

周凛川醒的时候，已经是第二天早上了。也许是连着几天都没睡好，在酒精的作用下，他中途几乎没醒。睁开眼时，头痛欲裂，他躺在帐篷里，一时搞不清身处何地，正好庄旭走进来，冲着呆愣的他挥了挥手。

"你终于醒了？"

"几点了？"他的嗓子又干又痒，艰难地挤出几个字。

"还问呢，你从昨天中午睡到现在，"庄旭看了看时间，"已经快十二点了，大哥，要是你再不醒，我就要考虑把你送医院了。"

"昨天？"他的脑中一片空白。

"那杨梅酒度数那么高，何瑶都说了，他们村里的老人都不敢这么喝。你倒好，拿着酒瓶就往嘴里灌，醉得跟条死狗一样。"

"林稚呢？"周凛川揉了揉眼睛，去找纯净水喝。

"走了。"

"什么？"他拧瓶盖的动作僵住。

"她说工作上有点事，夏云舟跟她一块儿走的。"

把他留在这儿，她自己走了？

周凛川捏着水瓶，呆坐在帐篷里。

他忽然想到什么，去找手机，在方寸之地翻了半天，终于在帐篷的角落里找到。按开电源键，里面一条消息也没有。

"什么工作啊，这么急？"他揉了揉乱糟糟的头发，嘀咕着。

"听说是个客户，应该是对她的设计很满意吧，要约着见一面，别的我也不清楚。别愣着了，走吧，把帐篷收一收，吃个午饭，咱也要打道回府了。"

庄旭催促着，从帐篷里出来，一个脑袋从外面探进来，吓了庄旭一个激灵。

等看清来人后，他蹙着眉："庄妍！你一个女孩子，跑到男生这边的帐篷来干什么？还有没有点边界感？"

庄妍委委屈屈："我来看看凛凛哥有什么需要嘛，你又不会照顾人。"

两人说话的时候，帐篷里的人已经快速收拾好，一声不吭地往农庄走。庄旭拉住他，问："走这么急干什么？"

"回家。"周凛川蹦出两个字。

"不吃饭啊？"庄旭在后面喊。

见男生不搭理自己，庄旭叉着腰，叹了口气。庄妍凑上前来，问："怎么感觉林稚姐一走，他魂都丢了？"

"你才知道？"

"哎呀，祝小姐人很好的，又不会欺负她。"

庄旭一愣："什么祝小姐？"

"就林稚姐那个客户啊，这事说起来，还有我一份功劳呢。"

"你？"庄旭挠挠头，余光一扫，周凛川折返回来了。

"祝雪青，祝家最受宠的小女儿，小时候老挂着鼻涕的那位。之前我跟她在酒吧遇到过一次，就加了联系方式。她要做全屋定制，我把曲晏介绍给她了，后面听说曲晏找了林稚姐。"

"她自己不就是开家装公司的吗？"

"这我哪知道，可能林稚姐名气大呗。"

庄旭眼睛一眯，审视着她："我说你一天天的正事不干，小道消息倒是知道不少。"

"我也就跟她喝过一次下午茶，再怎么说，祝小姐是凛凛哥的准嫂子，人家约我，这点面子我能不给吗？"

两个男生均是一怔。

"你说什么？"

"周、祝两家联姻，虽然封锁了小道消息，我哥不知道算情理之中，但是凛凛哥，你好歹是自家人，对家里的情况这么不关心的吗？"

周凛川脸色铁青。

"这事，林稚知道吗？"庄旭问。

"不知道，你不是嘱咐过我，不要透露凛凛哥的身份吗？再说，这也跟林稚姐的工作无关啊，哎——"庄妍扭头，看周凛川大步离去的背影，问庄旭，"我说错什么了？他脸色怎么这么难看啊？"

庄旭有点不放心地挪过视线，看着自家妹妹，一时不知道该说什么。

"收拾东西回家。"

庄妍叉着腰，理直气壮："我又没做错什么，我这不是想着跟周家的人搞好关系，以后我跟凛凛哥有可能的话——"

"没可能。"庄旭翻了个白眼，她怎么这么傻白甜呢，"他喜欢谁你看不出来？"

"谁啊？"庄妍在脑子里理了理，"你是说林稚姐啊？他喜欢成熟款的？"

"这话你可别当着他的面说。"

庄妍低头看了眼自己的百褶小短裙，一阵懊恼，早知道她就烫个大波浪了。

庄旭叹了口气，两眼望天，乌云密布，要下雨。

回市区的路显得漫长无比，周凛川更是心乱如麻。他难以想象，林稚要如何接受这个抢了自己公司的合伙人摇身一变成了前男友的未婚妻的消息。祝雪青偏要在这个时候找上林稚，她想干什么？周彦臣知道吗？

他越想越担心她，不由得将油门踩到底。

银泰大厦。

林稚从夏云舟车上下来的时候，曲晏正一脸焦急地等在门口。离赴约的时间还差半个小时，她不算迟到，但曲晏显得很是着急。她头一回见他这么慎重，心里不禁想是何方神圣？她随曲晏乘电梯一路向上，进了一个高档餐厅。

刚进包厢门，一个五十多岁的妇人迎了出来。林稚一愣，笑容瞬间荡漾开来："老师？"

冯姜已经很久没见自己的爱徒，她带过很多出色的学生，林稚是其中她最惦念的一个。林稚被她拉进了包厢，再回头时，曲晏不知什么时候已经悄悄离开了。

他是什么时候认识冯老师的？

她一时半会儿还没搞清楚情况，就见里屋走出几个女人，其中一位被众星捧月似的围在中间，一身曳地红裙，火红得灼人眼球。祝雪青扭着细腰走过来，冲林稚伸出了手："好久不见啊。"

林稚没想过会在这里见到祝雪青，并未伸手相握。那只手在空中停留片刻，略显尴尬地收回。

"今天是我做东，请一些好友聚聚。咱们之前是一个宿舍的，毕业后还没怎么聚过呢，正好赶上冯老师回江城，今天不醉不归啊。"祝雪青说。

林稚被人推着上了餐桌，一群人端着红酒杯附和，唯有她没动。

最后还是冯老师冲她举了举杯，林稚才勉强与老师碰了碰。

冯姜保养得宜，但仍掩盖不住眼角的细纹。她看着一桌齐聚的人，心里很是欣慰："看着你们这样团结，我很开心，不管在哪儿，你们都要记住，你们都是一家人，平时互相帮衬。"

祝雪青笑盈盈地接住话："那是肯定的，前不久，我还给了林稚一单生意呢。您瞧，我婚房里的那张床，是林稚亲手做的。"

"婚房？我说呢，雪青你专程把大家叫过来，是有什么喜事宣布吧？"

祝雪青拖着曳尾长裙，挨个给人发了请柬，脸上闪过一抹红晕："我要结婚了。"

她说完，特意朝林稚笑了笑，依旧是得体的、和善的，没有丝毫敌意、无懈可击的微笑，谁也察觉不到那笑容背后深藏的阴冷。当初祝雪青就是挂着这张笑脸，将一份股权转让书递到她面前，带着趁她昏迷期间将她架空的数位董事逼她签下。

她太知道祝雪青的招数了,可是尽管做好了心理准备,在打开请柬的一刹那,还是如同被电击般抽回手。

新郎——周彦臣。

林稚突然明白,这是一场局。祝雪青绕了一大圈,引她入戏。甚至怕她愤然离场,还拉来冯老师做局,让她只能留在这儿,任由自己摆布。

祝雪青此时紧盯着林稚的表情,心底叫嚣着,生出一种畅快感。

——你引以为傲的事业,如今握在我手中;你痴恋多年的男人,现在是我的未婚夫。

她想要林稚粉身碎骨,想要林稚露出脆弱,喊出那句"我不如你"。

可是她是林稚,即便当时失去一切,她也是云淡风轻,何况是现在。

"早说嘛。之前以为你俩闹掰了,现在一看,这不挺好的吗?林稚,你现在在哪儿高就?"说话的人是苏妙玲,之前大学的宿舍长。

这里只有她跟祝雪青在毕业后有来往,得过祝雪青不少好处,此刻恨不得马上踩林稚几脚报恩。

祝雪青说了林稚木坊的名字,几个人立马搜索起来。

"在乡下啊?"

"你好歹也是从美国留学回来的,这⋯⋯"那些人只差把"混得太惨"四个大字写在脑门儿上。

"怎么,看我穷,想给我捐款啊?"林稚挑眉问了句。

桌上几个人抿抿嘴,不说话了。

"好了,切蛋糕吧。"祝雪青招呼着众人,顺手切了一块递给林稚。

林稚吞下一口芝士蛋糕,腻得嗓子疼,这杀伤力不亚于吞刀片。

"我之前还想呢,哪个客户能提那么土的要求,没想到是你啊,新婚快乐。"她脸上还挂着笑,手背一翻,将那块蛋糕倒扣在桌上,拍了拍手，准备起身。

祝雪青却抓住她的手腕，将她拽回座位，轻声说："你还怪我是吗？"

祝雪青又是这副楚楚可怜的模样，瞬间让她成为这场聚会的搅局者。林稚在一桌子不善的目光里扭头，撞见正从门口进来的熟悉面孔。相貌出众的男人，冷峻的面容，在水晶灯下尤为醒目。

祝雪青立马松开她的手，过去迎他："彦臣。"

如果要在林稚近三十年的人生里评选出最狗血的一幕，那一定是现在。

她面无表情地捏着红酒杯，看着这满屋子的虚与委蛇。

"跟大家介绍一下，这是我未婚夫。"刚才的不快一扫而光，祝雪青如获战利品一般的介绍，将餐会推向高潮。

在众人的欢呼声中，祝雪青傲然地昂首，余光瞟向身旁的男人。他的目光竟然还停留在林稚身上，眼神再不似平常般从容。

祝雪青瞪了一眼林稚，按捺住心里的嫉恨。周彦臣不是个有耐心的人，她怕自己多说多错，惹得他不快，到时候在满屋子的客人面前下她面子，只能挽住他的手臂，稍微将他往自己的方向带了带，示意他跟餐桌上的人打个招呼。

谁知男人根本没理会她，绕了一大圈，在林稚旁边的空位置坐下。

一桌子等着敬酒的人面面相觑。

但也只是片刻，很快大家围拢过来，原本林稚这个被孤立的小角落，因不速之客快速活络起来。

周彦臣是个讲究人，或许这是有钱人共同的特点，他在应酬之前都会喷点男士香水，这款是林稚送给他的。

以前最贪恋的味道，此刻只觉得刺鼻难闻，惹人不快。

林稚胸口发沉。突然面对这种情况，她毫无准备，表面淡定，桌下的手却不自觉紧握成拳。

她僵硬地坐着，一只手突然从旁边伸过来。

林稚惊觉扭头，见冯老师慈爱地看着自己，轻声说道："他们说的话，你别往心里去。"

冯姜并不知道林稚跟周彦臣之间的纠葛，只单看先前大家对林稚的态度，早已看清人情冷暖的她心里大概明白了几分。

"老师，我没事。"林稚回握住她，倍感温暖，"今天见到您，我很高兴，我一直很想您。"

冯姜神色舒展开来，眼底尽是嗔怪："你想我怎么不来看我？江城离南京又不远。"

"我只是……"林稚低头，"感觉没脸去见您。我知道您对我的期望，可是现在……"

"人生还长着呢，乾坤未定，你又怎么知道结局呢？如果成功那么唾手可得，又怎么会有人苦苦追寻呢？人在低谷里，反而会生出常人没有的勇气。"她看向林稚，"你会放弃吗？"

"当然不会。"

"那不就行了。"

林稚看着冯姜宛如盈盈秋水的笑眸，心里想，岁月从不败美人，原来是这样的。

窗外阴云密布，周彦臣本就不喜欢阴雨天气，但相较而言，此刻的推杯换盏更令人烦闷。他冷淡的眸子从人缝中掠过女人轻盈柔美的脸，突然明白此时此刻烦躁的原因。

她距他不过咫尺，可从他进门那刻起，她却没看过他一眼。

周彦臣眉头紧蹙，脸色顿时变得灰败无比。

林稚离开包厢，去了餐厅的水吧，要了一杯温水。

她一大早就从郊外赶来市区，早餐没吃，又空腹喝了酒，此时身体很不适。撑着吧台坐下来，她看了眼手机，有几个未接来电。

她还没来得及回电话，只觉得头顶一片阴影落下来，紧接着，男人从后面将一杯白开水推过来。

林稚坐着没动。

即便她周身抗拒的气场很明显，周彦臣还是拉开她边上的高脚椅，坐下了。

"用不用去医院？"

他话音落下，林稚才缓缓抬头，声音如同被打磨过的砂纸："滚！"

周彦臣置若罔闻，将水杯往她面前推得更近了点。

"你还好吗？"

林稚有些恍惚，好像前不久有人问过同样的话？

你怎么样？还好吗？

那个声音更温暖、更柔软。

她现在一点也不想伪装，她不好，她糟糕极了。几乎没有任何犹豫，她抓起那杯水，泼到面前那张脸上。

水溅到她的手背上，比她想象中更烫，但面前的人神情一如往常，没露出任何不适。是呢，这才是他，从不在外人面前泄露一丝脾气。

"气消了吗？我们谈谈。"他气定神闲。

被她撞破相亲的那天晚上，他也是这样说，谈谈。

"谈什么？谈你跟祝雪青什么时候在一起的？"

"话说得不要这么难听。"

林稚一时没办法控制自己的情绪，刺激他："难听？比起你们做的脏事，这还不足亿万分之一。"

"何必说这样的话，你今天来这儿，难道不是因为我吗？"

林稚"呵"地笑出了声，他从前也像现在这样自以为是吗？那她可真是瞎了眼。她甚至没法将脑海里那些回忆复盘出完整的时间线，只要他想瞒她，他有一万种方式，能在跟她耳鬓厮磨之后转而许诺他人，且这个人并非旁人，是她彼时最信任的合作伙伴，是她最好的朋友。

是她把逢场作戏当真了,还是这些人根本就没有心?

林稚脑海里被千头万绪占据,一时分不清是痛苦还是悔恨,算了,她根本没必要在这里浪费时间。

见她要走,周彦臣上前一步,喊她:"你完全没有必要待在那个掉价的地方,如果你想回青禾,我来想办法。"

"把我赶出来,又要我回去,你们闹的哪出?"林稚挡住他伸过来的手,"更何况,周先生,你的未婚妻在里面,看见我们这么拉拉扯扯的,不太好吧?"

"林稚,"他的情绪终于有了些许波动,"事关你的前途,不要这么偏执。"

"偏执?"

她撇过脸,忍着犯呕的冲动,说:"我来告诉你什么叫偏执,你跟祝雪青一人捅我一刀,我该拉着你们下地狱,这才叫偏执,你要试试吗?"

"你别这样……"

"你要庆幸我现在什么都没做,只当当初的真心喂了狗。你要是知情识趣,就离我远点,少在这儿自以为是、指指点点。拜你所赐,呵,我现在活得比谁都真实,你往我银行卡里打一千万分手费,都比现在虚情假意、惺惺作态好千百倍,懂吗,周总?"

她说完,拿起手提包就走,余光中瞥到周彦臣那张铁青的脸,她知道自己彻底激怒了他。

这一通纠缠落在祝雪青眼里,又是一阵刺痛,偏偏苏妙玲还在边上添油加醋:"雪青,他俩该不会旧情复燃了吧?"

祝雪青一道寒光刺过去:"这里只有你一个人知道她跟过周彦臣,管住自己的嘴。"

苏妙玲连连点头:"知道的。"

如今婚礼在即，祝雪青不想节外生枝。不过，她并不担心婚礼生变，从周彦臣顺水推舟把青禾交到她手上那刻起，她就知道他与林稚再无可能。更何况，现在周家的生意盘开得那么大，如果没有祝家的资金注入，根本走不了多远。

想明白这些，祝雪青定了定心神，朝周彦臣走近，出声提醒："里面还有客人，收拾好自己的情绪吧。"

"现在这样，你满意了？"周彦臣倚在吧台，手指拨弄着那块价值不菲的腕表，头都没抬。

祝雪青压住怒火，挑眉："什么叫我满意？是我逼你跟林稚分手的？周彦臣，你也就敢在我面前横，你仗着的，不过是我喜欢你。你敢告诉她，当初趁她车祸让青禾易主是你一手所为吗？表面上，你陪她一路打拼，她还傻乎乎地感动呢，心甘情愿地当你的不见光的小情人，结果呢？你根本就是为自己做嫁衣啊。青禾这个项目，彻底让你在周家站稳脚跟，周总表面文质彬彬，心里狠得跟狼一样，你现在要是想一脚把我踢开，门都没有——"

祝雪青脚步渐渐逼近，声音紧紧贴着他。

男人的手忽地伸过来，掐住她的脖颈，眼底闪着嗜血的光："闭嘴！"

祝雪青条件反射性地握紧拳头，但窒息感让她无力地松开。

"今天的事我不想再看到。"他看着她，一字一顿地说。

等脚步声渐远，祝雪青才缓过神来。她避开服务员投来的异样目光，走向风口，大口喘息。

水吧的门口，吹过走廊的风，带着外面的潮气。祝雪青手指冰凉地站在那里，许久未动。

第七章

告白还是打辩论?

林稚不知道自己是怎么走出大厦的，阴湿的空气里似夹杂着刀片，刮着她的骨头。竖起的城墙忽然之间轰然倒塌，她一时之间只觉得头晕眼花，满身虚汗。

三年的时间，看起来不算长，却是她最好的时候，现在变成了一个笑话。

林稚脚步虚浮，勉强走到喷泉池边坐下。现在是六月的天气，即便暴雨即将来临，室外温度仍在三十摄氏度以上。

她的脖子上仍裹着条丝巾，风掀起丝巾的一角，光洁的脖颈上露出恐怖的疤痕。

风"呼呼"地吹，雨随时都会降落，她也懒得动，就这么坐着，看喷泉池边踩水的孩子和不远处交头低语的年轻妈妈们。这样的须臾，有种世界静好的错觉。

目光掠过椅子边一处浓密的灌木丛，林稚深吸一口气，那里竟站着一个不可能出现在这里的人。

她以为自己认错了，再定睛看过去的时候，人已经走过来了。周凛川出挑的身形在人群中格外好辨认，那双黑亮的眼睛在她脸上注视片刻，随后才问："你怎么跟被吸了精气一样？"

他怎么出这么多的汗，额头上尤其明显，发丝沾着汗珠，垂在额前。

周凛川头一回见林稚反应这么慢，手指往她眼前一勾："傻了？"

林稚抬眼，见他宽厚的肩膀凑过来，落下的阴影瞬间将她笼住，莫名生出一丝想倚靠的感觉。

"你这会儿不是应该在云雾山吗？"她问。

"医院有事，庄旭得提前回来。"他随便扯了个谎，靠着她的左侧坐下了。

"医院到这儿，顺路？"

"顺啊！"他张口就来。

林稚还想再问，阴沉了半天的天空突然响起一声惊雷，街道上瞬间吵嚷起来，终于，人群四散，这里只剩下他们两个人。

黑云压城,她抬头看天,半嘲讽地说:"是不是有点末日来临的感觉?"

"那不挺好?死之前跟你在一块儿,值了。"他说着双手向后撑着,整个身体舒展开来,好不惬意。

林稚露出了今天的第一个笑容。

她抬起手时,他看清她手背上的红印子,心里一阵刺痛:"你的手怎么了?"

林稚扫了眼,轻飘飘地说了一句:"打架打的。"

他见过她发怒的模样,对别人狠,对自己更狠。这种伤敌八百自损一千的打法,也只有她会用。

周凛川看着林稚,她仍旧垂着一头长鬈发,脖颈很漂亮,如果扎马尾的话,露出流畅的下颌线和瓷白的脖颈,一定很美,但她从来没有绑起来过,今天也是一样。他循着细枝末节一点点观察,然后在某一刻,突然看到她后颈左侧有一条长长的深色疤痕。

周凛川一瞬间头晕目眩,薄唇紧抿。

"你不信?"

"所以呢,打赢了吗?"

"没,本来就不是一场会胜利的战斗啊,不过我爽了。"

周凛川视线上移,对着那双故作潇洒的眼睛,笑出了声:"什么怪逻辑?"

"是你这装酷的小孩不懂的逻辑。"

周凛川看着她不说话了。要是平常听她叫他小孩子,他早就生气了,但是现在,他不想在她不愉快的情绪上再添上一笔。

"回家吗?"他问。

"这么早,回什么家?好不容易来趟市区,去逛逛。"

"你还怪有兴致的。"

"走了,再不走,真成落汤鸡了。你的车停在哪儿啊?"

两人还没到停车场,阴沉了好久的天终于来了一场暴雨。江城的排水系统不好,不到一刻钟,路上的积水都淹到脚踝了。两个落汤鸡坐在车里气喘吁吁,周凛川把车里唯一一条干毛巾递给她,又开了暖风,但没什么用,她一个接一个地打着喷嚏。

他拿出手机打了个电话,然后转动方向盘,驶出停车场。

车开到一个五星级酒店门口,刚停稳,就有泊车人员撑着一把黑色的长柄伞围拢过来拉开车门。林稚下车后站在廊下,才看到周凛川捏着房卡在跟服务员说话。

酒店?不是,他怎么带她来酒店了?

林稚的脑海里立马蹦出来一些奇奇怪怪的画面。

周凛川见林稚跟上来了,开口道:"走吧。"

"去哪儿啊?"林稚一脸蒙。

她上半身的缎面衬衣被雨水浸透,好身材显露无遗。周凛川把自己的外套脱下来给她裹紧了,说:"找个地方把衣服烘干,你想感冒啊?"

她扭头便走,周凛川拽住她的小臂,说道:"干什么去?"

"我还是回车里吧。"

他长臂一捞,轻而易举地将她抱起来,没容她任何挣扎,大步流星地往电梯口走。

林稚居然有一丝紧张,果然是退役运动员吗?他的臂力居然这么大?和他看上去少年一样的清俊形象一点也不符。

电梯里的服务员看着一男一女进来,目光不停地偷瞄着神色各异的两人。

在狭小的四方空间里,他竟然也没有把她放下来的意思,就这样一直打横抱着,表面看起来没用力,实则将她钳制在臂弯里,她完全动弹不得。

先是莫名其妙的强吻,现在直接上手把她往酒店里带,他从什么时候开始对她越来越放肆了。

"周凛川,你放我下来!"她气结。

男生完全没理会她,看着电梯里的数字一路跳转到48楼。他踩着松软的地毯,进入VIP套房,一脚把门踢上,将她放到沙发上。

林稚心中警铃大作,抓住手边的抱枕挡在身前。房间里没开灯,昏暗的环境下,平白多添了几分暧昧。她脑子一抽,蓦然道:"别乱来啊!"

男生还保持着俯身的姿势,手掌在皮质沙发上按出一道褶皱。他的眼睛注视着她,好像会说话。

"什么?"

"你说什么?我不管你是第几次带女生开房,总之,在我这儿不可能。"

男生眨巴着眼睛,突然闷笑一声。

笑是什么意思?她把抱枕抓牢了些。

"你想什么呢?"周凛川抱着手臂起身,歪着脑袋瞅她,眼底还带着笑,"我的本意只是想让你来换个衣服,你以为是什么?说出来,让我感受一下你丰富的想象力。"

林稚突然安静了。

"你不会是以为我们两个孤男寡女要发生点什么?"

"没有。"

"那你刚才是什么意思?"

"说了没有就是没有。"她斩钉截铁。

周凛川嘴角微弯。

林稚的一个喷嚏打破了尴尬的氛围。

周凛川这才放弃审视她,拿着房卡去开启电源,随后去了浴室,出来时拎着一件浴袍,说:"我在浴缸里放了热水,你去泡个澡,把衣服换下来吧。"

林稚扔下抱枕,接过浴袍,看着男生去了客厅,带上了门。

外面有人敲门,喊"客房服务"。

浴室里热气氤氲,她伸手擦了擦镜子,竟然发现镜子里的自己

/122/

脸上有红晕。

怎么回事？她什么场面没见过，现在被一个毛头小子追问得紧张成这样。

林稚心情复杂地脱下衣裙，躺进浴缸里，暖意一下驱散了寒气。周凛川还贴心地放了音乐，一瞬间糟心的事渐渐飘远了，此时此刻的感受是十分舒适的。

她大脑放空，盯着天花板，困意来袭。

VIP客房门口，正在做清洁的几个年轻服务员路过时，刻意放缓了手里的动作，企图听到点门内的动静。几个人正七嘴八舌地聊着，被前来送餐点的领班撞个正着，立马作鸟兽散。

领班清了清嗓子，这才敲门进去，见自家少爷正拿着烘干机烘一件女人的衣服。

"小周总，需要我帮忙吗？"

"不用。"周凛川专注着手上的动作，没抬头，"什么事？"

"是夫人打电话过来，交代厨房做了些招牌餐点，说是请您跟那位小姐吃。"

"我妈？她远在瑞士，还惦记这个？"周凛川按停烘干机，将衣服挂回架子上，"我看送餐是假，借着送餐的名义让你过来打听才是目的吧？"

领班一时没敢接话。

"她还说了什么？"

"夫人让我来确认一下，您今晚是否留宿。"

周凛川一时无语，早知道随便找一家酒店好了。

他还没想好怎么回，卧室的门被拉开，林稚穿着一件浴袍站在门口。

领班立马感觉此刻自己有些多余，朝着两人深鞠一躬，脸上挂上职业笑容："祝二位入住愉快。"随后退出去，关上房门。

林稚泡澡太久，血液循环没跟上，人站稳些了，才搞清楚这个服务员大概是误会了他们的关系。

她拨了拨鬓发，既来之则安之地坐到沙发上。周凛川则在一旁熨她已经烘干的衣服。

顶层观景VIP套房，无处不显露着大师的杰作，就连茶几上的水晶杯也极有设计感，映着房间内的灯光，闪烁着光芒，宛如一颗颗小行星，点缀在这片静谧的空间中。而脚下柔软的地毯，其图案仿佛是大自然的延展，细腻的花纹在脚下轻轻蔓延，引领着视线向窗外无限延伸。

窗外雨还下着。

"你到底要盯着我看多久？"男生的声线慵懒而又低沉，很是好听。

林稚本在发呆，被他拉回现实。

谁看他了？她只是在看天气，谁让他恰好站在窗边。

"我只是在想，你不是说你很穷吗？还能住这么好的酒店？"林稚问。

"这房间是别人给我开的。"周凛川轻描淡写。

难怪刚才一进大堂，那些服务员就跟认识他似的，林稚脑子一抽："那我还是走吧，你应该还有别的人要见。"

周凛川停下手里的动作，快步走过去，一把捞住她的手臂，哑然失笑："咱思想能别这么庸俗吗？"

"你不是说你没谈过女朋友，你这一套一套的，怎么挺轻车熟路的？"

"这房间的主人是我妈。"周凛川无奈，"这家酒店在她名下，VIP套房不对外营业。"

他垂眼凝视着她，两人距离极近，他看着她半晌，低声来了句："我怎么感觉你有点吃醋的意思……"

"胡说八道。"林稚避开他的视线，这气氛实在有点不寻常了。

偏偏刚才他拉拽她的动作幅度过大，害得她没站稳，一下抵在墙上，不小心把灯的开关合上了。

房间里昏暗下来，她只要稍一仰头就能碰到他的下巴，她只能僵着身子，头晕晕的。

周凛川突然开口："既然说到这儿，我也有话想问你。"

"说什么？"

"为什么躲着我？"

"什么？"林稚忽然一愣，不知道他为什么突然有此一问。

"自那天晚上之后，你一句话也不跟我说，连看都不看我，回市区也是跟夏云舟走，短信和电话都没有，我打电话你也不接，你敢说你没有躲着我？"

他"噼里啪啦"一顿质问，听得她越发沉默。

"林稚？"他贴近她的耳侧，"我问你话呢。"

他低下头，轻不可闻地说："我对你的感觉，我不相信你感受不到。"

林稚蓦然抬头，额头不经意触碰到他的下颌，一阵酥麻。

"什么感觉？我听不懂你什么意思。"

"我喜欢你，你别装傻了，这不符合你的性格。"他的眸子里有光。

林稚静了静，说："其实这两天我一直在反省，或许是我没拿捏好分寸，才让你产生什么误会。你还年轻，要找什么样的没有？我看庄妍就不错，她跟你同龄，可爱、直爽，满心满眼都是你。咱们俩年龄相差这么大，找个比自己小这么多的男朋友，我自己都觉得有些犯罪。可能有时候氛围到了，受环境和心情影响，让你误以为心动了。但那都是错觉，作不得数的。"

林稚拍了拍他的肩膀，劝道："只要给自己时间，这种情愫是很容易克服的。"

她长篇大论说完，周凛川的鼻尖溢出一丝笑。

"你怎么——"

"你怎么看得出所有人的心思，却唯独看不到我的心意？"不等林稚说完，周凛川死死扣住她的手腕，趁着气势逼问她，"你真的这么想吗？"

"什么？"

"觉得我对你的喜欢只是一时冲动？一时兴起？你真是这样想的？"

林稚偏了一下视线，他离她更近了几分，逼问："说话！你看着我说！"

"我没什么值得你可图的。"林稚轻声回。

"你觉得我图你什么？你什么都不知道，你什么都不知道！"他激动之下，仍遏制着自己的情绪，眼睛却不知不觉地红了。

"周凛川！你弄疼我了。"

林稚提醒了一句，他这才发现，他扣着她手腕的手捏得太紧了。他松开了些，声音已经冷静下来："对不起。"

"我对你没有别的心思，如果你硬要问，我只能这样说。"

"好，那我问你——"周凛川从口袋里拿出手机，一通翻找，将录好的影片打开，伸到林稚眼前，"那天我醉了，你为什么会到我的帐篷里找我？为什么看着我坐那么久没离开，你当时在想什么？"

林稚猛然抽气："你怎么会有这段视频？周凛川，你变态啊！"

"不是我拍的，是庄旭，他难得见我酒醉，想偷拍我出丑的样子，没想到会拍到你。你不喜欢我，为什么要去我的帐篷看我？你不喜欢我，为什么在我吻你的时候，回应我？"

男生不甘心地一字一句地追问，让林稚无力招架。

房间里蔓延着无边无际的寂静，从门外的长廊上偶尔传来的说话声和脚步声仿佛来自另一个世界。

"况且，你拿年龄说事，这根本就不成立。我爸妈离婚后，我妈谈的男朋友，年龄差比我们大多了，也没人觉得我妈是变态。"

林稚无语，这都什么跟什么？

"我可没这个意思啊。"

"总之，如果你只是单纯觉得我们年龄差有问题，我不服。"

林稚被气笑了，这家伙简直步步为营啊，她笑道："你以为是打辩论赛啊，还不服。"

"我就是不服。"

"得得得，再跟你说下去，我都要缺氧了，你能不能让开些？"

周凛川别开脸，将幼稚进行到底："我一让开，你就跑了。"

"不是，谁跑啊？"林稚只觉得他委屈巴巴的样子可爱极了，忍住笑，"我可是诚实的成年人好吗？"

周凛川磨磨蹭蹭地撤开了手。

林稚这才松了口气，扭头将灯重新打开。既然把话都说得这么开了，她也没什么顾忌了，折回房内，把脚上的拖鞋随意一踢，四仰八叉地躺在沙发上发呆。

周凛川说得没错，有时候，她对他的一些举动，连她自己都觉得反常。活了近三十年，她可不是个磨叽的人，对这事得有个交代。林稚躺在沙发上想着，忽地手腕上一凉，那小子不知道什么时候蹲在她面前。

林稚猛地一惊，坐起身来："你又要干什么啊？让我想想行不行？"

"别动，等下再说，你的手被我捏红了，我给你冰敷一下。"

林稚一愣，刚才太激动了，她都没觉得有多疼，这会儿他将冰袋贴上来，才有了些刺痛。

"对不起啊，是我的错。"他开口，语气再不似刚刚那般激烈，多了些小心翼翼。

林稚看着他乖顺的模样，心一下软得一塌糊涂。

"你想干什么都可以，我就怕你不理我。"他的嗓音越来越哑，眼睛越来越红，"我为我的冒犯跟你道歉，但是，我是真的喜欢你，不是想跟你玩一玩，是想跟你走更远。我试过控制，但是我真的没办法克制住自己。我想你也能看向我，能不能也喜欢我？"他不甘心地抬头，寻找她的视线。

这过于真诚的模样，反倒让她自惭形秽。

他真的没谈过恋爱？简直是绝顶高手了！

"给我点时间，咱们现在都太上头了，得冷静冷静。"沉吟了半晌，林稚终于开口。

"好。"周凛川点头，心里一阵愉悦，起码她没拒绝他。他继续给她冰敷。

林稚看着他垂头的样子，没忍住捏了捏他的后颈。

周凛川痒得肩膀一软，冰袋差点掉在地上："别这么摸我……"他的脸有些红了。

她给了他一个笑脸："你刚才不是挺横的吗？"

"你又没给我名分。"

"那先回去吧。"她起身去拿已经熨好的衣服，回里屋穿上。

雨已经停了。

大概是在酒店说了太多的话，回家的路上，林稚有些疲倦，一路睡过去。

周凛川把副驾驶座的椅背调低了些，看她的脑袋靠在座椅跟窗户之间的缝隙中，双眼紧闭，很是放松。

他应该叫醒她，但是他没有。如果可以的话，他希望这段时光能够长一点。

他脑海里幽幽地浮现庄旭说的那句话——"你小子看林稚的第一眼，我就知道有鬼"。

他确实对林稚一见钟情，她是他的初恋。只是这爱恋持续得太长，长到足以将等待刻入他的骨髓。他像个怀揣秘密的人，一路靠近她，他从未想过能跟她同行到这里。

到家时，他没急着下车，盯着她的睡颜，鬼使神差地，竟不自觉地伸手去触碰她脸侧的碎发，想感受这一刻的真实。也正是这一触碰，让林稚猛然惊醒。看着男生深邃的目光，她心里一紧，仿佛又回到那个月光漫上的溪水滩里。

"你干什么?"她下意识地捂住嘴。

"你的头发乱了。"

周凛川笑了笑,林稚看着他嘴角扬起的弧度,就知道他肯定在憋着什么坏水。

果然,周凛川吊起眉梢,又来了句:"怎么,你以为我要亲你啊?那个吻的后劲有这么大吗?"

"少胡说八道。"林稚当然不肯在他面前落了下风,挺了挺身子,"就那么点小事,你以为我会放在心上?不就是成年人的世界里,表达一下友好关系的礼节吗?"

等等——

小事?礼节?

果然,周凛川被刺激到,问:"你这话什么意思?"

林稚脑瓜子"嗡嗡"的,心虚地推开车门,惹不起她躲得起。

"你说说啊,什么意思——"周凛川在身后关了车门追上去,发现林稚的小院门口站着两个黑影。

"林小姐!"开口的是马路对面卖纯净水的王姐,见两人回来了,立马跑过来说,"你店里来客人啦,小姑娘就一个人,我让她去我店里坐着等,她也不肯,正好你回来了。"

林稚目光绕过王姐,去看站在王姐身后的人,那张脸让她愣了下神。

程艾俐?

林稚没动,反倒是对方先走过来,冲她一笑:"林稚,好久不见啊!"

王姐笑着插嘴:"林小姐的朋友好贵气。"

"谢谢王姐啊。"林稚说。

"不客气,不客气。"王姐连连摆手,回自家店里了。

周凛川冲林稚小声问:"那你们聊,我先回去?"

林稚点头。

程艾俐歪着脑袋,看男生的身影消失在楼道里,食指往林稚眼前一伸，眯着眼睛说："我以为你跑到这儿消沉呢。你这是职场失意，情场得意啊？"

"你怎么还是老样子，一见面就揶揄人？"

林稚拿出钥匙开门，两个人一前一后进了院子。

她跟程艾俐是在美国认识的，那时她们都是国内出去的交换生，闲暇时一起做过几次义卖。后来回国，两人分道扬镳，但同在一个圈子，在工作上也有过一些合作。如今程艾俐一路升任一家中法合资企业的设计总监，她从青禾离开后，碍于祝家势力，所有人都对她避而远之，程艾俐是唯一朝她抛出橄榄枝的人。

白炽灯光笼罩在穿着一身干练西装的女人身上，林稚径直去冰箱拿了喝的递给她。

"你不是在京北吗，怎么会来江城？"

"我专程来找你啊。"

"你现在说谎都不脸红了。"

"我没说假话。"程艾俐从包里拿出一张邀请函，放到茶几上。在林稚拿起来看的时候，她环顾了下四周。这个小型会客厅是从工作室隔出来的，虽然空间不大，但布置得很有格调。

林稚看完了邀请函上的内容，将它合上，放回茶几上，询问："什么意思？"

"马上要在京北举办一场家具沙龙，我们公司想推出一个新品牌入驻，我已经给上面提交了策划案，也顺利通过了。万事俱备，只差你这位大设计师了。"

林稚用了将近一分钟来消化这个消息。这个行业瞬息万变，她已经消失了近半年，在这期间没有新作品加持，无异于一次深度雪藏。就目前的处境而言，别说是参加大型展览，就连十八线活动她都够不上。

程艾俐见她沉默不语，乐了："怎么了，开心傻了？"

"别闹了，我不行的。"林稚推辞道。

"什么啊，我大老远跑来，够有诚意了吧？你这么快就拒绝我？"

"你知道的,我以前所有作品的版权都留在了青禾,如今我就是新人一个,这么重要的活动,你怎么能把宝押在我身上?当然,我很高兴,你能够在这种情况下想到我,但是我不能……"

"哇!林稚,你看看你现在这个样子。"程艾俐蹙眉,"你还是我从前认识的那个从不怯场、永远骄傲的林设计师吗?"

林稚眼神微移:"那是以前。"

"以前你也是从无到有,现在怎么就不行了?我不信你离开青禾后就不创作了。你曾经说过,你留在这个行业不是因为任何人,只是因为你创作的每件物品的温度和它带给你的成就感。我在来的路上,就按捺不住内心的期待,我想亲眼看看你在沉寂这么久之后设计的作品会有多么亮眼,你现在跟我说你不行?"

"Anly,我不确定了。"林稚被她一通话说得心乱如麻,靠在沙发扶手边,眼神空茫。

一场人为车祸,生死关头的挣扎,两个曾经最亲密的人的背叛,几乎耗尽了她所有的心力。

"在我心里,你一直是个冲锋的战士,而不是遇到风雨就轰然倒塌的沙堡。当初你从青禾离开,为了保住一手搭建起的生产线上所有工人的工作,你几乎用掉了自己所有的积蓄,你对这个行业的热爱比你想象的要更多。再者说,你觉得我会因为跟你的私交就搭上我的工作?你我都不是感情用事的人,好了,言尽于此。"程艾俐起身,"我走了,明天早上十点的飞机,如果你愿意跟我一起努力一把的话,我会一直等你。"

"不再待会儿?"

"算了,再待下去,我非被你这要死不活的样子气死不可。"

林稚站在院子里目送程艾俐远去,夜幕中昏暗的路灯将她的背影映照得朦朦胧胧。

回到房里,她立在墙根静了一会儿,顺手抽开书桌下的柜子,一抽屉尘封的设计稿在灯光下泛着白光。

第八章

一见她就笑

周凛川晨跑回来，天刚亮。回来时，他被靠在转角处的女人吓了一跳，等看清人脸，他快步走过去。

　　"你怎么站在这儿？"

　　林稚顶着两个熊猫眼，视线飘来飘去，最后落在男生的脸上。

　　"我有话要跟你说。"

　　"这么早……"

　　他看她一副精神不振的样子，又联想到昨天那情急之下的告白，脑补了她辗转反侧的样子。难不成她苦恼了一夜，这才这么早来找他，该不会她现在要——

　　周凛川恍然，伸手捂住她的嘴："等一下。"

　　"什么？"

　　周凛川神色紧张起来："这么重要的话，你怎么挑这个时间说啊？我身上脏兮兮的，衣服也没换一件，要不等我先上楼洗漱一下？就五分钟。"

　　他飞快转身，正要上楼，被林稚拉住手臂。

　　"倒也不用那么麻烦，我说几句就走。"

　　"很急？"

　　"嗯。"

　　周凛川鼓着嘴，其实也不用这么快给他答案，他撤回身子，低头看她："那……那你说吧。"

　　他佯装冷静，暗地里，手指已经在掌心掐出印子来。

　　"我要去京北了。"

　　"啊？"

　　"我去参加一个家具展，大概要待一个月。"

　　周凛川上扬的嘴角蓦地垮了，刚才还充沛的体力陡然消失。他转身靠在她旁边的墙面上，一时间像被点了穴一样一动不动，问："昨天那个人来找你，就是为了这个事？"

　　"嗯。"

"你等下,我去拿钥匙,送你去机场。"

"不用,我叫了出租车,司机在路边等着呢。我本来想发消息给你,但想着还是当面说吧。"

沉默了一会儿,周凛川摸了摸后脑勺:"那我可以去给你献花吗?"

林稚被他逗笑:"这才哪儿到哪儿,八字还没一撇呢。"

虽然还沉浸在离别的伤感里,但周凛川还是拍着她肩膀给她鼓舞:"你是天上的星星,从不需要被照耀,去发光吧。"

他的笑容映照着晨光,璀璨而纯净。

"少肉麻啊!"林稚表面嫌弃,但心里还是很受用。她总算找回了精气神,然后把手里那串钥匙递给他,"喏,帮我守家。"

周凛川一愣,接过钥匙,问:"给我的?"

"不然呢?这里我也就你一个熟人,院子里的花草需要人照顾。"

男生的眼睛重拾光泽:"保证完成任务。"

"还有——"林稚深吸一口气,凝视着他,"关于那个答案,回江城之后,我会给你。"

她穿着最简单的白T恤,浓密的长鬈发垂在肩头,像个洋娃娃。

她怎么这么好看啊!一想到要分开一个月,他就舍不得挪开眼。

林稚转身挥手:"走了。"

纤瘦的身影消失在转角。

周凛川挪回视线,懊恼地低下头,他怎么连再见都忘了说了。

林稚走后,周凛川开始数着时间过日子。

这天庄旭难得休息,跑到他家,准备过个清静的周末。他刚到楼梯口,就见男生蹲在门口,鼓捣着一堆铁块。

"你干什么呢?"庄旭凑近,"林稚去了京北,你太无聊了,拆家啊?"

周凛川白了他一眼,继续埋头干活。

/134/

这天气热得真要命，庄旭径自去浴室洗了个冷水澡，这才驱散了热气。他趿着拖鞋，躺在沙发上吹风扇，余光瞥见周凛川拿着扳手在拆锁，顿时吓到了："你这又是闹哪出？"

"换锁。"

"你该不会嫌我来你这儿次数太多了，变相赶客吧？"

周凛川被他惹笑："你也知道啊？我说你好不容易放个假，就不能去约会？老往我这儿跑算怎么回事？"

"我的家教可是很严的，自从跟秦医生在一起，什么酒局我都不看一眼。"

"最好是。"

"不过你倒提醒我了，今天我还没发消息过去汇报行程。"

庄旭从沙发上起来，边拿着手机打字，边往冰箱走，问："有什么喝的吗？好渴。"

"最上面那层，自己拿。"周凛川忙着干活，没工夫招待他。

他平时生活自律得很，什么汽水、可乐一律不碰，冰箱里满满当当的，都是纯净水，根本没什么选择性。庄旭随便拿了一瓶出来，一下喝了半瓶，再看手机，没有任何回信。

只能干点什么来压住内心的不安，他跑到门口，看周凛川干活，问："怎么突然想起换密码锁了？之前你刚搬来的时候，我说要送你一套，你不是嫌麻烦吗？"

周凛川在一堆工具里面找到说明书，耐着性子看完，按照步骤设置密码。

"换成了密码锁，这样她每次来找我的时候就能直接进来，不用站在门口等了。"

庄旭一口水险些喷出来，说来说去，还是为了林稚。

"而且，有时候我在家没戴助听器，怕错过她的敲门声。"他突然没来由地一笑，看得庄旭脊椎都麻了。

"凛凛，咱能别这么痴汉吗？我看你完全陷进去了。"

周凛川耸耸肩："我喜欢她，一开始我就告诉过你了。"他说得甜蜜又骄傲。

"行，你俩郎才女貌，天生一对。"

周凛川表示赞同："会说你就多说点。"

"密码设什么啊？总得告诉我一下吧。"

"当然是她的生日。"

"好吧，怪我多嘴，还问什么。还有少爷，你知不知道有上门安装服务的，犯得着你在这儿亲自动手吗？"

"亲手装的才叫诚意，你懂什么？"

庄旭瞠目结舌，实在没忍住拿出手机，记录下这一幕。周凛川听到相机的快门声，扭头问："你干什么啊？"

"把你这爱意都要溢出来的样子发给林稚啊！"庄旭点进对话框，选中图片发送。

"喂，别打扰她。"周凛川过来夺手机，但已经来不及了。

看他这副紧张的样子，庄旭挑着眉梢看了一会儿，吐出几个字："你就是一傻子。"

而此时远在几百千米之外的林稚连打了两个喷嚏，她到京北的第一天，就被程艾俐拉着参与展馆的规划，加上她自己的设计稿也要跑车间筹备制作，连续好几天睡眠时间不足四个小时，精气神光靠咖啡吊着。

由当地协会牵头的各部门进度汇报会议，开了整整一个上午都没结束。

午餐就在大会议室里吃，人太多，乱糟糟的，她实在没什么胃口。微信消息提示音响起的时候，她正在茶水间冲咖啡。程艾俐后脚进来，看到她脸上微微泛起的红晕，凑近去看。林稚熄灭了屏幕，将手机放回西装口袋。

"本来我还担心，这几天强度这么大你吃不消，看来爱情的滋养，不亚于一枚续命的丹药啊！"程艾俐感叹。

"你又胡说什么?"

程艾俐斜眼看她:"不用看也知道,肯定是你那小男友发来的消息。"

林稚端起杯子,浅啜了一口咖啡,低声道:"你也觉得他年纪太小了吗?"

程艾俐撞了撞她的肩膀,在旁边一脸坏笑:"男生小,精力好嘛。"

林稚立刻屏息:"算了,当我什么都没问。"

"别走嘛,再聊聊——"

程艾俐拽住要离开茶水间的林稚,两人拉扯间,就听外面的隔间一阵吵嚷。

"你刚才看到那位设计师没?空降来的。"

"啊?动的谁的关系?"

"程艾俐呗!咱们常合作的那几位,哪个拿出来不比现在这个出色?只不过他们是前任总监手里的人,她新官上任,哪个愿意买她的账,她没办法,只能另外扶持他人。"

"等着,我倒要看看她主策的第一场大型展览要是出了岔子,该怎么收场……"

茶水间里的饮水机适时地沸腾起来,掩盖住外面的人声。

眼看着程艾俐眼底的火气越来越盛,林稚赶紧从后面拉着她。她压低声音:"你别冲动,冷静一点。"

程艾俐咬牙问:"我的刀呢?"

林稚正色了几分:"今天领导都在,这几句闲言碎语重要,还是饭碗重要?"

南方的水土滋养了程艾俐的暴脾气,她说:"我现在就去砍了她们!"

"行了。"林稚递过去一杯水,"你冷静下。"

"你怎么跟没事儿人一样?"

"在专业里,我欢迎任何人质疑。"

林稚答得轻松，但眼底笑意明显得如同宣战。

下午会议继续，艺术展馆这边是主场。轮到林稚上场的时候，不知道谁打翻了放在笔记本电脑边的一瓶水，台上的幻灯片刚打开，一瞬间所有的画面都消失，所有人愣在当场。

台下的程艾俐立刻派人查看，更换电脑过后，才发现林稚存在硬盘里备份的文件全部不翼而飞。偏偏在她们这个环节出了故障，要说不是人为，鬼都不信。但此时不是追究的时候，总不能把一屋子的人晾着，程艾俐为林稚捏了把汗。

台上的主持人有些缓不过神，林稚已经接过话筒聊她的设计理念。这几天她通宵熬夜，通过3D技术制作出的半模型没想到会在此时派上用场。相比于视频画面，这种近距离的观看和接触更让人萌生兴趣，再加上她那些幽默诙谐的描述，这段小插曲很快被众人忽略。

"听说林小姐在本次设计中夹杂了中国元素？"有人问。

林稚点头："没错，蜀绣和藤编在我的作品里占比很大。我的祖籍在川西，祖父就是蜀绣的传承人，其实我从事家具行业受他的影响很深。我认为一名好的设计师可以成为艺术沟通的桥梁，我也愿意穷尽一生致力于此。接下来，我将给大家介绍一下具体细节……"

她站在台上侃侃而谈，毫不怯场。程艾俐一时之间有些恍惚，曾经那个在设计圈里红透半边天的林稚，又回来了。

送走公司领导，程艾俐在偌大的会议室里惊魂未定："我还以为要开天窗，你是不是有某种预知未来的能力啊？不然今天这事儿没这么容易化解。"

林稚笑了："这不过是我以前的习惯，不太依赖于幻灯片。毕竟我们做的是实实在在的东西，很多时候文字和图片没法表达。"

"你知道我每次看你的作品第一感觉是什么吗？"

林稚想了想，开玩笑说："等等，我先做好心理准备，免得你一会儿夸得太过，我不自在。"

"你的脸皮何时变得这么厚了？"程艾俐推了她一下，翻了个白眼。

而后她认真起来:"是生命力,蓬勃向上,一种鼓舞人心的力量。它好像不仅仅是一个冷冰冰的物品,而是一种精神寄托,可以成为某种情感的纽带。我都能想象,到时候这些面市的时候有多受欢迎。"

"借你吉言。"

林稚收拾好文件,一抬眸,见程艾俐还在神游中:"别打扰我,让我想想到时候找老板要多少奖金——算了,钱太俗了,马尔代夫五日游如何?"

"走了。"

"干什么去?"

"我来京北这么多天了,一直被你拉着当劳工,不得放松放松?"

程艾俐赶紧跟了上去,揽住她的肩:"行啊,我知道有家法式餐厅特别正宗。"

两人去的那家店隐匿在一条狭窄的巷弄深处,步入店内,从精致的摆设到温馨的灯光,从悠扬的背景音乐到窗外偶尔传来的鸟鸣,一切都恰到好处。法餐的独特在于精致,它既不过于浓烈,也非淡而无味,恰如其分地刺激着人的味蕾。

"怎么样,味道不错吧?"程艾俐问。

林稚点头,称赞道:"是我吃过的最好吃的西餐。"

程艾俐往收银台那边扭头,朗声喊道:"老公,我朋友对你的称赞可不是一般的高哦!"

林稚顺着她的目光看过去,一个身材挺拔的中年男人从灯光下走过来,两人亲密地搂在一起。

林稚呆了一下:"你什么时候结婚的?"

"两个月前吧,就领了个证。"

林稚扫了眼程艾俐的无名指,没看到她戴戒指。

程艾俐看出她的疑问，说："现在是保密阶段，虽然我们公司没有明令禁止必须单身，但我刚升职，要是公司知道了，肯定会询问我的生育计划。"她说完顿了顿，"你今天也感受到了，那里面派系争斗实在让人头疼，打工没意思，给外国人打工更没意思。"

林稚一时不知道该如何劝慰她，沉默了。

"哦，对了，这个。"程艾俐从包里拿出一张请柬。

封面是她熟悉的字样，林稚没打开，转而问："是祝雪青寄给你的？"

"你知道？"程艾俐惊讶，"我们公司跟青禾也就之前你在的时候还有业务往来，她可真是恨不得全天下人都知道她攀上了周氏。你说当初她从你手里把青禾夺走，周家人会不会推波助澜了？"

"不知道。"

她突然对以前的事没什么兴趣追究了。是为什么呢？大概是因为——人一旦遇到了更重要的人和事，就不会留恋从前。

程艾俐为自己旧事重提懊恼了一秒钟："抱歉，我乱说的。"

林稚垂下目光吃东西，没有再说话。

桌面上放置的手机弹出一条微信消息。

周凛川：你生日是哪天？

林稚：怎么突然问我生日？

周凛川：我设个门锁密码，征求下当事人的意见。

林稚：谁告诉你这么私密的物件设别人的生日的？

周凛川：你又不是别人，你是我喜欢的人。

这家伙……怎么像条小奶狗一样，随时随地都在冲她摇尾巴啊……他怎么能做到说喜欢说得这么坦荡？自从上次两人说清了之后，这家伙就跟打通了任督二脉一样。

可这世上大概没人能跟一个二十三岁陷入初恋的大男孩感同身受，那天林稚留有余地的回应已经足够让他满足，一颗心就这样被提着，挨过了几日。

门铃响起的时候，周凛川正抱着手机给林稚发微信，拉开门一看，一个中年男子毕恭毕敬地鞠躬："少爷。"

周凛川折回家，拉开客厅的窗帘往楼下看，果然见路边停着一辆黑色林肯。

他换好衣服下楼时，坐在后排的男人并未下车，只是摇下车窗，打量着周遭的环境。周凛川往他视线里一站，挡住身后的一切。周彦臣往里侧挪了挪，让出一个位置，等他坐进来，才问："你住这里，有没有见过……"

他话说了一半，又觉得自己的猜测离谱，摇头自顾自地说："算了。"话锋又是一转，"今天晚上有便餐，父亲让我来接你。"

周凛川冷笑一声，说："他终于肯向外界承认他有一个残疾的儿子了？"

"你回江城，家里不住，跑这儿来，太难看了。"周彦臣劝道，"家里有喜事，长辈们都在，你多少顾念着父亲的面子。"

周凛川僵着脸，可有可无地"嗯"了一声。

周凛川跟这个爹没什么感情，周凛川的妈妈当年是下嫁，后来两人婚姻破裂，一场抚养权的官司打了五年之久。之后周道年赢了官司，周凛川在国外练滑雪，也很少回国，两人二十多年的相处时间，还不如寻常父子一年多。论感情，周道年对周彦臣这个养子远比对周凛川这个亲生儿子更深。

车一路驶进周园，用人们已经在为明天的婚礼布置。

周彦臣径自将周凛川带到餐厅，一屋子的人从周凛川进门到入座，目光没移开过。

可笑的是，这里没几张他认识的脸。

周围的用人们一下围了过来，又是传菜，又是上点心，说是众星捧月也不为过。

周道年目光沉沉地盯着这个儿子，他孤傲的性子像极了他母亲。

还是祝雪青忍不住多了一句嘴："凛川好不容易回家一趟，要不我吩咐人把二楼的客房收拾一下,这几天就在家里住下吧。"

她这句话一出,气氛不由得尴尬了几分。亲戚们在心里犯嘀咕,这周凛川怎么说都是周家亲生的,怎么回自己家跟个客人似的?

"我住酒店。"周凛川淡淡地回。

闻言,众人的目光转向周道年,老爷子的脸色难看得很。

还是那个周凛川从未见过的年轻继母打着圆场:"雪青还没进周家门呢,家里的事情都不知道。凛川不住家里,年轻人爱玩,有自己的安排。"

桌边一群人为了缓和气氛,连连称是。

一屋子的钩心斗角,周凛川吃完提前离席,到院子里透气。谁知他刚出来不久,祝雪青匆匆跟出来,说:"父亲喊你去敬酒。"

"不去,又不是我结婚。"他想都没想就推辞,扭头往别墅外走。

祝雪青尴尬地站了会儿,趁着他还没走远,问出了口:"你现在还跟林稚在一起吗?"

周凛川顿住,撇过头,冷冷地看了她好一会儿,才开口:"你跟踪我?"

大约是他周身散发的气场太凛冽,祝雪青不由自主地后退几步,靠在一棵大槐树边,稍稍稳了稳心神:"上次在银泰广场的喷泉边上,她身边的那个人是你吧?"见他没否认,她快速地找回了气势,"如果你不想你哥知道这件事的话,最好现在跟我回去。"

周凛川笑了:"你觉得我会在乎?"

"那林稚呢?如果她知道你是谁的话——她应该不想跟我成为一家人吧?"祝雪青说着抬头,发现暮色中的他脸色涨红,嘴唇紧闭。

他在紧张。

祝雪青好像拿捏到了不得了的把柄。

"难不成,你对她是真心的?"

"这跟你有关系?"

"听说她在京北筹备展览,作为她昔日最好的朋友,到时候我应该送个花篮过去的，上面写什么好呢——啊！"

她还没反应过来，就见男生疾冲过来，一拳砸在她身后的树上，拳风在耳边呼啸，离她的侧脸就差毫厘。在这样的情况下，祝雪青重拾的骄傲显得脆弱又难堪。

"你敢打扰她一下试试！"或许是被激怒，他的声音隐约透着些许低沉，"这个家我没什么在乎的，但是你有。如果你想顺顺利利地嫁进来，最好把你那些见不得人的小心思收起来。"

他一字一句地警告，周身冷肃的侵略感压得她只得屏息。

待男生消失在暮色中，祝雪青才正常喘息。她惹谁不好，偏惹他。这个家里的人全是疯子。

周凛川边走边给庄旭去了个电话，电话那头一阵吵嚷声，刺向他的耳膜，他把手机拿远了些，问："你在哪儿呢？"

"'红新泥'，伺候一个醉鬼。"庄旭冲着电话喊。

红新泥是他们以前常去的一家小酒馆。周凛川挂了电话，到别墅门口时，在那里等候多时的司机已经下车，拉开了后排的车门。

"少爷，咱还是去千禧酒店吗？"司机宏叔问。

"先去另一个地方吧。"他揉了揉眉心，闭着眼睛说了地址。

"是去见上次那位小姐吧？"宏叔透过后视镜察言观色，小心翼翼地开口。

周凛川睁开眼睛："上次？"

"就……机场那次，您让我送的那位。"宏叔以为他忘记了，又细致地将那个场景描述了一通。

周凛川捏着眉心没答话，手肘撑靠在椅背上，看着车窗外从眼前快速闪过的一盏盏夜灯，脑海里想的却是——

林稚，你看，你明明不在这里，可是你又好像从来没从我的世界里离开过。

夜色渐深，繁华的市中心街市如昼，光影闪烁。

周凛川侧身站在酒馆门口，不断有人扶着烂醉如泥的同伴出来喊"借过"。在他耐心快耗尽的时候，庄旭顶着鸡窝头从人群里挤了出来。

"今天人怎么这么多？"

"周年庆啊，老板请了一帮乐队，据说还挺有名气的，里面全是追星的姑娘。"

有人东倒西歪地出来，还没到门口，就"哇"的一声吐起来，庄旭拉了周凛川一把才幸免于难。

"走吧，别站这儿，人太多了，还好我让老板给我留了一清静地儿。"

周凛川跟着他往酒馆里走，问："还有谁？"

"别提了，夏医生，莫名其妙约我出来喝酒，"庄旭伸出两根手指头在他眼前晃了晃，"足足两瓶威士忌，仰头就闷了，现在已经醉得不成人样。别看他平时看着正经八百的，喝了酒，什么原形都现出来了，抱着一把椅子就号啕大哭。"

从一楼挤过去，两人上楼。

"我连着值了一天一夜的班，脑袋都是糊的，真的喝不了。"

这里实在太吵，周凛川戴着助听器，有些听不清庄旭的话，便没回答。

"回家的感觉如何？"

"不怎么样。"

庄旭"哼哼"两声："我就知道你心情不佳，正好替我跟他喝几杯。"

二楼只对会员开放，相比楼下清静不少。半开放式的隔间里，周凛川跟庄旭过去的时候，夏云舟正被几个女生围着，聊得不亦乐乎。

"哟，可以啊，我也就下去这么一会儿，都跟人聊起来了。"庄旭将目光从那边移开，看着周凛川贼兮兮地说，"你知道我从他嘴里套出什么话来了吗？"

周凛川睨了他一眼："有话快说。"

"那天在云雾山的时候,他跟林稚表白了。"

"什么?"周凛川怔住。

庄旭原本想吊一下周凛川的胃口,但抬眼见他一副足以杀死人的表情,立马收起了玩笑:"就是你喝醉的那天,具体怎么说的,我没细问。"

炫目的灯光下,男生挺直的肩背突然卸力,食指在吧台的酒杯上一下一下地敲着。

庄旭收起笑容,问:"你没事吧?"

周凛川一动不动地盯着酒杯,他背着光靠在吧台上,一双眼睛匿在光影里,眼窝比先前更深,再加上冷着张脸,浑身都透着冷冽。

下一秒,他突然转身,抄起手边的酒瓶就往隔间里走。庄旭顿感不妙,想拉住他,但没来得及。

"喂,你干吗去——"

"表白了,有喜欢的人了,还在这儿勾三搭四,有没有人品?"

他是真生气了。

庄旭都快忘了这家伙曾经是个雷厉风行的跳台滑雪运动员了,这一酒瓶下去,脑袋开瓢,会出大事。他只得从后面将周凛川拦腰抱住,死死箍住周凛川不让动。

"他都被拒绝了,你就让他喝吧。"

周凛川闻言这才停下动作,扭头看着庄旭。

"你没听错,他当场被拒绝了,我就不该跟你开玩笑。"庄旭抓了抓鸡窝一样的发型,从他手里接下酒瓶,"我说你怎么一沾上林稚的事,什么理智都没了?"

周凛川抿唇,低头揉脖子。

被拒绝了?还被当场拒绝?

周凛川从这件事里琢磨出一种"林稚对自己还是不一样"的味儿来,但脸色还是冷着,藏起自己的小心思。

庄旭见他继续往隔间走,脑仁疼,贼疼。

"周凛川你的醋意太大了，收敛点啊！他好歹是我同事，真打起来我不搭手的啊！你好好掂量掂量，为这事儿蹲局子真不值得……"庄旭一口气不断地说着。

还未等庄旭说完，周凛川一挥手将他推出老远，不易察觉地勾唇："他一个被拒绝了的情敌，我吃他的哪门子醋？"

庄旭还是不放心，跟着他过去，见男生搬了把椅子，坐到夏云舟的对面。

几个女生原本是搭讪夏云舟，没想到这会儿来了个更好看的，喜不自胜地转换了对象，正要使出浑身解数，就听对方冷冷地吐了一个字："走。"

周凛川这会儿情绪有些暴躁，庄旭可太熟悉了。他伸手挡住了几个姑娘，找酒保把人都带出去了。再回来时，刚才还剑拔弩张的周少爷此时跟情敌碰着杯，肩膀都搂在了一块儿，好得跟亲哥俩似的。

庄旭简直没眼看，进去拿了衣服，临走前交代："我实在熬不住了，你照顾好他啊，我得回去补觉了，今天记在我账上。"

他走到门口，又感觉这两人实在不靠谱，这才给庄妍打了个电话。

庄妍一听周凛川也在，立马放下手头上的事，开着一辆跑车就往酒馆赶。到的时候，看到两个醉鬼瞠目结舌，这是有多沉重的心事，喝成这样？

包间里就一张长桌，上面的零食和果盘都没人动，只有两箱啤酒快被两人喝空了，空瓶子横七竖八倒了一片。

周凛川从箱子里拿了一瓶出来，往杯子里倒了半天没动静，才发现是空的，又俯身去找其他的。

庄妍在包间门口呆了呆，做好心理准备后，才走到他旁边。

"你没事吧？"

周凛川摇头，继续在箱子里翻。

"你找酒吗？"

"嗯。"

见他点头,且固执地一直在地上乱翻,庄妍没办法才帮他开了瓶酒:"喏,给你。"

周凛川仰头就喝,放下时,瓶子已经空了大半。

"你慢点喝啊!这是怎么了?"

周凛川置若罔闻,继续重复刚才的动作。他没醉,今天的酒远没有那天在云雾山的烈,可就是这一直清醒的脑子让他烦躁不已,他只想麻痹自己,才能让他停止想她。

白天,祝雪青的话如同一盆冷水浇在他被爱情冲昏的头脑里,他不是圣人,当然渴望对方回应,知道自己一直以来不是一厢情愿,他欣喜,一直沉醉在甜蜜里。

可是,如果他的喜欢会伤害到她呢?

一瞬间,他觉得自己太自私。

想着这些,周凛川"噌"地站起身。

"怎么了?"庄妍瞪大眼睛看他。

"我要回去……"他含糊地低语。

"去做什么啊?回哪儿去?"

"回家。"

庄妍一时没搞清楚:"哪个家?"

周凛川没回答,只是轻轻地自言自语:"回去浇花。"

大晚上的浇花?这都什么跟什么?

她目瞪口呆地看着周凛川出了包间。因着庄旭的关系,她跟他认识这么多年,从来没见过他如此失态过。

庄妍想要追上去,却被一直伏在桌上的另一个醉鬼拽住。眼看着喜欢的人走得没影了,她又急又气:"你放开,我可不是来找你的啊!凛川哥哥,你等等我——哎呀,夏医生,你先松开我行不行?"

她蹲下身去瞧,男人脸上亮晶晶的,她以为是汗,抽了桌上的纸巾去擦。看到他赤红的眼睛,她的语气也变得吞吐起来:"你……你怎么哭了?"

她第一次看一个男人流眼泪,一时手忙脚乱起来,急得如同热锅上的蚂蚁,连周凛川也忘记追了,放轻了声音哄他:"你别哭啊。"

尤其是他那双眼睛好看得很,泪汪汪的,像溢水的湖泊,她看着他安静地流泪,更加剧了这个场面的凄惨。

门口路过一个服务员,跟庄妍是熟人,瞧见此场面,笑了:"庄小姐这是干了什么,把男朋友气成这样?"

庄妍十分无语。

好好的名声就这样被毁了,她在心里把亲哥骂了一万遍。

周凛川醒的时候躺在林稚的院子里,他头痛欲裂,只零星记得昨晚自己打车回家,在这个院子里发酒疯,一遍遍地喊她的名字。几个片段里,他足够丢人,还好她没看到,否则此生都洗不白了。周凛川拖着发麻的腿去开水龙头洗脸,无意间看到花圃里的百合竟然开了。

新生命的诞生寓意着好运气的降临,他打开手机一看,果然,驰尚集团携手天才设计师林稚亮相京北家具展的新闻上了港粤区财经头版,镜头下的她笑靥如花。

再点开微信对话框,里面竟有一个未接来电,是林稚打来的。

周凛川瞬间清醒,他当时在做什么?他等了二十天的电话,就这么错过了?

他顿时连捶胸顿足的力气都没了。

一时间,巨大的沮丧充斥着他的胸腔,手一抖,手机掉进水池的缝隙。周凛川急于捞起来,偏那条缝太小,他的手根本伸不进去,只能用工具去捞,折腾半天,最后满头大汗地靠在水池边气喘吁吁。

周凛川服了,这都什么事儿?没一件顺心的。

浑身汗涔涔的,周凛川刚要出院子上楼换衣服,一头撞见在路边吃早餐的宏叔,他身后还跟着几个黑衣保镖。

周凛川蹙眉:"你们干什么呢,怎么都在这儿?"

"周总吩咐的,说今天家里有喜宴,让我们寸步不离地跟着您,必要时,绑也要把您绑过去。"

那正好——

他一指院子里的水池:"去,给我把手机捞起来。"

得了吩咐,几个黑衣大汉跑进院子里忙活起来了。

他换好衣服下楼,见手机已经在宏叔手上,效率不错。

周凛川刚要去拿,宏叔的手却一收,赔笑道:"少爷,在婚礼结束之前,这手机我不能给您。"

"非得这样?"

"您快别为难我们了。"

周凛川微微颔首:"那走吧。"

暮霭沉沉,一直到闭馆时间,络绎不绝的观众总算散去。因为展览的首日大捷,几十个工作人员在大厅里相拥而泣。驰尚的老板当即请客来犒劳所有人近一个月以来加班加点的忙碌,包了五星级酒店餐厅整整一层,好多人醉得不成样子,就连程艾俐也被人敬了好几杯酒,脸上泛起微醺的红晕。

林稚好久没经历这么盛大的喜悦,人却还是清醒的,滴酒未沾。她坐在外面的阳台上吹风,将喧嚣关在了身后。窗外车水马龙,灯河璀璨。热闹过后是巨大的空虚,她脑海里浮现的第一个想要分享的人却是周凛川。

她捏着手机看了又看,最终还是拨通微信语音电话。背后突然一阵"窸窣",林稚回头看,斜上方一双眼睛盯着自己,她淡定地关上手机:"程艾俐,你装鬼呢?"

"你真不是一般人,什么都吓不到你。"站立不稳的女人寻了把椅子坐在她对面,看她端着杯子,一口一口啜饮,询问道,"喝的什么?"

"红茶,你要来点吗?"

她找了一个干净的茶杯,刚要倒,程艾俐拦住她:"别,我怕睡不着。里面都闹成一团了,你可真会找清静地儿。我们老板刚找你呢,多半是看上你了。"

林稚放下茶壶:"法国人,消受不起。"

"他也就普通话怪点,其他条件还算不错。"

林稚挑眉:"那我喜欢普通话说得好的。"

程艾俐"哈哈"大笑:"这话我得告诉他,看看他什么反应。"

林稚也跟着笑,端着茶杯,有一下没一下地喝着,忽听程艾俐开口:"你变了好多。"

林稚握着杯子的手一僵,就听对面继续道:"你一毕业就创业,短短几年把公司做得如火如荼,当初谁不羡慕你啊?现在你沉稳了好多。当然,这不是贬义词啊,就是……"她一时之间找不到好的形容词。

"你不如直接说我老了。"

"不是,就是沧桑感。拜托,你才二十九岁,跟老不沾边好吗!"

"你最好是。"

"好怀念啊,你最明媚的样子。"

林稚见过程艾俐喝多的样子,也是像现在这样滔滔不绝,于是换了个舒服的姿势,准备听她的长篇大论:"你说。"

"在加州的时候,你还记得吗?咱们做交换生那一年,约你的男生数不清,没一个成功的。我当时就想,你大概是把恋爱这种东西进化掉了吧。后来国内地震,华人留学生圈里筹备了一场义卖,有个男生豪掷千金,买下咱们所有的展品,还当众约你来着,你居然真的赴约了,那叫一个盛装打扮……"

林稚接过她的话:"可惜,他没来。"

"对,他为什么没有按时赴约?如果他来了,有周彦臣什么事?你这辈子都不会遇到这个人渣!这个吃人不吐骨头的东西……"程艾俐言辞犀利,行动更是不管不顾,恨不得把面前的小餐桌拍个粉碎。

为避免闹出大动静,林稚只得去扶她:"好了,你醉了,我送你回去。"

"林稚,听我的话,找个好人,把周彦臣忘了吧,他不值得你搭上自己。你看,你都碎了,把自己捧起来吧,一片一片地拼好,然后继续去爱,去盛放。你可以比现在更好,你值得。"程艾俐对着夜幕吼了半天,嗓子又干又哑,声音这才小了下去。

林稚静静地听完,点头:"好,找个像老高那样的。"

程艾俐连连点头:"老高虽是北方人,但一点大男子主义都没有。要不我让他给你介绍个男朋友?"

"算了。"

见林稚拒绝,程艾俐以为她还在留恋过去,捧着她的脸继续劝:"感情一开始你要考虑的是喜不喜欢这个人,而相处久了,就要考虑一下喜不喜欢当下的自己。如果自己变得暴躁了、卑微了,连自己都看不上自己了,就证明这段关系其实并不适合你。一段好的感情一定是你和他在一起之后,你变得越来越爱自己,而不是你太爱对方,以至于失去自己。如果你和某个人在一起,让你有好奇心去探索这个世界,能让你情绪稳定,敞开心扉,让你更自信更爱笑,那这个人就值得去爱。林稚,你遇到这样的人了吗?"

"我谢谢你哦。"

林稚目光看向窗外,霓虹灯光流淌在她的眼底,如同波光粼粼的海面。随后,她轻轻地说:"我想,我应该是遇到了。"

林稚发烧了,40.2℃。

她一直以为自己的适应能力足够强,但北方一连十几天的沙尘暴天气,让她这个地道的川西人吃不消。送完程艾俐,她回到酒店,洗澡时,突然觉得喘不过气。她大概已经发烧很久了,只是自己没意识到,不然不至于突然这么严重。她扶着墙壁勉强爬上床,目光里,床头柜上的台灯影影绰绰,闭上眼睛便再也睁不开了。

再苏醒时,她迷迷糊糊听见有人在打电话。

——"哪位?"

——"姓周？不好意思，我们这边不欢迎姓周的人。"

——"哦……想起来了……是你啊。"

——"林稚？她生病了。"

——"看着很严重，但是她不肯去医院。"

——"酒店的地址是……"

是程艾俐的声音。

林稚想开口说话，但嗓子疼得跟被刀片割过一样。

好在该忙的事情已经忙完了，没什么要她操心了的。

在梦里，她又回到那个暴雨天，雷声滚滚，他在昏暗的房间里，直视着她的眼睛，固执地寻求答案——

"你不喜欢我，为什么要去我的帐篷看我？你不喜欢我，为什么在我吻你的时候，回应我？"

他们靠得太近了，即便天光昏沉，也足够看清一切。他炙热的呼吸喷洒在她耳侧，那一小块敏感的地方仿佛被灼烧一般，迅速蔓延全身。

他眼底闪着光，光里仿佛流动着整个宇宙，漫无边际的璀璨星辰，看得林稚心神俱颤，一遍又一遍地回应："我……喜欢的……"

她向来坦率，唯独在面对周凛川的时候，也只有梦里才让她如此肆意。

她嗓子叫得沙哑，喊他的名字，说着胡话，断断续续，语不成句，渐渐地，眼底也湿润起来，分不清是泪还是汗。她被前一段感情伤害太深，只敢缩在壳里，是他的出现，将她诱了出来。但她仍旧不安，只得死死地抓住一点东西，手指发白发酸，也舍不得松手。

那团火一直焚着五脏六腑，似要把她烧尽才甘心。

风尘仆仆赶来的周凛川就这样被她拽着衣领，那模样分明很狼狈，但他完全顾不得自己，满眼都是心疼，低声哄她："没事了。"

他分明只跟她分开了一个月，却好像过了一个世纪那么久，此时他抱着她，她变得更瘦，就剩一个骨头架子。他的手指触碰到她柔软的发丝，这才有了实感，她再不只是他念想里的一个幻影。

程艾俐送走医生回来，刚好撞见这一幕。

她咳嗽了一声，幽幽地说了句："要不你把她放下来？这点滴要输两个小时，你总不能一直抱着。"

周凛川半坐在床头，怀里抱着林稚，如同珍宝，还维持着刚才医生来输液时的姿势。

他尝试着挪动了下胳膊，没料想将她吵醒。

"嗯……"

她发现手心握着的领口突然没了，脸上竟有哭相。周凛川只好朝她俯近了点，让她如愿以偿地抓住自己的上衣。要长时间保持这个姿势很难，幸好他平时勤于锻炼。

她合眼往他怀里蜷了蜷，干裂的薄唇微微翕动。

明明两具身体已经到了近无可近的地步，她仍想靠拢。

周凛川无奈，轻柔地说道："算了，这样就好，我怕她再动，手背上的针头会脱掉。"

程艾俐深深觉得自己在这个房间实在太多余，悄悄从房间退了出去。

周凛川想给她把柜子上的台灯调暗些，刚一动，女人的手便缠上来。他任由她在胸前乱摸，最后痒到不行，干笑着低头，鼻尖触到她的鼻尖，柔声问："你到底想干什么？"

"轻薄你……"她喃喃道。

病成这样还能回应，她到底是真病，还是装病……

偌大的房间里只亮着一盏台灯，光线十分柔和，显得周凛川的眼睛分外幽深。他的指腹轻抚她的眼角，那滑过的泪看得他心一颤，伸出手指，轻轻摩挲着她的额头，声线像被烧过一样变哑："我爱你。"

落在她额头上的，是一个没有任何情欲、真挚而浓烈的吻。

晨光熹微。

林稚睁开惺忪睡眼，在酒店房间里醒来，有种从地狱归来的感觉，差点被一场感冒送走。

胳膊从被窝里伸出去,已经全是汗。被子跟在沸水里煮过一样,湿漉漉的。

房间里空无一人,让她回想起昨晚迷迷糊糊时做的梦,太羞耻了,幸好只是梦。

她坐起来发了一会儿呆,然后翻身下床去找水喝。她昨晚睡前太累,水都没来得及烧,结果去端水壶,里面满满当当,还是温的。林稚默默在心里把程艾俐感激了一万遍,倒了杯水喝了几大口,余光往柜子上一扫,不知道哪儿来的百合花,娇艳欲滴,香气扑鼻。

她发愣的瞬间,门锁突然响了两声。

门口站着周凛川,手里提着打包的早饭。

这下真是出乎意料了,林稚刚起,身上就穿着一件皱皱巴巴的睡袍,头发乱糟糟地垂在肩头,她连拖鞋都没穿,光着脚站在地毯上,狼狈姿态尽显无遗。

周凛川不是应该在千里之外的江城,怎么跑到京北来了?他什么时候来的?

她揉了揉脖子,想要回忆一点细枝末节,腿一软,差点撞到柜子的转角,他一把托住了她。她花了很久才弄清突如其来的状况,喘匀气,抬眼看到他衬衣上的扣子,不知道被谁拽掉了三四颗,敞开的领口软塌塌地垂着,俯下身的时候,内里的健硕一览无遗。林稚别过头,问:"你怎么穿件破衣服就出门了?"

他并不在意,只是去查看她有没有被撞到。

静了一会儿,林稚又问:"你是昨天来的吗?"

他站起身,走去靠窗的桌子前,打开餐盒,忽然顿住,回身一笑:"不然你以为我的衣服是怎么坏的?"

林稚彻底被噎住。

他问她,他的衣服怎么坏的?

她完全不记得。

她踩着小碎步过去，一脸茫然地看着他。

男生突然欺身而下，猛地凑近，捉住她的手往自己的胸口摁，似笑非笑，饱含暧昧地看着她："要不要我帮你回忆回忆？"

林稚的手指触碰到他滚烫的胸口，触电一般地收回。

"去把拖鞋穿上，你要是再感冒一次，我可承受不起了。"

林稚满屋子找鞋，男生低低的笑声还在耳边徘徊，令她头皮发麻。

她昨天对他做了什么啊？

清晨的阳光被白色的纱帘筛过一遍，落在房间里，增添了几丝朦胧感。他站在光影里，手指搅动着窗帘，距离自己不远，细微的声音格外明显，刺激着她的耳膜。

突然，后背贴上一个温暖的胸膛，周凛川从后面拥住她，下巴搁在她的颈窝中。他为了看护她，熬了整整一夜，此时声音疲惫不堪："你不会又想反悔吧？"

"什么？"林稚仰头，努力调整呼吸。

"你昨天一直拽着我，说'喜欢我'，说了几十遍。"

她以为那是梦。

"你不会想不认账吧？"

"当然不会，你把人当什么了？"她高烧之后脑袋还迷糊着，但依旧很容易被激到，等意识过来，话已经脱口而出。

他摸到她的手背，十指交叉后，将她的手握在了掌心。

"你想我了吗？"他的声线温暖，扣动心弦。

她闭上眼睛，任凭他的气息如同奔涌的潮汐将她包围，从喉咙里逸出一个字："想……"

光芒跳动在眼皮上，整个大脑被染红，简单的一个字，将两人的时间无限期拉长。

身后是二十三岁的俊俏少年，在他的真挚下，她只能丢盔卸甲。

"想我还二十几天不给我打电话？"他舍不得责怪她，自己跟自己较劲。

"你不也没打？"

"我是怕打扰你。"

"少来，庄旭什么人我还不清楚，他肯定带着你到处鬼混。"

"你别这样说我。你走了之后，我都没怎么跟人说过话，跟丢了魂一样。"

林稚被他逗笑了："那花哪儿来的？"

"你院子里的，我怕你回去错过花期，做成了鲜切花带了过来。本来想在你的答谢宴上送给你，在机场给你打电话的时候，是程艾俐接的，说你病了。"

林稚侧头，笑着吐槽："她一定把事情说得特别严重。"

周凛川也笑了，声音温柔："我都快急疯了，改签了最近的航班。你还笑？不许笑，你说你怎么一工作就跟拼命三郎似的——唉，算了，以后也只能我多操心照顾你了。"

说到最后，他的手臂收紧了些，下巴压在她肩上，不再多言。

她本想笑话他，没想到他神情里全是认真，让她完全没法看轻一个男孩的承诺。

一时之间她也不知道要说些什么，只是回握住他的手背，如此盛大的温暖，是她从前没有经历过的。

两个人沉默着待了很久，直到嗅到桌上的早餐散发的阵阵香味，她顿时饥肠辘辘。

她往他的臂弯里蹭了蹭："周凛川……"

"怎么了？"他紧张起来，以为她哪里不舒服。

在他紧张的眼神里，林稚轻轻喊了一声："我饿了。"

他这才放心下来，松开手。

林稚转身说："我得洗个澡再吃，出了太多汗。"

"行，我等你。"

他目送她去行李箱拿换洗的衣服，等人进了浴室才垂下头。突然，已经进了浴室的人不知道什么时候折返回来，趁他不注意的瞬间，踮脚在他侧脸上轻轻啄了一下。周凛川全身跟过电一般，眼底汹涌澎湃。她做这些动作实在自然，两人对视时，不用任何言语交流，已经懂得彼此。周凛川许久以来的彷徨迷茫全部被这个吻打散，结束了一直以来的忐忑不安。

她是喜欢他的，他确认了这点。

这便是他那一番告白的回应了。

他如同一个打了胜仗的战士，心如擂鼓，扬起的嘴角再也没垂下来过。

她很快洗漱出来，跟他一块儿吃早餐。

两人相处时间并不算很长，但他已经记得她的饮食习惯。虽然病后初愈宜饮食清淡，但周凛川还是跑了大半个城市去买一碗地道的抄手回来，还有些其他的，满满当当摆了一大桌。

林稚这段时间因为工作忙碌没什么食欲，但家乡的美食仿佛一下刺激到了她的味蕾。周凛川只草草喝了点白粥，却替她夹了很多菜。林稚心里是温暖的，只是一想到这人就穿着这一身到处溜达，脸没由来地烧了起来。

"等下吃完饭，出去逛下商场吧？"她嗫嚅道。

周凛川却不明所以："外面刚下了场大雨，医生说你暂时最好不要吹太多风。"

"那你怎么办？"

"嗯？"

"我看这个房间里没有别的行李箱，你没有更换的衣服吧？"

"行李箱落在江城机场了。"他解释了句，当时心里急得要死，哪里管其他的？他又道，"不过我给航空公司打了电话，他们会帮忙给我寄过来。"

林稚往他大敞的领口瞟了一眼，心虚道："你的衣服被我毁了，我赔你一件。"

周凛川这才意识到她兜兜转转一大圈，说的是这个，他笑容渐深:"你想起来了?"

林稚看了他一眼,声音小了下去:"不是你说的吗?"

周凛川笑着,眼底也含着朦胧的笑意:"我以为你不会认账了。"

她察觉到他在取笑她,拿起汤匙喝汤之前,瞋了他一眼。

林稚坚持出门,周凛川没拗过她,好在驰尚集团给她订的这家酒店就在市中心,离商场并不远,叫个车过去十分钟就到。一进商场,她拽着他进了一家男装店。她一件件挑选,他便跟在后面看着她。

林稚忽然笑了下,在衣架子上拿了一件花衬衫,问:"你有没有试过这个风格?"

他说没。

"要不要试试?"

他的穿衣风格很是统一,虽然看得出衣服价格不菲,但不是黑就是白,所以给人的直观感觉就是极为板正。这么花哨的衣服,哪里是他喜欢的?但他居然一点没抗拒:"你喜欢啊?我去试给你看。"

他拿着衣服去了试衣间,出来时在门口一摆。

林稚回头——

虽然她知道他天生是个衣服架子,但看到的时候还是惊艳了一下。这衣服若是换个年纪稍大的男人来穿,必定油腻味十足,在他身上反而很青春活力,像个刚高中毕业的二八少年。

"竟然比我们挂在店里的海报还好看啊!"一旁的导购不由得感叹,凑过来小声道,"小姐,你男朋友好帅哦!"

林稚挑起嘴角。

"是不是太显小?"周凛川先是自己照了下镜子,然后走过来问。

林稚点头:"我也觉得不太行。"她拽过他的肩膀,避开边上的导购,小声说,"太招蜂引蝶了。"

话里话外醋意明显。

情侣间的亲密无间不自觉在她脸上显现出来。她好像永远有办法让他心情瞬间晴朗，周凛川握紧她的手，柔柔地勾唇："那我得把它买下来，带回去专门穿给你一个人看啊。"

林稚刚要掐他，导购上前询问："两位，这件喜欢吗？"

"不喜欢。"她睨了周凛川一眼，指着面前的常规款，对导购说，"这几件拿出来给他试。"

导购一走，周凛川便俯身下来，勾着她的手指，轻抬下巴："林小姐对男装很了解？"

"有吗？老实说，我没怎么给异性买过衣服。"

"那就是对我很了解，你刚才连我的尺码都没问。"他笑。

她捏着他面料光滑的衣袖，另一只手去捂他的嘴巴："不许再笑了啊。"

可他偏不，踮起脚不让她的手碰他，周凛川正常站着的时候就高她一个头，这下更过分，他任凭林稚扑腾了两下，之后才弯下身子，一副随便她怎么弄的模样。林稚"哼哼"两声："你逗猫呢？"

他用下巴蹭她的头发，轻声说："你要是猫就好了，我可以随时带着，再也分不开。"

林稚笑着扑到他怀里。

真幼稚啊，她可真喜欢啊！

两人正腻歪着，等导购带了衣服过来才分开，周凛川摸了摸她的头，用口型说：马上回来。

说完，他就小跑着进了试衣间。

导购因男生甜蜜的眼神羡慕得不行，问她："小姐，你跟你男朋友怎么遇到的啊？"

林稚嘴角一勾："路边捡的。"

她想起那天夜里，她以为周凛川是个坏人，狼狈地奔跑，有预料到今天这样吗？

早知道会爱上他，她就不会对他那么凶了。

她正想着，手机突然响了。

周凛川从试衣间出来的时候，林稚正在不远处讲电话。导购过来一顿夸，夸得他耳朵疼。周凛川拿出手机调出一张VIP卡，递给导购："等下结账的时候，先从我的卡里扣吧，剩个几百块给她付就行。"

"先生，您的意思是……"

"我知道你们店里的衣服不便宜，我不想我女朋友给我花很多钱，但也不想扫了她的兴，等下打小票的时候不要穿帮了。"

导购领会了他的意思，接过了手机，刚到收银台，同事便拉着她一通问："他跟你说什么了？你怎么过来了？"

导购没理会她，先是扫了下他手机里的卡，两人被里面的金额震惊得倒吸了一口凉气。

"富二代啊！还这么体贴？我怎么就遇不到啊？"其中一个哀叹。

"他跟那位小姐不要太般配啊，简直净化眼球。"

"就是……"

周凛川在林稚接完电话回来之前，从导购手里拿回了手机，她的目光在他新换的衣服上停留了一瞬，点头："这件还不错。"

她看着剩下的几件，认为都是差不多的风格，没必要再试，便说："这些都要了。"

导购拿好衣服领他们去收银台，付款的金额比林稚看到的吊牌价少太多。这个设计师品牌全国连锁，她之前陪岳千千在江城逛过，只记得当时岳千千为了给男朋友买件男装，省吃俭用了几个月，这里的折扣这么大？

周凛川看了导购一眼，对方连忙解释："现在是换新季节，加上您买的数量多，所以我们这边是有一定的回馈的。"

林稚没再多问，去扫了码。

导购这才松了口气，对着离去的两人四十五度鞠躬，说着"欢迎下次光临"。

南方的雨季,一下起雨来就没完没了。林稚在商场门口望天,边上的周凛川刚要打网约车,被她拦住。

"先不回酒店。"

"你有事?"他问。

"刚才程艾俐打电话过来,约咱们去她家吃海鲜。"她看了眼男生,"你要去吗?你不想去也没关系,我回绝就是。"

程艾俐无非按捺不住内心的八卦,急于认识这个为她跨越好几个城市而来的男人,但考虑到他俩刚在一起就带他见自己的朋友,可能会有些唐突。

但这事对于周凛川来说求之不得,他想也没想便应下来,将她拉到避风的地方,说:"你等下。"

他折回商场,一头扎进了超市,给庄旭打电话。

手机响起来的时候,正在做术前演练的庄旭手一抖,镊子下的葡萄硬生生被扎了个洞,他气不打一处来:"凛凛,你最好是有正经事问我。"

周凛川懒得搭理他的愤怒,开口便问:"你第一回去秦医生朋友家里带的什么礼物?"

"啊?"庄旭一头雾水,但还是好好回答了,"就是礼包啊,超市里多的是,什么水果、红酒,拣贵的挑呗,礼多人不怪。不是我说,你问我这个干什么,你——"

不等他追问,周凛川"啪"地挂断了电话。

完全是用人朝前,不用人朝后,庄旭再次愤愤不平。

商场里人满为患,但周凛川回来得很快,手里拎满了东西,看得林稚瞠目结舌:"你……买这么多干吗?"

"总不能空着手去。"

林稚被他逗笑了:"只是见个朋友你都这样,那到时候要是见家长,你岂不是要把商场搬空?"

周凛川的耳根有些红,说:"不知道啊,我没那个经验。"

"不知道,还是不想?"

他被林稚盯着,思索了半天,小声说:"我想跟你结婚的。"

林稚完全没料到,张了张嘴:"你怎么说这个?"

周凛川看着林稚,认真道:"昨天晚上你生病,我照顾你,后半夜的时候,我突然做了个梦……"他脸上泛起一点绯红,眼神飘忽。

林稚故意笑话他:"咦,周凛川,你年纪小小的,想不到是这样的人……啧啧。"

"当然不是那种梦,你想哪儿去了?我梦见你穿着婚纱站在我面前。"他的脸红得要炸了。

"你……"林稚笑着推他,"这种话,你是怎么一下就说出来的?"

"我没开玩笑,我跟你在一起,那一定是以结婚为前提,我会拿出我的全部来对你好,除非你不要我。"他说着说着,忽然没底气了。

林稚看着他,心脏莫名颤了一下,但还是口是心非地说:"好了好了,可以了,肉麻死了。"

展览结束了,程艾俐终于可以休假,为了招待他们,她特意让老公关门歇业。

两人进门的时候,老高在厨房里忙碌,程艾俐则在客厅里陪他们说话。林稚想起在加州时她便不爱做饭,一日三餐均在食堂吃,当时的梦想便是嫁个厨子。如今她梦想实现,生活圆满。

一番寒暄过后,几个人在客厅里大眼瞪小眼。若是平常只有她俩在,早就闹成一团,现在多了个外人,多多少少都收敛了性子。程艾俐轻咳了一声,看了看林稚,又看了看周凛川,最后推了推林稚的胳膊,说道:"进屋这么久了,你还没介绍,这位是——"

见她明知故问,林稚笑道:"周凛川。"她顿了顿,又补了句,"我男朋友。"

"呀!"程艾俐惊喜地瞪大眼睛,笑容端庄得体地伸手过去,"久仰大名。"

两人友好地握手,互道了姓名。倒茶的时候,程艾俐私下跟林稚交换了眼神——行啊你!

程艾俐冲着厨房欢快地喊道:"老高,快出来,跟林稚的男朋友打个招呼。"

林稚尴尬地看向旁边的男生,他虽端着茶杯装作喝茶,但上扬的嘴角还是掩饰不住。

她完全不知道"男朋友"这三个字杀伤力有多大,此刻他恨不得去街上狂奔。

林稚伸手过去想掐他,却被他反扣在掌心里。他握得很紧,林稚只好提醒他:"这是在别人家,别闹。"

他一脸理所应当地说:"我牵着自己的女朋友,怕什么?"

这话好像没什么不对。

很快,两个人的手指缠在一起。

程艾俐靠着厨房门,偷看客厅里拉扯的两人,对忙碌的老高说:"怎么女人一恋爱就跟换了个人似的?"

老高敲了敲她的脑袋瓜:"一看人家就是刚谈,还害羞着呢,你别老取笑人家。"

"我这不是难得看林稚这样。"她收回视线,从橱柜里找出餐盘,帮忙盛菜,"她以前读书那会儿高冷得要命,后面回国,谈了场恋爱,男朋友藏得那叫一个严实。"

"那你又是怎么知道的?"

"谁瞒得过我的火眼金睛?"她挑眉一笑,回忆起来,"当时我跟她一块儿合作个项目,我们去贵州考察工厂,偏巧那个男人在贵州参加峰会,两个人忙里偷闲约会来着,被我撞了个正着。当时我就觉得那个男人不靠谱,谁谈恋爱不是恨不得向全世界宣告,他倒好,生怕我多嘴,再三暗示我不要说出去。"

老高熄了火,推着她出了厨房:"好了,不要愤愤不平了,你再念叨下去,客人该饿坏了。"

晚餐是红酒浸海鲈,配三文鱼沙拉,均出自老高之手,刷新了林稚对这个餐厅老板的认知。

程艾俐开了一瓶红酒,边醒酒边说:"也就你们来,我才跟着解个馋。"

老高白了她一眼,委屈地道:"咋了,平时少了你的?每次出了新菜,第一个试吃的不都是你吗?"

"你那是拿我当小白鼠。"程艾俐哼哼。

林稚撑着下颌看他俩拌嘴,只觉得好笑,等那边静了,她才问:"老高学了很多年的料理吗?"

老高摇头:"不不不,半路出家的。"

程艾俐说:"他是学文学的。"说着,看了对面惊讶的两人一眼,"想不到吧?他是沈阳人,高中成绩不好,也就勉强能上个本科,他父母就想着出国那条路,送他去墨尔本读大学。勤工俭学的时候,他在后台帮厨,耳濡目染了以后,偷改了专业。为此他爸妈一年没搭理他,本以为他会当个作家,谁知道成了个厨子。"

几人被她绘声绘色的描述逗笑。

餐桌上气氛很好,其乐融融。

程艾俐邀请周凛川一块儿过来,本就抱着帮林稚把把关的想法,此时趁热打铁,询问道:"周先生是从事什么工作的?"

周凛川原本在给林稚添菜,听她问话,放下汤匙,答:"我是一名跳台滑雪运动员,刚退役。"

程艾俐张了张嘴:"哦,我知道,极限运动。一个运动员,一个艺术家,这界跨得够大啊。你们怎么认识的?"

林稚替他答了:"我俩是邻居,第一次见面,我把他当变态了。"

程艾俐睨了她一眼:"哪有这么帅的变态?"

林稚伸手跟她击了个掌:"巧了,我当时也这么想。"

两人正乐着,突然旁边的人轻轻来了一句:"但我跟她第一次见面不是在那儿。"

林稚一笑:"你考我呢?我知道是在机场。"

"更早。"

闻言,林稚愣住,这在她记忆里是没有的。

"我 2021 年在加州集训过半年的时间。"

2021 年,加州,跟她出国的时间线倒是重合的,难不成——

周凛川瞧了她一眼,继续说:"当时我整个赛季的成绩都很不理想,患上了赛前恐惧症,一到晚上,不仅失眠严重,还会惊厥,很痛苦。当时看心理医生也没用,最后是我队友在一个论坛里无意间发现了某个叫'SLEEP ROOM'的公益项目,拉着我一定要尝试一下。很奇怪,从踏进那里开始,我就变得很心安,甚至能一觉无梦。我一直很想见这个公益项目的发起人,可惜到活动结束,她都没有出现,我便写了一封很长的留言。"

林稚闻言,目光渐深。

突然,她察觉到周凛川动了动,旋即,她的手在桌下被握住。

"后来真正见面是在她的义卖展上,我对她一见钟情,费尽九牛二虎之力,终于得到一次单独与她见面的机会。可惜当天滑雪队里出了点状况,我的几个队员在训练场上被外国人挑衅,发生了斗殴,进了警局。等我处理完再赶过去,她已经走了。而斗殴事件对比赛队伍影响很大,导致我们提前结束了比赛,离开加州。"

他一席话,让所有人都沉默。

半晌,程艾俐才打破了寂静:"我听得起了一身鸡皮疙瘩,原来那个写信的人就是你啊?林稚,这是什么情况?"

林稚回过神来,才答:"我也是第一次知道。"

她转而看向周凛川,原来那双好看的眼睛里,装了她那么久。

见林稚目不转睛地盯着自己,周凛川有些受不了,笑着问:"你盯着我干吗?"

林稚怔了怔,一时不知道要怎么回应少年如此绵长而盛大的心意,说:"你怎么一开始不告诉我?"

"你还说,"周凛川嘀咕,"就四年而已,你便把我忘了。"

/165/

"所以你不是后来才对我有想法？"

"我时常梦回加州那段时光。后来，跟你重逢，我简直觉得是上天恩赐，注定要我续上这段缘分。那时，你眼神破碎，满身风雨，我唯一的念头只有你太孤单了，我想陪在你身边。"

话一出口，两个人眼眶都红了。

程艾俐叹了口气，这声叹息里包裹着理不清的千头万绪，进入每个人的心里。

吃完饭，两个人回酒店。

程艾俐执意要送，但被林稚婉拒了。两人出了门，程艾俐还站在玄关，没动，嘴里喃喃道："老高，我刚才好像看了个很曲折的爱情电影，我第一次在现实生活里遇到这样执着的男生。原以为是天降之缘，不过是其中一个人有心而已。"

老高瞥了她一眼，醋意十足："我追了你两年，我也挺执着的，怎么没见你这么感动？"

程艾俐忙说："哎，怎么还挂脸了？我也就感叹一下。"

回去的路上雨停了，有一阵阵微风，吹得人很舒服。

想着病后初愈，散步有利于恢复体力，周凛川放弃了打车。

他将外套脱下来，披在她身上，又拽了拽两侧，裹紧后才顺势去牵她，见她此刻像个被牵线的木偶，手掌在她眼前挥了挥，笑道："怎么傻了？"

林稚回过神来，见路灯下的他目光如此深邃，才觉得自己把一切想得太简单。她原以为他就是个小孩，即便是喜欢她，也只是一时兴起，却不知道他将自己放在心里很多年，兜兜转转，天意弄人。

她掩了掩衣服，说："还不是你，今天说的信息太多了，我还在消化。"

"你什么都不需要想啊，以后费脑子的事都交给我。"他攥紧她的手，"你只需要知道，我爱你就好了。"

林稚看着积水的地面，倒映着挨在一起的两个人。她曾经有段时间觉得自己的情路实在坎坷，现在竟然有了几分释怀。

"其实我离开加州之后，回去找过你，但当时因为封闭式训练，我跟外界失联了很长时间，回去的时候，托人几乎问遍了所有留学生圈子，才得知你已经回国的消息。再后来，你成了小有名气的设计师，找起来不算困难，但那时你已经有男朋友。"

黑夜仿佛能将时光拉得缓慢而悠长。

林稚突然停下脚步，侧身看着他，不可置信："你可真能藏事啊！"

周凛川被她盯得久了，脸有些红："你别这样看着我。"

林稚笑了："怎么了？你偷偷干了这么多事，我看都不能看？"

"你这么看我，我很紧张啊。那你别笑了。"

"周凛川，我二十九岁了，跟我同龄的人孩子都有了。我不笑，难道跟个小姑娘似的感动到哭吗？谁会为一面之缘执着至此啊，你可真是恋爱脑啊！"

"难道你不信命中注定吗？"他问。

林稚斜眼瞥他，看他要怎么胡诌。

"就是只需要一眼，你就能感受到，这个人会跟你的生命有关联。"男生的眼睛依旧如夏日般明亮，宁静如昔，"我当时就是这样。"

林稚的心仿佛微妙地被羽毛拂了一下。

"周凛川。"她轻声叫他。

他应了声，松开她，见她转身过来，踮起脚，在他的脸颊上轻轻啄了一下，看着他，笑意直达眼底："谢谢你的喜欢，我感受到了。从小到大，我不太信'爱情'二字，更不会像你一样习惯等待。如果谁伤害了我，我会毫不犹豫地扭头就跑。这大概是我自己的一套趋利避害的生存法则，但我今天才意识到，这样也许并不好，人生太短，总要恣意一些。"

男生闻言眼眶红了，别过脸不再看她："你别惹我哭啊。"

她去拥抱他，头埋在他胸口，声音被挡着，有些不真切的朦胧：

"你的真挚和热烈总能感染我,让我觉得生活没那么糟糕。如果两个人依偎能够更温暖的话,我又何必将这温暖拒之门外呢?我们好好在一起吧?"

"嗯。"

他搂紧她,她的脸贴近他的领口时,发现一片冰凉,悄悄地用手摸了下,才发现是湿的。

她抬眸,迟疑地看向神色紧绷的男生,询问:"你……哭啦?"

周凛川立马弹开,试图掩饰:"没有。"

怎么能被女朋友发现自己哭成这样呢?她本来就嫌弃自己幼稚。

可是她对他说了这样真诚的话,他怎能不为此流泪呢?

林稚却不信,踮起脚,去看他的眼睛:"你肯定哭了,大哭包。"

见他鼻头红红的,跟平时装酷的模样相去甚远,林稚乐了:"让小姐姐来给你看看。"

"不要。"他跟泥鳅一样从她手下挣脱,林稚这才感受到运动员的反应速度有多快。

"不准跑,站住!"

一眨眼的时间,人已经跑到了下一个路口。

"周凛川……"她隔着一条大马路叫他。

男生果然停下脚步:"怎么了?"

在他紧张的眼神里,她蹲下身子:"我胃疼。"

他飞奔过来,观察她的状态,正要在手机上查看就近的医院,脖子突然被人从后面勾住,她矫健地攀上他的背,挠他痒痒:"让你跑。"

他痒得不行,转身抱着她扭来扭去,憋着笑说:"行行行,你想怎么惩罚我都行,但下次不许开这样的玩笑了。"

林稚踮起脚,少年亮晶晶的眼睛就这样盯着自己求饶。

她狠狠亲他一口。

"哼,你刚才不是很厉害的吗?"

第九章

与风雪共舞的少年

在京北的工作已经基本结束，林稚去参加庆功宴前，跟周凛川在这个城市瞎溜达了两天，没有什么目的地，只是两个人在一起，怎么都好。大部分时间是在马路上闲逛，或者在社交平台上找那些冷门但好吃的餐厅，放纵得太厉害，以至于林稚早上穿礼服的时候都差点没塞进去。

嫌两个人住着太挤，周凛川特意将房间升级成了豪华套间。她化完妆出来的时候，周凛川也在换衣服，西装革履，他怎么一天比一天帅？

林稚的目光在他身上流连了一圈，还好她今天没打算带家属，不然，他这吸睛体质还不得把全场的小姑娘迷得团团转。

林稚走过去，帮他扣衬衣的扣子。周凛川乖乖地抬起下巴，目光一直停留在她脸上，想到了什么，突然笑了：" 咱们这样有点像马上要去参加订婚典礼的样子。"

林稚被他逗笑，忍不住掐了下他："你倒挺会想。"

扣好扣子，他理好袖口的褶皱，好整以暇地靠在落地镜边，说："你又不愿嫁给我，我只好想想了。"

"哪有人二十三岁就想着结婚的？"

"早点结婚好啊，免得外面人惦记。"他像是真的有些苦恼地托腮，"你那么好，我的竞争对手太多了，跟玩升级通关似的，一通乱杀，以为成功攻下水晶塔，结果才出了新手村呢，胜利还在十万八千里外。"

"你有这个觉悟是不错。"林稚忍笑，停下补妆的动作，目光从镜子移向挫败感十足的男生，"所以你今天穿得这么隆重，是想震慑一下谁？"

他"唔"了声，轻声道："但愿效果不错。"

林稚哭笑不得，伸手跟他抱在一起："你少贫，说吧，待会儿你要去什么地方？该不会是私会秘密情人？"

"是我以前的教练。他前段时间带队在国外赢了个大奖回来，受邀到京北来参加一场友谊赛,看到我社交平台的定位,知道我在京北,昨天晚上发来的邀请。我等下先送你去宴会,然后再过去,会在你结束之前赶回来接你。"

他早已安排好行程,耐心细致到了极点。

他说完,扬眉:"我行程汇报得怎么样?你满意吗?"

她好笑地点头:"还不赖。但我觉得出门前,还得做一件事。"

"什么?"

"你先坐下来。"

她将他拽到沙发上坐下,去柜子里取了吹风机过来。他怕她急着出门,洗了头发草草吹了下,还湿着,有些乱。林稚试了试吹风机的温度,巨大的轰鸣里,混杂着她的声音:"我第一次给男生吹头发,你将就一下。"

镜子里映着她的身影,他的眼睛里始终挂着笑意,看着她的动作。

这样的早晨,美好得不太真实。

不过很快,手机铃声不合时宜地响了起来,他叫的网约车来了。

林稚进会场的时候,程艾俐早就到了,她替林稚要了一杯红酒。两人在跟驰尚集团的负责人打了招呼之后,又被拉着约见了几个合作方,一通下来,杯子里的酒被喝得所剩无几。

林稚拉着程艾俐找了个角落坐下来,将红酒偷偷倒进垃圾桶,换上了可乐。这一系列动作熟练得让程艾俐目瞪口呆。

"敢情你在外面千杯不醉的名头是这样来的?"

林稚声音轻松,说:"你跟那帮男人拼酒,不使点手段,就得上医院洗胃。"

程艾俐无奈地耸肩:"也对。尤其到了这种应酬的局,但凡有点姿色,不是被要求陪这个,就是陪那个。你瞧那几个一口干的,都是销售部门的,不把自己干倒,根本谈不下来合同。我以前也这样,现在则能躲就躲。"

林稚取笑她:"怎么,家里那位管得严啊?"

程艾俐不服气:"只怕你家那位比老高也好不到哪儿去吧?你这纯粹是乌鸦笑猪黑。"

这是什么比喻?林稚被她逗得一乐。

程艾俐突然问:"昨天吃饭的时候忘记问了,他家里干什么的?"

"不知道。"

"你不问?"

"我问这个干吗?"林稚白了她一眼,"我又不像你一样,有查人家户口的癖好。"

"我估摸着,"程艾俐沉吟片刻,"他的家世背景绝对不简单。"

"你怎么知道?"

"看面相啊!"

"你要是这么闲,还是去天桥底下支个摊儿忽悠人吧。"

"真的,我第六感很准的。而且经过我跟老高的观察,一致觉得他是个不错的对象。"

林稚拿起酒杯跟她碰了一下:"我谢谢你。"

"只是……"程艾俐话锋一转,看她的眼神认真了几分,"我知道你现在在兴头上,姐弟恋,你掂量着点。"

林稚静了一瞬,过了片刻才答:"你以为我没理智过?如果这世上有不爱上他的办法,我早就找到了。"

程艾俐一脸坏笑地摇晃着红酒杯,靠着她的胳膊,小声唱:"保持单身,忍不住又沉沦。"

林稚赶紧捂住她的嘴,再唱下去,她俩一会儿就要被人围观了。

会场灯光璀璨,舞台上的小提琴乐队琴声悠扬,其中夹杂着火气十足的女声,清晰入耳——

"我刚在米兰家具展上拿了新人奖,你让我跟那个姓林的一桌?你们主办方就是这么排座位的?"

几个戴着工作牌的工作人员围着女人连连道歉。

程艾俐侧头扫过去一眼，撇嘴："边静，你认识吧？我们以前合作的主设计师，她这次没拿到主展位，被你替了，心里估计憋着火呢。"

林稚背对着，连视线也懒得转过去，一脸的风平浪静。这种无聊的戏码，她根本不屑参与。

可偏偏她这副无视的姿态惹得闹事的人更加愤怒，索性也不在背后装了，抱着手臂，噙着冷笑，朝林稚坐的这个方向走来。程艾俐跟林稚交换了个眼神，偏巧，她手机响了，电话那头是驰尚的同事，让她过去帮忙。程艾俐有些为难，现在把林稚一个人丢在这儿，太不讲义气。

"没事，你去吧。她还能把我吃了不成？"林稚笑着把她推走。程艾俐对着电话回了句"马上到"，临走前瞟了眼来势汹汹的女人，咬咬唇，离开了座位。

林稚抱着手臂，准备迎接一场大战。

突然，那边"哎哟"一声。

此时音乐恰好停了，细微的声音被无限放大，大半个会场的人都循声看过来。一路横冲直撞的边静跟不知道从哪儿冒出来的男人撞在一起，跟她相撞的男人高她一个头，手里端着的红酒根本不受控制，顺着她的胸口淋了下去。很快，红酒在她纯白的礼裙上洇了一大片。

边静尖叫着转身，张口就要对着罪魁祸首一通怒骂，转身的瞬间，她的目光落在面前这个相貌出众的年轻男人身上，表情凝滞了一瞬。

"抱歉，刚才走得太急。"男人把酒杯往路过的服务生端的餐盘上一搁，淡声说道。

林稚本已经转身，听到这道熟悉的声音，猛然回头。在一众衣香鬓影中，那西装革履、俊朗无双的年轻人，不是周凛川又是谁。

那边的边静虽然正在气头上，但她在名利场混迹多年，看人下菜碟是常态。此刻站在她面前的男人气度不凡，即便是跟那几位名声斐然的商界大鳄站在一块儿，也毫不落下风。

她话锋一转，捏着嗓子矫揉造作道："没事。但我的裙子被你

/173/

弄脏了,你要帮我擦干净。"

程艾俐不知道什么时候回来的,脑袋幽幽地从后面伸过来,搁在林稚的肩膀上,看着这一幕。

林稚感觉到她的呼吸声,差点没被吓出心脏病,小声叫她:"你怎么走路不声不响的?"

"明明是你的注意力在别处。"程艾俐吐槽道,手在她后背猛地一推,"你再不去,男朋友要被别人勾搭走了。"

林稚白了她一眼,站起身,踩着细高跟鞋过去了。

二十三岁的周凛川哪里懂得欲拒还迎那套,面对着这个故作姿态的女人,十分不耐烦地擦了擦手:"擦衣服找服务人员,找我干什么?"

"周凛川。"林稚款款走去,自然而然地勾住他的胳膊,"你怎么来这儿了?"

随即,她的视线转向另一处:"这位是?"

周凛川下巴一抬:"不认识,一路人。"

边静脸上一阵白一阵红,指着林稚怒气冲冲:"他撞到我了……"

"不是的,真要论起来,主要责任人应该是边小姐,她自己没看路……"此时一直跟在边静身边的驰尚实习生小声开口。边静先前无理取闹,惹得所有人跟着心烦,现在哪有人肯站在她这边,马上站出来仗义执言。

边静脸色惨白,风头尽失。

因着程艾俐的面子,林稚不想跟她起争执,点到为止。

"这位小姐的衣服,我男朋友会赔偿,你这会儿要不先去休息室处理一下?"林稚给了程艾俐一个眼神,对方立即会意,叫来会场的工作人员。

边静几乎是被人披上衣服强行拖走,她愤恨地盯着林稚。

周凛川侧过身,挡住那道视线。

等人走远,林稚才拉着他出了会场,询问:"你不是要去看比赛吗？怎么出现在这儿？"

周凛川从西装口袋里掏出一板药片，说："早上走得急，我忘记给你了。"

"就这个？"林稚笑了，"一顿不吃又不会死。"

"那可不行。"寻常人感冒几天就好，她身体太差，那天夜里发烧，跟去了半条命似的。

周凛川沉吟，那场车祸对林稚身体的损耗还是太大了。他低头，心疼地揉捏着她的手指。

"幸好我来了，你怎么任由别人欺负你？平时尽对我那么凶了。"

"你想错了，我可不是软柿子。"她一抬眸，手被拽着，跌入一个温暖的怀抱里。

"林稚，我做得好吗？"二十出头的男孩子情绪一来，哪管别人的视线，想都没想就抱她入怀。

"英雄救美，天神降临，还不赖啊！"

"会不会给你带来麻烦？"周凛川问。

"有麻烦的另有其人吧。人家都打上门了，我不得杀出去？"她顿了顿，继续说，"你知道这种宴会，不过就是扩展一下人脉而已，对我来说，做好自己喜欢的设计就行，当然工作室能发展起来更好，实在不行也没关系。努力就能成功，那是小孩子才会相信的事。"

他松开手，看着她的眼睛，突然叹气："你怎么这么悲观啊？"

林稚去揉搓他的脸，笑着哄他："好了，走吧。"

"你不留下来？"

"差不多快结束了，我陪你一起去看比赛。"

那边程艾俐已经收到林稚的短信，回了个"好"，并发语音说："一点小插曲，你别放在心上啊。"

她锁上手机，扭头见自家老板站在身边，她奇怪地问："你该不会刚刚一直在这儿吧？"

欧文没否认。

"股东们都来了,你不去陪,跑这儿来干吗?"

"我听见这边出了点事,过来看看。"

程艾俐"哦"了一声:"可惜你来晚了一步,已经有人英雄救美了。看你这样子,你该不会真的喜欢林稚吧?"

欧文还是没否认。

程艾俐瞪大眼睛。老实说,她这位老板中法混血,长得是真不错,只不过在职场上混久了,性格稳重得过分了。

"她还回来吗?"男人沉声问。

"走了,免得一会儿吃饭碰到边静。该说不说,今天这事儿,边静挑起的时机太过分了,有什么矛盾,私下解决不好吗?怎么说,在驰尚的场子里,不看僧面看佛面,而且林稚的展位比她的受欢迎那是事实啊。成天拿个新人奖说事,还在明年的续约合同上漫天要价。"

"那就不续了。"欧文留下一句,转身就走。

程艾俐立马凑上去,问:"你该不会是因为林稚才这样的吧?你别冲动啊,你跟林稚没戏。"

欧文被她在心口捅了一刀,脸色瞬间铁青:"吃你的饭去。"

国家跳台滑雪中心,室内人工滑雪道。

林稚看过跳台滑雪的赛事,最近一次好像是在冬奥会上。就算她是个十足的体育小白,但对这种大型赛事也会关注。实地观看的感觉尤其不同,一进场馆,铺天盖地的应援声刺入耳膜。

这几年随着国内几名运动选手在世界大赛上崭露头角之后,大家对滑雪的关注度比以前高出很多。看台正对着赛道和体育场区,液晶大屏实时播报比赛成绩,每公布一轮,现场的欢呼声一片,气氛十分热烈。

尽管只是友谊交流赛,但现场还是来了不少新闻媒体。场地里走动的运动员们,林稚似乎都在电视上见过。看台上还有不少粉丝拉着应援的横幅,被北方的狂风吹得"呼啦"作响。

周凛川松开牵着她的手,附耳过来小声道:"你等我一会儿,我去打个招呼。"

林稚点头,男生弓着背从观众席穿过去。

摄像团队将镜头对准运动员休息区,移到周凛川面前时,不知道是误把他当成参赛选手,还是因为他相貌太好,镜头特意停留了一瞬。

观众席这边突然一阵欢呼。

林稚笑了,这些人到底是真粉丝,还是假粉丝?笑着笑着,她突然萌生出一丝惆怅。

她不敢想象,当年这个酷酷的少年在空中翻飞的模样,在雪山之巅俯瞰众生,那会是何等肆意。

这样想着,她汗毛都要倒竖起来。

周凛川已经从滑道那边回来了。

他将刚刚找志愿者要的一杯热水递给林稚,提醒她吃药。这里是雪场,温度自然比外面低很多,尽管给她带了一件外套,但还是怕她冻着,手伸过去,将她的手完全包起来。林稚暗自发笑,明明他的手比她的还要冷。

林稚问周凛川:"刚才跟你说话的那位,是你以前的队友吗?"

"嗯。"周凛川点头,"他叫焦冠宁,入队的时间比我晚一年,原先我们住一个宿舍。"

林稚眯着眼睛,用自己近视三百度的眼睛看着大屏幕上的介绍:"他今年蝉联了冠军,那就是说,去年这个奖项也是你们队拿到的?"

"是。"

"谁啊?今天也出场吗?"林稚伸着脖子看向运动员队伍,视线再移回来时,周凛川笑了笑,没有回答。

随着发令枪枪响,比赛正式开始。

周凛川的目光紧盯着屏幕,思绪一下飘远,好像此刻那个站在跳台顶端的人是自己。他离开赛场太久,此刻却仍然能感受到心跳在加速，血液在血管中奔腾。他深吸一口气，然后，如同一只准备展翅高飞的鹰，俯冲而下。风，在他的耳边呼啸；雪，在他的脚下飞溅。他的身体在空中划出一道优美的弧线，那一刻，时间仿佛凝固，只有他轻盈而坚定，在空中翱翔。

运动员落地的一刹那，周凛川被拉回思绪，随着雪面发出一声沉闷的响声，观众席传来惊呼，比赛全程惊艳了众人。

他抬眸，发现林稚也在扭头看着自己，问："怎么了？"

"我好像看见你在这上面比赛的样子了。"她忽然说。

周凛川目光一热，但很快转换了情绪，傲气十足："我可比他帅多了！"

林稚难得没有反驳他，点头认同："我也觉得。"

两人相视一笑的同时，赛区那边已经开始进行采访了。

主持人说了一大串祝贺词，然后问运动员："拿到大奖的第一个想法是什么？"

"很庆幸自己没有辜负所有人的期望，也感谢一直以来没有放弃的自己。"

"那今天呢？刚才解说也提到，你做了一个全新的翻腾动作，据说是为了致敬一个人？"

"嗯。"焦冠宁点头，"他今天也来到了现场。"

主持人兴奋起来："哦，真的吗？他坐在哪里？要不要跟我们的观众朋友们打个招呼？"

"还是不了，他这个人一贯低调，就不要打扰他了吧。不过，如果有粉丝朋友们实在好奇，可以去看队内比赛集锦，应该能找到一些蛛丝马迹。"焦冠宁神秘一笑。

比赛结束后，观众席上的人走了大半，周凛川这才拉着林稚去跟他以前的队员会合。

滑雪运动员跟其他类型的运动员不同，个个都很白净，头盔取下来，一张张朝气十足的脸，板寸头，跟她初见周凛川时一个样。

刚接受完采访的焦冠宁走过来，给了林稚身边的男生一个拥抱，头埋在他的肩膀上，舍不得挪开。

焦冠宁是周凛川身后出了名的"小尾巴"，他刚进队里的时候，心高气傲，十足的中二少年，没想到不到一个月就被周凛川治得服服帖帖，抱着被子挤进周队长的宿舍，两人一住就是三年。

他比周凛川小两岁，完全把周凛川当哥哥看待。

当初周凛川因为车祸离开滑雪队的时候，连退役仪式都没准备一个，事发突然，几个年纪小、颇受队长照顾的队员泣不成声，只有焦冠宁愣是眼泪没掉一滴，没日没夜地训练，接过周凛川的棒，成了滑雪队的主力。

此时两人突然见面，他没控制住自己的情绪，眼眶红了。

还是周凛川拍了拍他的背，出声提醒："你再不松开，我女朋友要吃醋了。"

焦冠宁这才松开他，目光往他身边一扫，眼睛瞪得溜圆："这位是嫂子？"

林稚笑着把两人牵着的手往他眼前亮了亮："如假包换。"

少年羡慕得立马眼睛发光："师哥，我也想谈恋爱！"

"什么？谁？谁要谈恋爱？"

教练闻言悄然而至，肃着张脸，将焦冠宁的美梦搅得稀碎。

年过四旬的教练唾沫星子横飞："小小年纪，整天不想着怎么提升成绩，尽整些歪门邪道。"

"谈恋爱怎么是歪门邪道了，你看师哥，佳人在侧，多幸福啊！"

陈铮扭头看了眼林稚，又看了眼周凛川："你小子什么时候找的女朋友？我这个教练都不知道？"

"人家肯定是在队外谈的，这要是在役的时候，你知道了还不得棒打鸳鸯啊？"焦冠宁说。

话刚说完，被周凛川接了过去，他笑着说："我以前在滑雪队的时候就喜欢她了。"

陈铮立马用手肘撞了撞周凛川,使了个眼色:"你也不知道给他们带个好头。"

焦冠宁立马过来捏他的肩膀,哄着教练:"别怪师哥,等我有了喜欢的人,保证第一时间给您打报告。"

陈铮没好气地捶了他一下,骂道:"混小子。"

收尾工作结束,一群人闹着聚餐,陈铮刚走了几步,见周凛川还在原地站着,催促他:"走啊!"

周凛川在一群叽叽喳喳的人中显得尤为安静,犹豫了一会儿,他才说:"队内聚餐,我还是不去了吧?"

陈铮折返过来,一拍他的后脑勺:"不差你这口吃的。"说完,他视线笑盈盈地转向林稚,语气柔和了许多,"把你女朋友也一块儿带来。"

周凛川扭头看向林稚,笑着问她:"方便吗?"

林稚点头:"当然,你知道跟世界冠军吃饭的机会有多难得吗?"

周遭一阵哄笑,焦冠宁大声嚷嚷:"能有多难得?世界冠军都成你男朋友了,吃个饭不就是每天的日常吗?"

林稚愕然地抬眸,被众人簇拥着的周凛川看不清神色。

职业运动员极少在外面吃饭,禁用餐食的种类太多,为避免麻烦,大家去的地方就在滑雪中心的运动员专用餐厅,一人一个餐盘,围坐在一张长桌上。而林稚和周凛川则跟着陈铮在隔壁单独一桌。

这种聚餐模式,林稚上次体验还是在大学食堂。

这些运动员虽然时常露脸于国内外各大顶级赛事,有些甚至不少奖项加身,但年纪大都不到二十,稚气未脱。他们跟周凛川太久没见,想知道他的情况又不敢细问,只得竖起耳朵听他们这桌的动静。但其实,周凛川跟陈教练没有说很多话,大多时候沉默。可能男人之间的关系就是这样,嘘寒问暖显得矫情。

等用餐进程过半,陈铮才开口:"今后你有什么打算?"

周凛川长睫半掩,等嘴里的饭菜吞咽干净了,才答:"我还没想好。"

陈铮的目光落在他耳朵戴的助听器上，心里一疼，烦躁地掏出烟盒。

周凛川伸手过去一挡，提醒道："有女孩子在，别抽了。"

陈铮闻言点头，放弃点燃，又将烟盒塞回，嘴里喃喃着："以后的事不着急，慢慢想。之前我约过你多次，你都不愿意见面，这回看见你，我就知道，你还跟以前一样，不管经历什么挫折，都能重新走出来。我就知道你小子可以，我不担心。服务员，有酒吗？上两瓶。"

他朝收银台的方向喊了声，不一会儿，酒上来了，他给周凛川倒了一杯。周凛川无言地接过，仰脖一饮而尽。

陈铮也跟着喝了杯，正要继续唠叨，几个小子从隔壁桌凑过来，一脸欲言又止。

陈铮不耐烦地一挥手，凶巴巴地吼："有什么话就说！"

"我们有个礼物想送给师哥。"焦冠宁憋了好一会儿，才开口。

陈铮"哼"了声："那就送啊！再不送，人都要走了。"

"好咧！"焦冠宁拉着几个队友转身走了。

没一会儿，餐厅的液晶大屏上突然开始播放影片。画面里，在雪道上翱翔，在领奖台上诚挚地唱着国歌，在训练场上挥汗如雨的人，都是周凛川。

那是林稚不曾见过的周凛川，是他最激情燃烧的岁月。

这个与风雪共舞的少年，绽放着最耀眼的光芒。

影片放到尾声，原本还在一旁的运动员们将他们这桌围成了一个圈，气势昂扬地唱着一首歌。

大概是独属于他们的队歌吧？林稚想。这是他们献给周凛川的一种退役仪式，她感受到了。

运动员的辛苦难以想象，少年们表达的情意如此简单真挚，令她忍不住动容。侧目的时候，她发现一直隐忍的周凛川此时红了眼眶，尽管他一直在克制,但紧抿的嘴角在颤抖。

林稚在餐桌下握住他的手。

她原本想出声安慰,但对面的陈教练情绪突然爆发,吓了她一跳。不知道他是不是有些醉了,这个四十几岁、带着一众小将驰骋赛场的东北男人没憋住眼泪,满脸通红。

"我从来没想到你是第一个离开这个赛场的,你入队的时候还没成年,条件哪比得上现在啊,你训练起来从不喊累。我有时候想,是不是我对你要求过于严格,以至于你太能忍受?当时我去看你的时候,你躺在病床上,明明就吊着一口气,还在冲我笑,让我难受啊!你是我一手带出来的,我把你当我的亲儿子一样。川啊,我真想找老天要个说法!你的结局不应该是这样!你应该会有更好的未来,更广阔的天地的!"

他说着说着,脑袋混沌,语无伦次。

"我现在依旧可以。"沉默半晌的周凛川开口。他不是安慰,不是随口一说,而是坚定承诺。

生活中从不缺少赛道,缺少的是冲破风雪的勇士。他从来不是弱者。

陈铮点头:"我信。"

他彻底醉倒前的最后一句话是"不要放弃滑雪,不要离开你耕耘已久的事业"。

几个人将陈铮扶回大巴上,焦冠宁又折回路边,满脸不舍:"师哥,我还能再见到你吗?"

周凛川点头:"当然。下次你比赛的时候,我一定到场。"

小孩眼睛都亮了,一直暗沉的脸终于有了点光泽。

"我看了这次比赛你的动作完成度不错,进步很大,继续保持啊!"

"真的吗?我会努力的!"焦冠宁保证。

周凛川一抬眼,原本已经乖乖上车的队员们,此刻正围在一块儿,巴巴地盯着他们这边。

"去吧,照顾好教练,下次如果你们去江城的话,打电话给我。"

男孩点了点头,这才回到车上。

周凛川一直等大巴驶远才返回餐厅门口,林稚正蹲在路边逗一只小猫,大概是里面的工作人员养的。猫露出肚子,躺在外面好不惬意,丝毫不怕生人。

林稚听到脚步声抬头,周凛川站在阳光直射过来的方向,阴影落下来,给她把光线挡得严严实实。她将手里最后一块面包喂给猫,拍了拍手后,仰起脖子问:"都送走了吗?"

"嗯。"周凛川抬腕看表,时间还早。

"我刚从那边路过的时候,看到有家滑雪体验馆,要不要去玩?"林稚问他。

"现在?"他有些顾虑,"你的身体还没完全好……"

林稚去拽他的手:"有你在,我怕什么?"

周凛川显然对她的完全信任表示满意,勾了下嘴角,点头:"那走吧。"

刚结束了一场大型赛事,滑雪馆里的人不少。两个人正要去前台询问,一个专业指导员过来,一通解说后,两人选了套餐,去更衣间换滑雪服。

先换好衣服的周凛川倚在走廊边,看见林稚出来的时候,他眼前一亮。

这种非竞技性装备美观性更强,设计板型类似于山地冲锋衣,穿在林稚身上,竟增添了几分英气。她将头发高高束成一个马尾,走起路来英姿飒爽。

她被他盯得有些不自在,摸了摸脖颈,轻声问:"很奇怪吗?"

他没接话,将她拉近了些,然后给她戴上手套。

林稚歪着头去看他的脸,问:"怎么了?"

周凛川的鼻尖有点红，半晌，才闷闷地说了句："你怎么生得这么好看啊？"

林稚连笑三声，笑得上气不接下气。

"你还笑，护具也不好好戴上，小心一会儿身上摔得青一块紫一块的。"他像个专门恐吓小孩的变态。

先前接待他们的工作人员过来了，介绍着一些注意事项，说完给他们安排教练。林稚跟周凛川隔空对视了一眼。

他等着她拒绝，可这人偏不，大剌剌地在他眼皮子底下跟走过来的男教练握了个手。

像这种私人滑雪教练，技术过不过关另说，首先姿色肯定不错，用来忽悠学员办卡，一忽悠一个准。

林稚没注意到周凛川幽怨的目光，很认真地在听讲，跟着男教练的节奏，滑得居然还不错，一点也看不出新手的痕迹。她实在聪明，聪明得让人头疼。

明明有他在，还请什么教练。哄他来，又把他晾在一边，真是过分。

周凛川铁青着脸跟在他们身后，终于，教练注意到来自后面的"死亡凝视"。

好在他很识相地停下动作，连忙说："我看这位先生滑得也不错，要不让他先带你熟悉熟悉？"

周凛川轻咳一声，轻松地滑到林稚身边，腹诽：这碍眼的电灯泡可终于走了。

"身体不要绷得太紧，放轻松。如果你感觉控制不住方向，可以降低重心，像这样。"

林稚回身："你说的这些教练刚才都说过了，全是纸上谈兵。"

年轻人最受不了这种刺激，他立马说："那我给你示范一遍，看好了，南方小土豆。"

他低笑着转身，如同离弦的箭一般冲了出去，他的身体在空中舒展开来，如同一只展翅翱翔的雄鹰，自由而狂放。风在他的耳边呼啸，却无法撼动他分毫。

场馆突然安静了，所有人都停下动作，看着周凛川流畅的表演，发出阵阵惊叹。

一旁的教练见状发出感叹："小姐，你男朋友是真有天赋啊！"

头盔下，林稚轻轻笑了。

她哪是想跟什么男教练学滑雪，不过是见周凛川今天情绪实在不好，想让他放松一下而已。只有在这里，他是完全自由的。

周凛川溜达了一圈回来，全然不知道自己引起了多大的轰动，他取下头盔，晃了晃脑袋，求夸奖："怎么样？够不够格教你？"

"勉强吧。"林稚一挑眉。

她大概是第一个这么说一个世界冠军的。

周凛川一把抓着她，往自己身边拉了拉："快别挑剔了，公主。"

林稚下巴一抬："谁刚才叫我南方小土豆来着？"

周凛川瞟她一眼，哟，还挺记仇。他一把拽住她的胳膊，凑过去，在她耳边小声说道："作为补偿，我带你飞。"

他笑得一脸孩子气，恍惚中，又变回那个在雪场肆意的骄矜少年。

林稚还没做好准备，风便在耳边呼啸起来。

两人并肩而行，雪板在雪地上划出漂亮的弧线，留下一串串深深的痕迹。他们的身影在雪道上交织，如同在白纸上作画的艺术家，每一笔每一画都充满了韵律与美感。

燃烧，沉沦。

这才是生命的底色。

她实在贪恋这种疯狂，结束滑行脱下滑雪板的时候，突然躺在了雪地上。

周凛川提醒她："不要躺在这儿，会着凉。"

他伸手去拉她，却被她反拽着跌进雪堆里。寒气瞬间侵蚀了运动后热气腾腾的脸。

"周凛川，你真的不能再滑雪了吗？"林稚的声音在喧闹的场馆中有些朦胧。

"嗯。"

"可是我觉得你今天滑得很好,根本不输专业的运动员。"

周凛川皱着眉头,沉吟几许,开口道:"与这种娱乐场馆不同,真正的跳台滑雪比这要求实在太多,别看我现在跟没事人一样,其实只有我知道自己在硬撑,实际上在短短一个小时内,我的体力已经耗尽,根本无法承受高强度的训练了。"

"周凛川……"

他尽管心里难受,但依然在安慰她:"不要为我可惜。"

林稚一愣,对啊,像他这样骄傲的人,又怎么能忍受别人同情的目光。

他掌心的温度有些灼人。

"退役快乐,周凛川。"

周凛川没想到她会说这句话,一时之间,暖意蔓延胸口,不知道该如何回应。神思恍惚间,听她又叫了声自己的名字,他扭头,看到她忽然离得很近,说:"天高海阔,从今以后,我陪着你飞。"

天地混沌,万籁俱寂。

她的眼底有柔情万种,令他心头微微发颤,再开口时,他声音涩然:"这可是你说的,以后不许耍赖。"

林稚揉他的脑袋,笑道:"瞧不起谁呢?"

在滑雪馆待了太久,回去的路上,她一直在咳嗽。周凛川很担心,一路看表,催促司机开快点,回酒店居然没用到半个小时。

回房间后,他便开始在一堆药里查看各种功效,然后倒了一杯温开水。林稚扫了眼他手里那堆五颜六色的小药丸,无奈:"这么多,没病也得吃出病来啊。"

"那你自己选,起码吃一种。"周凛川坚持,"不然你会睡不好觉,一直咳嗽。"

林稚实在觉得小题大做,小感冒而已,从小到大,她积攒的经验就是挺挺便能过去，哪有他说得这么严重。她想要躲，却被男生圈住，围在墙壁上，继续将水杯往她眼前送："喝药，别想逃啊。"

她被磨得受不了，只能乖乖听话。喝完药，男生松开按在墙壁上的手，刚要撤回，就被她拉扯住衣服。林稚稍稍往前凑了一分，她温热的呼吸轻轻地拂在他鼻尖。

周凛川屏住呼吸。

林稚脸上挂着笑，眉梢上挑，眼底像含着水，娇柔得令人心动："这就完了？"

周凛川还没反应过来，林稚抬手抓住他的衣领，凑上前去，唇将将要触碰到他的时候，突然一改方向，朝着他的耳侧凑过去，轻轻呼了口气。

周凛川的心脏像被洪水冲了一下，脑子也跟着蒙了。

这时，林稚的手已经缠上来，从他的领口伸进去，她冰凉凉的手，搁在他的后背上。

周凛川克制着自己，抓着她的手腕："你想干吗？"

"占你便宜，你有意见？"

周凛川看着她："什么？"

林稚笑了："傻瓜！"

她继续朝他靠近，两具火热的身体已经贴在一起。

两个人呼吸沉沉。

周凛川手里剩下的药丸不知道什么时候已经散落一地。

忽地，林稚感觉被对方抱住了腰，直接压到了墙上。他的心跳狂乱而有力量，好像要跳到她身体里去，刚才还占据上位的人此刻已没了气势，脸悄无声息地红了。她清了清喉咙："你想怎样？"

周凛川扬了扬眉："当然要占回来。"

他将她紧紧箍住，凑过去吻她。不论何时，他的吻总是很温柔，更像是不确定，或许是她给他的安全感太少了吗？

林稚想着，开始专心地回应，加深着这个吻。

两人都渐渐开始用力亲吻着对方，喘息不止。唇齿纠缠的瞬间，林稚感觉到脖子一阵冰凉，他的手在她后颈处游走着。

他这是什么癖好？

她拽着他的手，摸到一个异物。

林稚趁着换气的间隙，问他："什么啊，这是？"

她又仔细地摸了摸，是项链。

见林稚愣住，他解释说："早上你换衣服的时候，我觉得你首饰太少，就有这个念头。送完你之后路过商场，顺手就买了，但我一直没找到时机送。"

林稚笑了："所以你选择现在送？"

周凛川尴尬地揉了揉脖子，再回头，林稚还在笑。

"你不喜欢吗？"

先前汹涌澎湃时，虽然被打断，但她脸上的绯红还没散去，她轻吸了口气，笑得眼泪差点出来："还挺特别的。"

周凛川探身堵住她的嘴，一把抱起她，回了卧室。

房间里没开灯，窗帘拉得严实，黑漆漆的。男生俯身下来的时候，将她眼底最后一丝光线都遮了去。

从此她眼底只有他了。

无休止的纠缠凌晨才结束。

被子如同一团熊熊火焰，燃烧着腰间、腿上的皮肤，反反复复，没有尽头。

林稚洗完澡，精疲力竭地躺在床上，看窗外天色露出鱼肚白。浴室里淅淅沥沥的水声停了，男生裸着上身，下身裹着一条白色的浴巾。她扭过身侧躺着，撑着太阳穴，欣赏这一幅春色图。

不得不说，运动员的身材是真好啊！

"你明天几点的飞机？"林稚突然想到这件事。

"八点。"周凛川擦了擦湿漉漉的头发，扫了眼房间里的时钟，剩下不到两个钟头。

/188/

林稚叹了口气,从床上爬起来,对周凛川说:"你等我收拾一下,送你去机场。"

周凛川看着她:"你想我走吗?要不我留下来,再陪你几天?"

"算了,我在京北待不了多久了,跟程艾俐见个买手团,谈完合作就能回。"

林稚捡起地上的衣服,一件一件地穿起来。

周凛川走过来,将林稚搂在怀里,低头温柔地吻了吻她的额头,说:"我妈妈来江城,从瑞士带过来一个医生,给我看耳朵。"

闻言,林稚立刻抬起头:"你不舒服吗?"

"没有,不要担心,只是例行检查。"

林稚松了口气:"那就好。"

他用手心托着她的后脑勺,很近地看着她:"你回江城的时候,我去接你。"

"嗯。"她下意识地舔舐了下被他亲肿的上唇,一抬眼,跌进那双深不见底的眸子里,喃喃地叫他,"周凛川?"

"怎么了?"

"我嘴唇疼。"

他肩膀微耸,似乎在笑。

第十章

分开的痛觉与爱意的深浅成正比

清晨的风带着透心的凉，天光微亮的京北有着别样的氛围感，但此时两人都没心情看车窗外的风景，一想到马上又要分开一段时间，看彼此的脸都看不够。去机场的路上，他们的手一直牵在一起。好想时光慢下来，再慢一点。可偏偏没赶上早高峰的路段，车子一路风驰电掣开到机场。

"要不，我再送你回去？"周凛川拖拖拉拉，不肯下车。

林稚笑。回酒店一趟，再过来，他也不嫌折腾。

"时间哪够？"

"那就换下一趟。"

"有钱任性啊，大少爷。"林稚推他下车，催促他，"快走吧！"

周凛川沉默了片刻，拉开车门，去后备厢拿好行李后，大步绕到林稚坐的这侧，敲了两下车窗。待林稚摇下车窗，他弓身探头进去，在她的脸颊上轻轻一吻。

"我进去了。"他眼底的情意浓得化不开。

林稚冲他挥手："江城见。"

她看着周凛川转身进去了，才吩咐出租车司机掉转车头回酒店。

司机说着一口流利的京片子，问："新婚夫妻吗？"

林稚脸一红，笑了笑，没接话。

回去的路上，车载广播里持续放着情歌，唱得人心神荡漾。

此心安处是吾乡。

他一走，她好像格外空虚起来。

周凛川刚出机场大门，一辆黑色商务车刚好停在他的面前，自动车门弹开，后座一个戴黑色墨镜的女人亢奋地高举手臂叫他。周凛川被她的阵势吓到，瞪大眼睛站在路边。

"快上来啊！这儿不好停车。"许悦吟朝他号了一嗓子，人终于动了，磨磨蹭蹭地上了车。

"我说你好端端的，跑去京北做什么？我前天就到了江城，原本还期待着咱们母子大半年没见，热泪盈眶一番呢。你倒好，一个人在外面玩野了。"一路上，许悦吟开始喋喋不休。

许悦吟的嗓子又尖又细，话再密起来，实在让人头疼。他干脆取下靠近她那边的助听器，顿时清静多了。

"咱们现在去哪儿啊？"周凛川问。

"当然是医院，病房已经给你安排好了。"

"现在就去？"

"教授是来江城做学术交流的，如果不是我拦着，他本来昨天就要回瑞士，好说歹说，他才答应给你做完检查再回去。你别想再逃，老老实实地听安排啊！"

"知道了。"

阳光顺着窗户洒进车内，他想起京北的天空，好像永远被一个罩子捂住，灰蒙蒙的，远不如江城的明媚。

也不知道林稚在干什么。

哪怕早上两人还腻在一块儿，他却总觉得不真实，又或者说，他总不敢相信那是真的。

时隔大半年，周凛川又穿上病号服，想起之前在医院治疗的日子，如同一场噩梦，现在则淡然许多。许悦吟见他每项检查都乖乖听话，安心许多。想起那时他毫无生气地躺在病床上，如同尸体一般，她多少次暗地里抹眼泪，以为他活不成了。

这个孩子自小与她分离，作为母亲，她亏欠他的实在太多。

众多的检查项目持续了一整天，晚上的时候，周凛川才得空看手机。许悦吟在沙发上跟教授聊起各项结果，时不时朝他这边问话。周凛川此时光顾着看林稚发的消息，哪有精力顾其他的，大多问题都敷衍过去了。

这会儿，林稚拍了一张照片发过来：在跟程艾俐吃饭，她请我喝豆汁。

周凛川：好喝吗？

林稚：杀伤力不亚于鱼腥草。

周凛川笑：你是个假川西人。

林稚：也可能是熬了夜，状态不佳，下回再试试。

两人不约而同想起昨夜激烈的战况，脸一红。

林稚：你有没有好好吃饭？

周凛川：许女士亲手包的饺子，我都怀疑等会儿我会拉肚子。

林稚：[省略号.jpg]

周凛川：想你了。

林稚：我也是。

收到回应的男生一脸甜蜜，一抬头，一双大眼睛珠子滴溜溜地盯着自己，他不动声色地锁上手机，往枕头下面塞。

"你笑什么呢？这么开心，给我也看看。"许悦吟叉着腰站在病床前，不由分说地就要上来抢手机。

周凛川挡住她扑过来的身体，嘀咕了句："这老太太怎么力气这么大……"

许悦吟狠狠地掐他的手臂，气不打一处来："你妈五十岁都不到，什么老太太！"她保养得宜，一身名牌，贵气十足，再加上本来底子就不差，跟他出门说两人是姐弟也没几个人反驳吧？

"不许虐待病人啊，你再掐我叫护士了。"周凛川双腿一伸，直接威胁。

许悦吟踩着恨天高，在病房里来回踱了几步，用涂得花里胡哨的水晶指甲指着他，审视："你是不是谈恋爱了？"

周凛川耸肩："没什么好交代的。"

"没反驳，那就是了。你大老远跑去京北，是不是就为那个姑娘？"

"行了，你别好奇了。我这个年纪，找个对象不容易，你别掺和啊。"

许悦吟闻言无语，他二十三岁，有才有貌，家底够吃十辈子，哪儿不容易了？

"我也就是好奇，哪家姑娘这么有魅力，咱们家也不是一般家庭，值得你把姿态放这么低。"

周凛川自嘲："确实，一般家庭哪有这么四分五裂的？"

"凛凛！"

周凛川想到什么，神色严肃起来，说："许女士，我知道你对我很关心，但是我话说在前头，不许派人跟踪我，也不许找人查我女朋友。尊重她才是真的为我好，不然我一定会生气。"

许悦吟听得张大嘴巴："你这么认真，是不准备跟我回瑞士？"

周凛川抬眼："你这次过来还有这个打算？"

"你别忘了你当时是怎么从我眼皮子底下逃回来的！瑞士那边的学校，马上要开学了，你最多只能在江城再待一个月。"

男生沉默，没再接话。

"专业跟学校都是你自己考的，我已经给了你最大的自由度，你爸这边也已经同意，事关前途，不是玩笑。"

"知道了，我再想想。"

"周凛川——"

"妈，我要休息了。"

他笑着堵住她所有的话，也不知道是真的，还是做样子，真是蒙头就睡。

许悦吟只得退出房门，眼底尽是担忧。

周凛川在医院待了两天，第三天一早就离开了医院。许悦吟在沙发上将就了一夜，醒来时，桌上放着尚有余温的早餐，是儿子买给她的。她咬了一口灌汤包，腹诽：这孩子，孝心倒是有，就是不多，走之前，连招呼都不打一个。

江城已经过了最热的时节，进入夏天的尾巴。

周凛川回老街，第一件事就是去看林稚院子里的植物。他走之前请了人来打理，照顾得不错，算是在盛夏中躲过了一劫。他特意给林稚拍了照片过去，等了半天，对方没回。

从昨天下午开始，她便处于失联状态，想来是又没日没夜地忙工作了。

他心里惦念着她，上楼刚打开门，玄关处有一双女人的高跟鞋。

周凛川在门口怔了一会儿，突然反应过来，满屋子找人。

林稚回来了。

他控制住巨大的喜悦，每个房间都看了一遍，却没找到人。

难道是他猜错了吗？但这双鞋子分明是她的。

他屏着呼吸，拨打那串烂熟于心的号码。手机振动虽然微弱，但被他捕捉到了。他循着声音一路找过去，拉开衣柜门。果然，她盘坐在那个逼仄的柜子里，睡着了。

周凛川在林稚面前蹲了下来，并没叫醒她，怕她硌到头，找了一个枕头，垫在她的头下。之后又怕她热，把风扇搬来，开了最小挡。

只是这样看着她，就很好。

这是他的女孩，什么都不用做，光是存在，就足以称得上世上最伟大的神迹。

林稚不知道自己睡了多久，等她睁眼的时候，一双好看的丹凤眼正对着自己。

迷糊中，她突然想起自己身处何地，猛然苏醒。

"你什么时候回来的？"

见她一身汗涔涔的，周凛川拿了纸巾，给她擦了擦："这句话应该我问你，你订的航班不是今天。"

"改签了。我想早点见你，通宵赶完了工作，为了赶上凌晨的航班，我几乎一夜没睡。本来想给你个惊喜，但我太困了。"

闻言，他的心似乎被什么拂了一下，但一想到此刻相逢的喜悦是她辛苦换来的，心里又跟被针扎了一样。

片刻，林稚哑声唤道："周凛川。"

/195/

周凛川目光微沉,握住她的手腕,直接将她搂在身前。

他的手紧贴在她的背上,不自觉开始用力。旋即他亲吻着她的脸,从额头到眼睛,一路吻到嘴唇,最后停在耳边。

"我爱你,林稚。"他一遍遍地表达爱意,不沾染任何情欲。

林稚开始回吻他,手指贴在他宽厚的背上,隔着薄而服帖的衣料,感受着他灼人的体温。她的手在他后背游走,轻易地挑起男生的欲望。他一把将她抱出衣柜,亲吻却没有停下,一路转到床上。

就在两人动情拥吻的瞬间,门铃突然响了,屋外传来一道欢快的声音——

"凛凛,快来开门!"

卧室里一片狼藉,林稚从旖旎中迅速清醒过来,一脚把周凛川踢下床。

门口已经传来按密码的声音。

林稚无声道——是庄旭。这个点,他怎么来了?

周凛川跌到床下,一脸蒙。

在庄旭已经开锁进门的瞬间,他一个箭步冲过去,关上了卧室门。

庄旭听到动静,在房门外喊:"你在家啊!怎么喊你半天不应声?"

"刚才在睡觉。"周凛川从地上爬起来,"等下,我换件衣服。"

听见外面没动静了,他才松了口气。

房间里乱作一团,两个人的衣服都丢在地上,林稚身上只穿着一件吊带,她抓住被子挡在胸前。周凛川把她掉在地上的外衣捡起来准备给她,可能刚才用力太猛,那薄透的料子被撕扯得不成样子。

林稚笑:"找一件你的衣服给我。"

周凛川点头,去衣帽间里翻出一件衬衫,出来时走得太急,"扑通"一声滑跪在地上。

外面的人听见动静,忙问:"怎么了?"

周凛川起身,将衣服递给林稚,才得空回了句:"没事,猫把东西打翻了。"

林稚看着男生红透的耳根，抿嘴笑了。

"你要不要跟我一块儿出去？"他坐下来，帮她扣扣子。

林稚连连摆手："算了。"

男生目光一黯。林稚察觉到他的情绪，双手揉搓他的脸，问："怎么了？"

"其实就算让庄旭知道也没什么，我想跟你光明正大地谈恋爱。"

"我知道，但我这个样子怎么见人？"不说别的，脖子上那一大片红，是个人都能看出是怎么回事。

"下次，我们一起请他吃饭，好吗？"

——也是，他怎么样都无所谓，但不能让别人误会她。

周凛川给林稚调好空调的温度，出去之前，叮嘱她好好睡会儿。

他把房门拉开了一条小缝，门一开，庄旭抱着他的猫站在客厅，用审视的目光打量着他："你的猫在这儿，刚刚房里的又是什么？"

谎言被戳破，他没解释，淡定地拨了拨头发，越过庄旭走到沙发边，就听庄旭在后面"呀"了一声。

"又干吗？"

"你后背怎么有这么多印子？"庄旭凑过去，看得周凛川浑身不自在。

"像女人的指甲印。"他说。

"胡说八道什么？"周凛川的脸瞬间涨成了猪肝色。

庄旭眯着眼坏笑，随即挑眉："好吧，是我骗你的。"

闻言，周凛川松了口气。

但庄旭没被糊弄过去，"嘿嘿"笑了两声："你在里面金屋藏娇了吧？"

他身形一闪，就要冲向卧室，被周凛川提溜到沙发上，一副要杀人的口吻："信不信我把你踹出去？"

"我也就逗逗你，谁要真的进去，我可不是那么没分寸的人。"

周凛川白了他一眼,他要有分寸的话,压根就不会来。他在心里盘算着,怎么才能让这家伙在最短的时间内离开。

"这个天,真闷啊……"庄旭去冰箱里拿了十多瓶啤酒,一副要把整个冰箱搬空的架势。

在周凛川愕然的眼神中,他又去门口拿了两趟外卖,茶几上被摆得满满当当。十几分钟过去,庄旭才消停了,盘腿坐在地毯上,开了两瓶啤酒,将其中一瓶递给他。

周凛川余光瞥向卧室,再转向这个不干人事的死党,脸上挂着笑,心里把他生吞活剥了几百遍。他是多想不开,才把家里的密码给了这个家伙。

周凛川仰脖,狠狠地饮了口啤酒。

"大早上的你买什么醉?"

"秦医生要跟我分手……"

周凛川淡定地抬眸,就知道又是这个事……这两人分分合合不下十回,他耳朵都听出茧子了。

庄旭哭丧着脸:"她说我太黏人了,我有吗?"

周凛川瞪了他一眼,自己一个活生生的受害者,不正在他面前?

"那我不是挂念她,才给她打电话吗?自从跟她在一起,我老实得都没什么娱乐活动,恨不得数着时间过日子……"

他的嘴一直没有停下,可惜身边人没有回应。不过他早就适应了周凛川的沉默,依旧不停地宣泄着。

"嗯,她的错。"

庄旭边喝边倾诉。

"喝吧。"

多喝点,早点醉。周凛川默不作声地把他面前的酒都开了。

庄旭又开始絮絮叨叨讲他的感情史。周凛川哪有心思听,拿着手机发消息问林稚睡着了没。

林稚:没,怎么那么吵?

/198/

周凛川：这家伙失恋了。

林稚：没事吧？

周凛川：分不了，你放心吧。

他关掉手机，一边跟庄旭碰杯，一边着急地看着时间。在他的不懈努力下，庄旭终于喝醉了。

周凛川随手找了条毯子，盖住他的脑袋，然后轻手轻脚地去了卧室，打着掩护，终于成功地将林稚送出了门。等到了室外，她才喘了口气，催促周凛川回去照顾朋友。转身下楼时，她突然觉得好笑，怎么跟做贼似的。

周凛川的衣服好大，足以塞进两个她，袖子长到她伸直了手臂，袖口还有半截垂着。

她下身穿着条碎花短裙，搭配这个肯定不伦不类，可她莫名不想脱下来，绕过院子，沿街走着。

天是灰的，云层很低，路两边的行道树叶子十分茂密，风吹过来，"沙沙"作响。

果然人还是要有家啊，回到熟悉的地方，实在舒服。

也不知道走了多远，再抬头，她的目光扫向路口，突然停下来，连脸上的笑容也凝住。

那里停着一辆迈巴赫，身着黑色西装的男人倚在车门边，比她更先看见了对方。

在撞上他视线的那一霎，林稚冷脸转身。

她加快回家的脚步，没承想，这个不速之客比她更快，追上她后，一个转身挡在她面前。

周彦臣喊了声"林稚"，欲言又止。

林稚抱起手臂，保持防御的姿态："你怎么知道我在这儿？"

周彦臣将手往口袋一插，说："我派人找你其实很容易。"

林稚微微蹙眉，有些不悦："你不觉得这样很冒犯吗？"

周彦臣只以为她嫌他来得太晚，声音像从前一样软下来："阿稚，我开了很远的车过来,不请我去你家坐坐吗?"

这人还是像以前一样,听不懂好赖话。

"不好意思,我家不欢迎陌生人。"

"自上次一别,我一直想着你。"

"所以呢?"林稚看也不看他,"周先生应该不缺女人吧?忍得难受的话,去酒吧,随便挑一个就是。"

"林稚——"

周彦臣终于读懂了她眼底的冷淡,有些不可置信,他们分开不到一年,她搬到这里,不就是为了逃避这段感情吗?甚至在来的路上,他依旧笃定她还深爱着自己,可是现在,他有些不确定了。

他抬眼看着她,猛地伸手揽住她的肩,手指捏紧:"我就是想见见你,你不要这个态度……"

林稚看着他有些茫然:"我什么态度?"

"就这个态度——"周彦臣指着她,咬牙,"你还在恨我对不对?你怨我,但是我也没有办法,你如果身处我的境地,你又能做何种选择呢——"

"周彦臣,"林稚打断了他,她凝视着他,克制住所有汹涌的情绪,"我不恨你。因为对于某些人,恨是一种浪费,我的生命很宝贵。"

听她说完,周彦臣怔怔地垂下了手。

林稚看着他空空如也的无名指,突然笑了:"何必把你的结婚戒指藏起来?你结婚的照片,朋友圈刷屏了整整一个星期,我不瞎。身为一个已婚人士,对别的女人说这种话,真让我瞧不起你。曾经,对我来说,你不是个好的爱人,但起码是个好人。你既然娶了祝雪青,那就是命,人有的时候,就得认命。"

她的最后一句话彻底击溃了他。

周彦臣的声音陡然变大,猩红的眸子瞪着她:"我偏不认命,我凭什么认命?"

林稚眼睛一眨不眨地盯着他,这种冷淡的表情让他越发暴躁:"我从一无所有走到现在,我可以改写所有的结局,跟你的也一样。"

林稚再也忍不住,笑出了声,边笑边点头:"嗯,随你。"

那是周彦臣从未见过的笑容,带着几分洒脱,甚至几分傲慢。

她扔下在一旁发疯的他,走了几步,林稚的步伐停住了。又是在初遇的那个水池边上,站着那个人。

林稚心里一惊:"周凛川。"

大概是撞见了刚才那一幕,他的脸色不甚好看。

她快步走过去,拉过他的手,话语里带着温柔:"你怎么下来了?庄旭怎么样了?"

"睡了。"他答得心不在焉。一时之间,他的脸上闪过一抹慌乱。

"我们回家吧。"她说。

转身的瞬间,却听见周彦臣在身后喊:"林稚,他——"

"他是我男朋友。"她头也没回地接过话。

一大段的沉默,她给了他足够的反应时间。周彦臣突然想到了什么,连笑了好几声,随即挑了挑眉:"我记得我跟你提过,我有个常年在国外的弟弟。"随即他自言自语,"也好,起码我们以后做不成陌生人。"

林稚回眸不解地看他。

"看来你还不知道?"他的嘴角依然挑着,报复着她方才对他的冷漠,不屑道,"林稚,你那么聪明,在感情里也不过如此。"

他抱着手臂,好整以暇地看着她,嘲笑着她的愚蠢荒谬。

周凛川低头,她一直紧抓着自己的手此刻松了。

林稚突然领悟到周彦臣话里的意思,探寻地想要开口问身旁的人,一抬眸,他的目光仿佛落在她身上,又仿佛落在了别处。

借着昏沉的天光,她看到周凛川的眼眶红了。

林稚的脑子里突然"轰隆"一声。她甩开他的手,大步往家走,越走越快,一路飞奔。

周凛川僵在原地,他想去追她,但两条腿如同灌铅一般。前一秒,他还沉浸在热恋的喜悦中,此刻仿佛狂风暴雨来袭,躲不开。

一旁的人却状若癫狂,周凛川喉咙中如火在烧,他猛地转身,抓住周彦臣的衣领,警告:"别笑了!"

静了片刻,周彦臣从鼻子里冷哼出一声:"你看上林稚哪一点?"

见这个平时温和的弟弟此刻死死盯着自己,他又说:"怎么,知道她跟过我,不甘吗?"

他用的是"跟",周凛川虽然没学会豪门那些做派,但怎会不知道这个字眼用在一个女人身上,有多侮辱人。

"周彦臣,你真是个浑蛋啊!

"我有多爱她,你明明知道的。你是唯一一个知道我有喜欢的人,因为信任,我把什么都分享给你,可是你又做了什么?"周凛川一字一句,眼底湿润。

"我从来都没有跟你抢过什么,我只想你对她好,给她幸福,可是你呢?你把月亮从天上捧下来,却又狠狠摔在地上,你凭什么?这世上有那么多人,为什么偏偏是她?是不是所有我想要的,你都要夺走?"

"对。"周彦臣答得轻描淡写。

数十秒的死寂,周凛川难以置信。

"你说什么?"

"你明明听到了。"周彦臣勾唇,"你就该反思,你为什么要回周家,你的存在对我来说本身就是威胁。怪只怪你太年轻了,在这个家里,哪个不是人精?哪有真感情啊?"

周凛川怒火中烧,紧咬着牙,扬手便是一拳。周彦臣也不甘示弱,啐了口血,转身就动手——

"哎呀,打人了,打人了!前面打人了——"

有路人一边跑一边惊呼。

不远处的樟树下停着一辆车,正拿着相机拍照的男子惊慌地看向后座:"祝总,周总跟人打起来,咱们要不要去看看?"

正在假寐的祝雪青淡淡地掀了掀眼皮,说:"不管他,照片拍好了吗?"

"拍好了。"

祝雪青吩咐:"找个会讲故事的记者,做什么不用我教你吧?要快。"

"明白。"

第十一章

在单恋世界里厮杀的,始终只有他

舆论的发酵犹如一场肃杀的秋雨，席卷了整个江城。没有什么新闻能比一个女人跟豪门两兄弟的纠葛更有看头，在那条博人眼球的八卦里，林稚是人人唾弃的第三者，是两面三刀的拜金女，是吃人不吐骨头的狐狸精。

一时间，任何一个难听的字眼都能形容她。

匿名爆料者堂而皇之地将她的信息公之于众，连她的网店也很快沦陷，只能暂时闭店。

自从那日以后，即便住楼上楼下，周凛川也没见过林稚。

夜里，整条街道都静悄悄的。他推开房门进去，屋子里没开灯，暗沉沉的。

林稚坐在地上，抱着膝盖，脑子里空荡荡的。很快，她感觉到另一个人的呼吸，就在她身侧。她扭头，看到男生的脸，带着伤，丝毫没有处理过的迹象。他不知道淋了多久的雨，衬衣跟长裤都湿透了，像个被打捞起来的水鬼，发梢上的水像断了线的珠子一般往下滴落。

房间里死一样的安静。

林稚没来由地冷笑一声："你来干什么？"

她很憔悴、很疲惫，像个瓷娃娃似的，一碰就要碎了。

"林稚，"他看着她，默默开口，"要不要吃点东西？你饿了一整天……"

"我问你来干什么？"

见周凛川不答，她兀自笑了两声："你好会演啊，装得落魄、困顿，让人放下心防，周凛川，我低估你了。"

"对不起。"他的声音极度沉闷。

"为什么骗我？"

"如果你一开始就知道我的身份，还会跟我做朋友吗？"

"不会。"林稚回答得极为简单。

她看着他低垂的睫毛，静静地说："你明明知道的。"

"知道什么？"

"知道自己很轻易就能让人喜欢,知道一旦我喜欢上你,就会被卷入这样的境地,让我毫无准备,一脚踏空,摔个粉身碎骨,这是个死局。"

周凛川牙关紧咬。

"你口口声声说喜欢我,这场局却是因你而起的。"

林稚疲惫至极:"周凛川,我这个人并非离了感情活不了,我不需要任何人来拯救我。你有没有想过,就算你没介入我的生活,我也能好好过。被欺骗的滋味,比那痛苦百倍千倍。含着金汤匙出生的你,又怎么懂得普通人为了改写自己的命运得多努力,不是所有人都能玩得起。"

"我没有——"他无力地辩解。

"你为什么要来招惹我啊?你自以为是的喜欢,什么也不值。"

没有歇斯底里,没有怒火中烧,这样平淡的一句话,更像是经过深思熟虑,在说出口的瞬间,击碎了他的心。

周凛川强撑的肩膀无力地松垮下去,眼泪落下去的一秒,他别过了头。

"把钥匙还给我吧。"林稚说。

男生的脚步一滞,金属钥匙在木桌面上磕碰出声响。

周凛川的手撑在桌边,嗓音发涩:"你别坐在地上,凉。"

他留下一句话,拉开房门,人出去了。

黑暗吞噬着一切,她看着他留在地上的一摊水渍,手不由自主地触碰,眼眶酸涩难忍。

从前两人腻在一起的时候,她不觉得,等到现在这个时候,才觉得对他的喜欢原来已经很深了。她刺痛他的那些瞬间,何尝不是扎向自己呢?

门外,周凛川脚步虚浮,缓慢走出院门,却在路边撞见一个中年妇女。

妇女认出他的脸,是二楼租她房子的小伙子。

"你怎么从一楼出来了,林小姐在里面吗?"

"干什么?"

妇人一摆手:"哎呀,网上传得沸沸扬扬的,闹得乌七八糟,家里人有意见,房子我不租给她了。本来哦,她把我这院子打理得好好的,我还挺高兴的,这都是些什么事儿啊。哎哟,大晚上的,人在屋里,怎么灯也不开啊……"

她絮叨着准备进去,被周凛川拦住。他从微信里找出她的账号,转了一笔钱过去:"我多付三倍年租。"

"这——"妇人犹豫。

"怎么,不够?"

"够的够的,谁会跟钱过不去啊?"

"你以后有什么事来找我,别去打扰她,知道了吗?"

"行。"

"你可以走了。"

天降一笔横财,妇人开心到不行,但眼底的八卦止不住,想打听什么,但一瞅见他寒冰似的脸,不敢再多问。

周凛川在路边拦了一辆出租车,坐在后座上。他仰头靠在座椅上,手盖住眼睛,声音嘶哑,自言自语:"周凛川,你真浑蛋啊!"

大言不惭地说永远保护她,此刻最大的风暴却是他给的。

林稚说得没错,他太自以为是了。

车在夜色中飞驰,停在周宅门口。

那日周凛川是接到祝雪青的电话下楼的,她说她有事要跟他谈,结果他到了指定的地方,没见到人,反而撞见林稚跟周彦臣,紧跟着就被爆料。整个江城没人敢动周家,想来想去,这事跟祝雪青脱不了干系。

周凛川站在门口,片刻后,踏了进去。

一行人在餐厅里用餐,客厅没人。他踹开餐厅的门时,里面的人均是一怔。

管家先反应过来，立马上前："小少爷回来了，要用餐吗？"

"不了，我找人。"周凛川悠闲地走到沙发边坐下，单手搭在靠背上，跷着二郎腿，坐姿散漫。

周道年面色冰冷："一回来就没大没小的，这屋子里哪个辈分不比你高，不会叫人吗？"

周凛川满脸讽刺："你可以直接说我没家教，反正也没人教过我。"

"你……"

"我不是来跟你吵架的，我是来找祝雪青的。"

周道年按住胸口："那是你嫂子！"

"嫂子？"周凛川嘴角勾起了笑容，戾气弥漫，"我怎么不知道我妈还生了别的儿子？"

"放肆！"周道年"嚯"地从椅子上站起来，指着他，"彦臣是你哥哥，你混账到连他都不认了吗？"

周凛川抬眼，直直地回视周道年："不认，又怎样？"

周道年怔住。他从未见过周凛川这一面，从前周凛川虽然对家里人冷淡，但总归跟忤逆扯不上关系。难道真如新闻里所说，他因为一个女人要跟家里人反目？

周道年定了定心神："你找雪青做什么？"

"自然是告她诽谤。"

"什么？"此时一直坐在餐桌末端旁观的人突然惊呼出声，"我做了什么事得罪了小叔子，何至于此啊？"

周道年立即给大儿子使了一个眼色，示意他安抚一下祝雪青。

"这几天的舆论推手，父亲还没查出来吗？"周凛川掠过一眼，突然发现这一家子人都在惺惺作态，他以前却没发现。

周道年望向祝雪青，目光比刚才多了几分凌厉："你的意思，这事跟雪青脱不了关系？"

周凛川递过去一张字条，上面写着一串车牌号。

"这是在我住的地方的监控里查到的,你查查这辆车的主人,真相自然能大白。"

"仅凭一辆车能说明什么?"祝雪青尖叫。

"当然,还有你收买的记者,我不过让人稍微用了点手段,她就全部招了。"他拿出一支录音笔,"这里面是她的供词,需要我放给大家听吗?"

周道年冷哼一声,摆明了想维护:"就算查到这事真是雪青做的,你还想把她送进监狱不成?"

"人啊,不挨个教训,怎么长记性?"周凛川眼里闪过一抹戾气,"我咨询了律师,名誉侵权也就判个三年,大不了你晚点抱孙子。"

周道年看着这个儿子,突然觉得自己好像从来没了解过他。当年拿到抚养权,自己也是想好好培养他的,不过他实在不对自己的脾气。如今他竟敢在自己这里拿人,若是当年培养他做接班人,周氏会不会是另一番景象?

"舆论的事我自然会摆平,你赶紧跟那个女人分手才是正事。"

"就因为你一句话?"周凛川一哂,"你未免太看得起自己了。我不可能因为任何外部原因跟她分手,还有,麻烦你放尊重点,她有名字,叫林稚,不是你口中所谓的这个女人或那个女人,而是我深爱的人。"

周道年冷笑:"好啊,既然你不听话,那就从周家滚出去!"

"你以为我想待在这个家?"周凛川笑了,笑得如沐春风。

"你们以为我为什么宁愿住酒店都不愿回这个家?因为这里的一切都让我恶心,我本想着大家表面和气,不撕破脸皮也能过,但是你们不该动林稚。祝雪青,你要是不想坐牢也行,去跟林稚下跪道歉。"

"你说什么?为了一个不知来路的野女人在家里发疯,反了天了!来人,给我把他赶出去!"

周凛川笑开了:"好啊,我自然可以走,但往后,你们可以看看是你们狠,还是我狠。我虽然不做生意,但这个集团的秘密,我还是知道不少的,哪一条放出去,你们应该都扛不住吧?"

周道年在商场沉浮多年,竟在这一刹那被他眼底的狠厉吓得大骇。就在此时,门口突然传来女声:"我看谁敢动我儿子!"

周凛川闻声扭头,许悦吟被一群保镖簇拥着进了门。

他刚要起身唤她,被许悦吟轻轻地按住肩膀,示意他没事。随后她冲周道年扫过去一眼,微笑:"多年不见,我竟不知你在家里是这个做派。"

"你怎么来了?"周道年压低了声音,全然没了刚才的气势。他自从与她结婚起就被许悦吟压制,现在依然如此。

"你周家的门,我本来死都不愿意进来,但有人欺负我儿子,我自然要给他撑腰。"她踩着高跟鞋在屋子里转了一圈,停在祝雪青面前,用新做的美甲勾了勾她的下巴,"给我儿子下套的是你?"

没等祝雪青反应过来,对面"啪"的一声甩过来一个巴掌。

祝雪青被扇得两眼冒金星,下意识地看向周彦臣,可男人本就厌恶她,此时更是冷眼旁观。

只有周道年出口阻拦:"你这是做什么?"

"我儿子绅士,不愿对女人动手,我可没这么好心。就算养条狗也知道护主人呢,她倒好,拿刀捅自己家里人。彦臣,你这眼光不怎么样啊。"

周彦臣低眉顺眼:"是,阿姨。"

"他没眼光?你儿子就有眼光了?找的女人是彦臣不要的。"周道年讥讽。

许悦吟"哈哈"大笑:"周道年,自由恋爱,互相选择,还谈什么要不要的。再说,如果不是他死活纠缠,至于眼巴巴地找过去吗?我不管外人怎么想,只要我儿子高兴,我就愿意让她进我许家的门。"

"哼!我看你跟他一样,也是个疯子。"

"我是疯子,那你是什么?瞎子吗?我不妨告诉你,凛川在七岁的时候就已经展现了他的商业才华,他拿着我给的本金,短短两个月翻了十番,他只是不争,但他不是个傻子。我乐意让他做自己喜欢做的事,因为我给他挣下的家底,他十辈子都花不完,巴巴地跑过来给你当牛做马干什么?所以,你以为你可以威胁到任何人吗?你以为他离了你就会饿死?别搞笑了,我儿子不需要你的任何恩赐,也请你收起你的蛮横霸道,滚出我们的生活。"许悦吟一口气不带喘地说完。

两人带着一众保镖走出周家,留下哑口无言的周道年。

漫步在外面的小径上,周凛川犹豫着开口:"妈,谢谢你。"

许悦吟敛起表情,拍了拍他的肩膀:"自己亲妈,说什么谢?"

"我没想到周道年会那么护着祝雪青。"

"周家跟祝家因为联姻,联系越来越紧密,周彦臣手里握着周氏旗下资金链创合资本,目前它最大的股东是祝雪青的父亲。就算是基于这层关系,周道年自然不会因为你那几句威胁就跟祝家撕破脸。"

"也对,"周凛川自嘲,"我又不像你那么有钱。"

"你老妈我可不是吃素的,周家现在到处扩张,敌人在明我在暗,我只需要下一点点饵,很快鱼儿就会上钩。"

"妈——"

"我知道你要说什么,你念着跟周彦臣那点情义,可人家又是怎么对你的?我可以答应点到为止,但如果他贪心,我吃下创合资本也未尝不可。我好歹也是个生意人,到手的肥肉不拿,是傻瓜吗?好了,这事不用你操心,你好好给我把儿媳妇哄到手,别整得要死不活的。"

周凛川:"我以为你会反对……"

"如果我反对,你会跟人家分手?"

周凛川猛然抬头:"当然不。"说完,他苦笑,"除非,她不要我。"

"那不就是了，左右都是你的人生，你喜欢就好，我无权干涉。而且，我看过照片，姑娘长得好看，人我虽没见过，起码颜值上我很满意。"

周凛川哭笑不得。

"好了，我得回去处理舆论的事，你好好陪着她，现在到处都是流言蜚语，想必她很不好受，她要骂你，你就挨着。"

周凛川默然。只要林稚还愿意跟自己说话，他什么都能听。

许悦吟折回车里，回来时，手里拎着一个盒子，不由分说地塞进周凛川手里。

"这是什么？"

"朋友寄的头茬大闸蟹，替我给她吧。"

他接过，笑了笑："嗯，我知道了。"

看着许悦吟离开后，周凛川才沿着路往出口走，越往外越喧嚣。

不久前才下过雨，地上的积水像一面面镜子，城市的灯光落在上面，有种天地旋转的感觉。

周凛川被人群簇拥着，在路边等红绿灯，看着水洼发了一会儿呆，抬头看向对面时，似乎见到一个熟悉的身影。光线昏暗，实在无法辨清人脸。等绿灯亮起，人潮涌动，他再看向那个方向时，人不见了。

大概认错人了，林稚此时不可能在这儿。

想起白天看到的那张消瘦的脸，他隐隐担心，加快了步伐。

江城医院高达二十二层，外科处于中间位置，视野开阔。

女人戴着黑色口罩，一身长风衣站在窗口。风吹起她的长发，有一种疏离的美感。她站在窗边发呆，等岳千千走近了，才转了身。

"表姐，这么晚，你怎么过来了？"

林稚取下口罩，塞进口袋："你不是说电话里说不清楚吗？那就当面说。"

岳千千吞吞吐吐："姑姑本来不让我告诉你——唉，好了，我说。

你去京北出差的时候，姑姑来江城了，她说她经常头疼，我帮她安排了个全身检查。"

林稚安静地听完，凝眸看她："结果不好？"

"脑袋里长了个肿瘤，不确定是良性还是恶性，但不论如何，肯定是要做摘除手术的。我当时一跟她说这个，她化验也不做了，连夜跑回雅江了。人上了年纪，讳疾忌医，我正让我妈劝着呢。本来你现在这个情况，我不该再火上浇油，但是，我很怕时间拖下去，病情会恶化。"

林稚听完，绷直的身体颓然松软，眼皮一颤，无力地靠在墙上："手术有风险吗？"

"她这个年纪，不好说。"

"恶性的话，能活多久？"

"姐，咱们往好的方面想好吗？当务之急，是让她做进一步的化验。"

岳千千看着林稚一语不发地仰起头。在她的印象里，表姐总是一身英气，坚韧得过分，可短短几天，好像被翻来覆去折腾了个透，脸上的倦容遮不住。

她还没想好怎么安慰，却见林稚转身就走。

"姐，你去哪儿啊？"

"回雅江。"

她头也没回地朝电梯口走去，手里快速划动手机，订最近一趟的机票，没看路，跟迎面而来的人撞个满怀，手提包也跟着落在地上，里面的东西散了一地。

"林稚，你怎么在这儿？"庄旭先她之前出了声。

她看了他一眼之后，第一时间查看手机是否完好，没作声。

岳千千也跑上前来，帮着她一块儿捡拾着物品。

飞机票订好后，林稚才回过神，从岳千千那儿接过包。

庄旭一咬牙，拽住林稚的胳膊："能不能抽个两分钟，我们谈谈？"

"没空。"

"就两分钟，行吗？"

林稚看了眼时间，离飞机起飞只剩一个小时。

"说吧，什么事？"

"能不能给凛凛一个解释的机会？"他话音刚落，就被岳千千狠狠掐了一下，她使了个眼色："好端端的，你提他干什么？"

说完，她拉着林稚要走，就听庄旭在身后说："凛凛他，很不好——"

林稚脚步一顿："他怎么了？"

"他跟家里决裂了。"

"因为什么？"

"祝雪青。"

"这些天凭空而来的捏造，都是她做的？"

"嗯。"

两人一来二去的对话听得岳千千有些蒙，她转头看着林稚。林稚面无表情，了然地点了点头。

"知道了。"

"这几天他没日没夜地调查，就是为了给你一个交代。"

岳千千出声打断："你怎么什么都知道？"

"祝雪青回家哭诉的时候，我爸爸正好在祝家做客，在一旁听到的。我爸说凛凛是个疯子，因为一个女人，连周家的家产都不要了。但是林稚，我是他最好的哥们儿，旁观者清，他对你的喜欢是真的，他对你的爱比你想象的要久、要纯粹、要深得多。你能不能抛开所有的眼光，就只是看着他呢？"

"他是谁不好，偏偏是周彦臣的弟弟？周彦臣把我姐害成什么样，他都知道，还招惹我姐。"岳千千蹙眉，看到新闻的时候，她都要气炸了，"谁知道他有什么企图？"

庄旭脑子一抽，自己兄弟为林稚做到什么程度，他看得明明白白，周凛川年纪轻轻，身体被折腾成什么样，表面上看着跟正常人无异，但其实当初是怎么被拼凑起来的，他亲眼所见。

"他能有什么企图？他为了林稚，命都可以不要——"话说到一半，庄旭突然噤声，把后面的话咽了下去。

"好听的话谁不会说？姐，走吧，两分钟到了。"岳千千暗暗推了推林稚，林稚也没有要继续听下去的意思。

透明电梯一路向下，夜色幽深，底下车水马龙，犹如一条绵延不绝的璀璨光带。

林稚一声不吭地盯着下面，直到电梯开门声响起，她才回过神，大步走了出去。

两人等在路边，一辆出租车停在面前。林稚拉开车门，人却没有动，只是静静地站了一会儿，忽然低声说了句："他跟人打架了，脸上有伤，你让庄旭过去看看吧。"

岳千千微微一愣，再抬头时，车已经消失在视野里。

林稚到雅江时是凌晨三点，整个城市万籁俱寂。她家住在城南的旧小区，离机场不远，出租车在空旷的街道上一路飞驰，空气里飘散着熟悉的味道。她离家的时间不算久，但听闻上半年小区整改，又换了物业，管理比之前严太多，导致现在她没带门禁卡都进不去。

她不想这个点给家里打电话，正愁着呢，突然岗亭后面走出来一个年近六十岁的门卫。

"阿稚？"声音是从背后传来的。

林稚的双手插在风衣兜里，垂着头，长发散落胸前。听到声音，她扭头，刚好跟那门卫撞个正着，那张脸，她不记得在哪里见过。

"真的是你啊！怎么这个点回来了？"

不等林稚回答，刚才拦她的另一个门卫先问出了口："你认识啊？"

"5栋秦阿姨的姑娘，打小我看着长大的。"

那人一听是熟人，便没有阻拦，替林稚开了门。

"谢谢叔。"

"没事儿。也是你运气好，刚好碰上我过来换岗。快进去吧，这么晚了，你一个女孩子在外面不安全。"

林稚点头，把风衣扣上，快步走了进去。

她家住一楼，带个院子，老人家喜欢在院子里种菜，正是收获的季节，硕果累累。院子里放着一张木椅，上面的花纹还是祖父亲手雕的，她不着急进去，在院子里坐着。这里跟江城不一样，江城夜里总是雾蒙蒙的，雅江的天空一抬眼就能看到星星。

她走得急，就带了一个手提包，在包里摸手机的时候，碰到一个硬纸盒，她翻出来，是一包烟。

她想起来，是对面水店老板的。那天一群记者堵在她工作室门口，是他挺身而出把人赶走了，林稚想表达感谢，那人皮肤黝黑，咧着嘴避开老板娘，说买包烟就成。

她把这茬给忘了，几天下来，烟没给出去。

正好，她现在需要个东西打发时间。

秦婉珍第二天一早开门的时候，扑鼻而来的烟味，熏得她眼泪都差点出来了。她第一反应是家里遭了贼，环视了一圈，看到在藤椅上眯着的林稚，笑了笑，原来是只家猫。

林稚是被水声吵醒的，睁眼时，秦婉珍正在拖地，见她醒了，才说："几点到的，怎么不进屋啊？"

"我坐着坐着就睡着了。"

"你几时跟人学的抽烟？真是好的不学学坏的。"

林稚立马发誓："我没抽，那玩意儿太呛——"

秦婉珍哪会信，说："那这一地的烟头是怎么回事？垃圾桶里可还有证据。"

林稚微微低头，在秦婉珍身边，小声说："没事干，玩下火。"

秦婉珍被她逗笑，揉了揉她的脑袋，笑着说："多大人了，跟个小孩儿一样。"

"你这么早起来干吗啊？"林稚看了眼时间，不到六点。

"赶早集，这个点，菜市场的菜最新鲜，我买了回来，下午好出摊儿。要不要一块儿去逛逛？"

林稚没犹豫，去水池刷牙洗脸，跟着出门。

秦老师退休之后也没闲着，在街口开了个小吃店。她算是"脱下孔乙己长衫"的典范，年轻时是刻板严肃的小学语文老师，退休后，别的老太太每天跳跳广场舞，享受退休生活，她倒好，在小吃店里忙得团团转。

尽管这些年，林稚寄给她的钱足够让她安享晚年。

菜市场宛如秦老师的战场，林稚顶多算个替她提着菜篮的工具人，一路上，不少摊贩跟两人打招呼。

秦老师是这里的常客，她的女儿倒极少见到，只听说她在大城市里开公司，颜值不输女明星。原以为有吹嘘的成分在，但今日一见，高高的个子，浓密的长发，白色过膝风衣，腰带一系，像朵百合花似的。

听说她还是单身，好些人已经在盘算着把自家出息的单身小伙介绍过去了。

两人在外面吃了早餐才回去，洗菜晾菜，折腾了好几个小时才休息。林稚累得精疲力竭，瘫在藤椅上，闭目养神。

山城的阳光并不烈，像妈妈停不下来的絮叨声，暖暖的。

她脑子放空了会儿，突然开口："妈，你跟我去江城吧。"

"我在这儿好好的，想不开，去跟你住鸽子笼？"秦婉珍想也不想就拒绝。

"我在江城也有个像这样的院子，你想怎么打理都随你。住我对面的是一对卖桶装纯净水的夫妻，人很实在，非常热心，还有住我楼上——"她说着说着，突然停住。

/217/

秦婉珍侧眼，问："楼上什么？"

林稚抿抿嘴，然后抬头："你到底跟不跟我走？"

"不。"秦婉珍拒绝，但又怕女儿多心，补充道，"你妈我在这儿也有自己的事业要奋斗。"

林稚"扑哧"一声笑出来："你是说那小吃店？"

"小吃店怎么了？不是我吹牛，半个雅江城的餐桌上都少不了我的菜。我才五十八岁，正是奋斗的时候，到时候你出嫁，我要给你一笔丰厚的嫁妆。"

"你可别。"

林稚原本笑着，瞥见一缕银白色的发丝被风吹得轻轻飘起，立马止住了笑。

想必她已经从岳千千那里知道自己从江城回来的目的，可她偏偏一个字不提。十足的金牛座，固执起来，九头牛都拉不回。

林稚耐着性子在家里待了两天，终于另一个人憋不住了，饭桌上，秦婉珍忍无可忍："你打算什么时候回江城？"

林稚不动声色地夹菜，边扒饭边说："等你动完手术。"

"我没病。"

"没病你去江城干什么？你别告诉我，你是专程去看我，我去京北出差，提前告诉你了，你专程避开我去找千千，为什么啊？我就那么不值得你依靠吗？"

"阿稚，你这一年很难，我知道，我不想给你添麻烦。"

"找自己的女儿，你管这叫添麻烦？你的病不好，我哪儿都不去。"

林稚说完，餐桌对面的人突然静了静："我怕进了手术室就醒不过来了，就像……就像你爸当年一样。"

林稚一滞。

"我还没看到你嫁人，我不放心。"

林稚别过脸，喉咙一紧："千千说过了，如果化验结果好，问题不大。况且不管怎样，有我在，你怕什么？现在医疗水平高，比以前高太多了，你不要一开始就把事情想得特别难。"

"我不想去江城，住不惯。"

"那咱就先在雅江治，我问过夏云舟，市医院的肿瘤科室水平也很不错。"

"店里的生意——"

林稚打断她："我管。"

秦婉珍看了她一眼，又迅速转过头，欲言又止。

林稚叹了口气："还有什么要求，你一起说出来。"

秦婉珍咳嗽了一声，才幽幽地说："隔壁徐阿姨说想把她的侄子介绍给你，是我们当地有名的企业家，人相当不错，正巧这两天，他就在雅江，要不要——"

"见。还有谁，这两天一并见了吧。"林稚想也没想就应了。

秦婉珍瞠目结舌，没想到平时对相亲那么抵触的女儿，此刻应得这么快。

峰回路转，林稚趁热打铁："那你这几天准备准备，我去联系住院的事。"

说完，她出去打电话了。

秦婉珍张了张嘴，她把这儿当家还是谈判桌呢，莫名其妙就被绕进去了。

庄旭在林稚走后的第三天，才得空去看周凛川。

大白天，屋子里一点光都没有。

庄旭以为家里没人呢，开了灯，才发现沙发边垂着一条腿。走过去仔细一看，亚麻色的毯子下，一双眼睛睁着，周凛川不知道在想什么，眼珠子都不转一下。

他不由分说地把人拽起来，扯到路口一家小饭馆，进去了。

过了饭点的小餐馆没什么人，屋外是晴天，蝉鸣聒噪。室内有两台落地工业扇，扇个不停，还是热。

庄旭去冷饮柜拿了两瓶冰水，将其中一瓶推了过去。

"喝水吗？"

周凛川没应。

庄旭拿起菜单："要不要吃点什么？"

他还是没应。

"粥，还是炒菜？"

庄旭蹙眉，要不是店老板一直在边上等着点菜，他真想一锤子把周凛川砸晕。随便点了几个菜，等老板走了，他才忍无可忍："能不能说句话啊，兄弟？"

"林稚去哪儿了？"沉默了半晌，男生才哑着嗓子开口。

"我不知道。"

周凛川用毫无生气的一双眼盯着他。

本来就热，被他这么一看，庄旭更觉得热了，他拿起桌上的饭馆宣传单，一边扇一边说："大少爷，你能不能有点出息啊？不就感情出个状况吗？要死不活的，给谁看呢？"

他说完，一转头，正巧借着天光，看清周凛川那张脸，苍白得吓人。

周凛川的头发有些凌乱，几缕发丝垂在额前，遮住了眼角已经结痂的伤口。身上的衬衫皱巴巴的，没有一点打理过的痕迹。

庄旭比他长几岁，把周凛川当弟弟看待，此时心头一梗："你想知道林稚去哪儿了，你打电话问不就行了？她要是不理你，你就给她道歉到她理你为止。"

周凛川低头不说话。

"到底要怎么样，你说句话行不行？"

他扯着个大嗓门，上菜的老板都看不下去了，以为两人在吵架，劝道："我看他状态很不好，你就别吼他了。"

庄旭被噎住，声音小了下去："我哪里吼他了？"

女老板说："你那嗓门，隔着两条街都能听见，小兄弟教书的吧？"

庄旭有些无言以对，擦了擦脑门儿上的汗，刚好看到岳千千从马路对面经过，如同看到救星一般，将人拽进来了。

"干什么呀？"

岳千千是受林稚所托，过来帮她收拾些衣服寄回去，本来就急着要走，一见到周凛川也在，更不想多待。

"来来来，坐，请你吃饭。"

"吃过了。"

"师兄请客，吃过了你也赏个脸。"

庄旭笑嘻嘻地给岳千千盛了饭，伸手不打笑脸人，她也不好拂了他面子。

但意外的是，周凛川没有逼问她林稚的去向，他很清楚，江城如果有一个人知道林稚在哪儿，只有可能是她。

他坐在她对面，电风扇吹过的时候，黑发轻轻飘起，安安静静的模样。

老实说，她对周凛川的印象很不错，他跟自己年纪相仿，不仅长得好看，还很会照顾人，从不怯场，尊重女生，有时候再来点适时的幽默感，衣品也不赖，家世好、性格又成熟的弟弟，难怪表姐会动心。但一想到他的身份，她的头都大了。

岳千千挑了一筷子白米饭送到嘴里，放在桌上的手机突然响了起来。她看到屏幕上的来电显示时，微微愣了下，随后接通电话。

"表姐。"

轻轻的两个字，让原本安安静静吃饭的周凛川，突然抬眼看了过来。

去后厨跟老板交代加菜的庄旭一出来，见少了一人，忙问在一边淡定吃菜的岳千千："他人呢？"

"走了。"

"你的东西呢？"

"被一块儿带走了。"

第十二章

去做她世界里的那道光

林稚陪秦婉珍从医院回来的时候，邻居周婶就等在院门口，生怕煮熟的鸭子飞了，这次相亲安排的速度比她想象的要快得多。

林稚也不扭捏，跟着周婶就要走，秦婉珍拦住她："不进去换件衣服？"

"就这样吧。"不过是完成个任务，林稚哪有什么心思捯饬。

周婶将她打量了个遍，连连说："也行，你姑娘穿什么都好看。"

秦婉珍也没再多说什么。

今天是个难得的晴天，约的咖啡店离她家就两个路口，两个人走着去。一路上，周婶劲头很足，一直介绍着她侄子的情况。

林稚偶尔搭个腔，更多时候是周婶自言自语。

短短十分钟的时间，周婶将侄子跟林稚的未来安排得明明白白。

林稚漫不经心地听着，目光扫过路口，视线里有个人影一晃而过。她脸上那抹淡淡的笑容瞬间消失，取而代之的是一种若有似无的寒意，一种打心底漠视的冷。

耳边周婶的说话声突然模糊，车子的鸣笛声无限放大。

她没注意到红灯，险些横穿马路，被周婶拽了回来。她以为是自己一路的话把林稚说动心了，笑盈盈地道："喏，就是对面那家咖啡店，看到窗边那个穿灰色西装的人没有？他就是我侄子。周婶就不陪你进去了啊，你们年轻人聊聊天，熟悉熟悉，我在边上待着，怕影响你们。"

林稚点头应了。

她进咖啡店的时候，男人率先认出了她，冲她挥了挥手。

林稚走到他对面坐下，笑了笑："你怎么知道是我？"

"我之前看了你的照片。"

林稚点头，听男人问："喝点什么吗？"

"就柠檬水吧。"

"行。"

他叫来服务员点单，等人走了，才跟她正式聊起来："她们是怎么跟你介绍我的啊？"

林稚双手插兜，半开玩笑似的说："企业家之类的。"

"啊？"男人脸有些热，"太夸张了，抱歉啊。因为家里有老人要照顾，所以我回了家乡创业，承包了一片果园，做点小生意，算不上什么企业家。"

林稚抬眸，他倒挺实诚。

"主要产哪些水果啊？"

聊起自己的职业，男人语气轻松了些："青芒、水蜜桃，种类不少，主要通过电商平台销往全国各地，海外也有。"

"厉害啊！"

听到夸奖，他坐直身体，谦虚一笑："混口饭吃。"声音有点低，但底气还是很足的。

林稚脸上挂着淡笑，低头咬着吸管，喝了口柠檬水，抬眸时，见男人不动声色地盯着自己。被撞到视线，他不自在地别开脸。

"你刚刚说，你是因为家里的老人才回雅江的，那你对另一半的要求是——"

"能跟我一起在雅江定居的。"

"那我大概率不太符合你的要求。我在江城有自己的事业，也有把我妈接过去的打算。"

男人有些失望地张了张嘴："你是没看上我，对吧？"

"抱歉。"

话已经说开，也就没有再聊下去的必要。

"今天点的单我来请。"她扫了桌上的码结完账。

男人对她说："谢谢。"

林稚笑了笑："客气。"

她站起身，身材高挑惹眼，在店门口对着进店的人喊了声"借过"，踩着高跟鞋出去了。

以如此快刀斩乱麻的速度结束了相亲，不过是因为她从对方眼中看到了对自己的好感，既然她没有任何继续下去的打算，果断中止对彼此都好。

林稚走到马路对面，高高的鞋跟踩在地面上，清脆的响声很快被一晃而过的车轮声给淹没。

山城天气多变，前一刻还是晴空万里，此时突然狂风大作。冷风从她的领口灌入，天空跟蒙上了一层黑纱一般。

她找出蓝牙耳机，打开手机里的音乐，漫无目的地走在路上。

阴云密布下，路人有多慌乱，她便有多悠闲。

在路过中心广场的大厦时，一大面的玻璃幕墙一直延伸了半条马路。林稚的余光停留在那里，如果先前她没看错，那个人影很快会追过来。

她停在那里，借着查看手机来打发时间，再一侧目，果然——

在她的身后，大约三四米的距离，尽管人影绰绰，她还是认清了那件衬衫，她在京北买给周凛川的。

他大概还没察觉到自己已经暴露，直到林稚蓦然转身，隔着人群与他对视。

他有些慌乱，在撞上林稚的视线之后，立即侧过身，但哪有地方可避。

"周凛川。"她叫他。

男生没动，好像在考虑什么。

林稚看着他，面无表情地开口："别躲，我看见你了。"

她在原地站了一会儿，男生过来了。

狂风呼啸，林稚抱着手臂看他："你来这里做什么？"

"看你。"他乖乖回答。

林稚看着他的眼睛，里面没有她想象中的复杂，反而清澈得像一汪清水，这股干净劲看得她心神俱颤。

"你刚刚看到了，我在跟人相亲。"

林稚的话印证了他的猜想，脑子里一阵剧痛的同时，心底突然萌生出一丝恐惧。

"听懂了吗?"

"嗯。"

"意思就是,只要我现在愿意,我可以随便找个人嫁了。"

静了一瞬,他咬紧牙关,又吐出一个字:"嗯。"

这算是什么回答?他大概不知道她迈出那一步有多难,她说服自己接受他的心意,并全身心投入这段感情,是因为她对他有足够多的信任。可真相揭开,她的信任轰然倒塌,那种挫败、无力、羞耻,无人能体会。

在感情上,她重蹈覆辙,而让她陷入这种境地的,居然是他。

林稚心似针扎,眼中生寒:"你回江城去,我再也不想——"

"你妈妈病了。"

"与你何干?"

"让我待在你身边,之后,你想怎么样,都随你。"

林稚哑然半刻,才吐出一句话:"我让你滚,你是不是听不懂人话?"

"听不懂。"他轻轻摇了摇头,嗓音低哑,"你就当我听不懂好了。是我太自私,硬要闯入你的世界,给你造成种种困扰,所有后果我都认。但是到现在为止,我们还没有分手,我还是你名义上的男朋友,我有理由照顾好你跟你的家人,不会太久,能不能不要……"

他强忍着内心的剧痛:"不要推开我。"

林稚一抬头,撞进他漆黑而清澈的瞳仁里。

这人性子轴,认死理,就算她现在打他一顿,他也只会受着,不会改变任何决定。

林稚心里烦闷,索性不再管他了,转身就走,由他跟着。

女儿回来得比预想的要早。

秦婉珍原本站在院子里打电话,远远看着林稚从拐角过来,再定睛一看,后面还跟着一位。她还没反应过来,林稚就跟自己擦肩而过,跟着的男生站在院门口没动。秦婉珍挂断电话,朝着来人询问:"你是?"

"我叫周凛川,是林稚的……朋友。"

秦婉珍回过神,忙着尽地主之谊:"那你进来啊,别在外面站着。"

周凛川扫了眼里面紧闭的房门,笑了笑:"我还是不进去了吧。"

"没事,进来坐啊。"

拗不过她,周凛川看着她,慢慢走过去,坐到她对面。

秦婉珍从屋里端了几盘水果出来,嘴里还在念叨:"你是阿稚的朋友啊?我怎么没见过你?"

"我是江城人。"

"哦,那你是为看阿稚专程过来的啊?你坐了很久的车吧,累不累?"女儿头一回领异性朋友回家,她压不住地兴奋着,"哟,你这个黑眼圈怎么这么重啊,是不是没休息好?"

周凛川缓缓摇头,注意到里面窗边的帘子动了动,不动声色地喝水:"还……还好。"

"你跟阿稚怎么认识的?"

"我们是邻居。"

"邻居好啊,知根知底的。那你对雅江不熟悉吧?头一回来?"

"对。"

"住的地方找好了没?"

"还没,随便找个酒店住吧。"

"都到家门口了,住酒店怎么行?我们家多的是空房间,你踏踏实实在家里住,待会儿再让阿稚带着你逛一逛。"

周凛川笑了笑,发现不知什么时候,她的话少了些,只是一直盯着自己,他大方报以微笑。

秦婉珍看了一会儿,还是怕唐突了客人,拿着苹果在一旁削着,眼角眉梢藏不住喜悦。

太阳从乌云后面重新探头，天气恢复晴朗。

林稚站在窗帘后面，看着院子里这一幕，心情复杂地背过身，坐在床沿。窗外偶尔传来几句说笑声，林稚安静地听了会儿，突然觉得很多事情由不得她掌控，她也掌控不了，于是脱了鞋子，将被子捂住脑袋，呼呼大睡。

她睁开眼睛的时候迷迷糊糊，隐约见人进了房间，不知道在找什么东西。

她爬起来："妈？"

秦婉珍扭头："醒了？饭菜在桌上，下午得开店做生意，我走了。"明天就得住院，她可真是一刻不得闲。

林稚去摸外套，说："你等着，我跟你一起去。"

"有人帮忙，你这几天医院家里两头跑，再睡会儿吧。"

林稚听见妈妈留了一句话，就出门了。她想到什么，睡意彻底没了，挣扎着爬起来，去洗手间洗了把脸，出来时，看见餐桌上一大桌子菜。她没什么食欲，在玄关处拿了一顶遮阳帽，出门了。

自从回雅江后，林稚几乎每天都来自家的店干活。秦婉珍把店面搬到小学对面后，生意一天比一天火爆。因为提前贴了告示，要停业一段时间，所以今天过来的老主顾特别多。两人刚到的时候，门口就已经开始排队了。

周凛川在外面招呼客人扫码点餐，队伍里几个年轻的小姑娘止不住地往他那边偷瞄。客人都走了，她们还在。

几个人私下偷偷议论着什么，由于太兴奋，没控制住力度，其中一个扎马尾辫的女孩被同伴猛地一推，手里的奶茶没拿稳，洒在周凛川的衣服上。

"对、对不起。"那女孩手忙脚乱地找同伴要面巾纸。她抬眼看着男生身上那件一个褶皱都看不见的衬衫，估摸着不便宜。

周凛川没在意，接过面巾纸擦了擦，说："没事。要加点什么？"

对着那张毫无瑕疵的脸,她们恨不得把店里的菜都加上。

一通点单之后,有人暗搓搓地问:"哥哥,你的女朋友是老板的女儿吗?"

周凛川笑了:"你怎么知道?"

"刚刚排队的几个阿姨说的。"

周凛川挑眉,边在本子上记菜名边问:"你们认识她?"

"认识认识,我念的高中跟那位姐姐是同一所,到现在为止,学校贴吧里最美校花的评比里,还有她的名字。"

"你们好般配啊!"

几个小女孩叽叽喳喳,你一言我一语。

周凛川听着,控制着挑起的嘴角:"今天的账单我付了,我请客。"

"啊——"几个人愣了愣,下一秒,如同炸开了锅一般嚷嚷起来。

周凛川淡笑着,突然意识到什么,扭头看向马路边。

林稚正往这边走着,她拿着手机在看江城的新闻。果然,之前闹得乌烟瘴气的八卦已经消失得无影无踪,没人再提起。舆论被控制得如此迅速,她心中一时之间五味杂陈,收起手机时,目光跟正前方的人撞在一起。

店门口围着几个小姑娘。他插兜站着,面前的几个姑娘正跟他说话,他不知道有没有在听,视线落在她脸上。阳光从樟树枝叶的缝隙中落下,打在他棱角分明的脸庞上,映衬着他的目光,显得尤为深邃。

林稚看得愣了神,想起当初在机场初遇他的情景。

熙熙攘攘的人潮里,他总能一眼认出她。这一双眼睛,装了太多她所不知道的情感。

她走过去,比起方才气氛更热烈了些,虽然不知道发生了什么,但估摸着,这气氛源自她身边的男士。

她探寻地看他一眼,对方什么都没显露。

他早已把自己的内心袒露给她,气定神闲,反而轮到林稚开始摇摆不定。

扎麻花辫的小姑娘打趣他:"哥哥,你们家你做得了主吗?"

周凛川一抬下巴,挑眉:"暂时可以,以后不一定。"

林稚在一旁听得莫名其妙。

她扫了一眼周凛川,没注意到前面有台阶,一个趔趄朝前面扑去。周凛川虽然在跟人讲话,但余光一直注意她的动向,在她摔倒之前,伸手过去往后一捞,她没站稳,撞到他胸口上。

旁观的几个女生看得纷纷倒抽气,感叹偶像剧照进现实了。

他低下头,查看她的脚踝有没有受伤,在得到否定答案后,松开了她,随即开口对几个女生说:"东西拿好了,就早点回家吧。"

说完,他跟林稚进里面的操作台了。

里面的空间本就不大,平时她跟秦婉珍两个人就很挤,再加个他更显逼仄。

她跟妈妈清理完台面,一抬头跟拖完地进来的周凛川险些撞个满怀。

两人目光交汇片刻,很快都移开。

秦婉珍在边上瞅了一会儿,嘴上喊了声"借过",暗地里拿肩膀把女儿往前方一抵。林稚刚站稳,没抗住这股外力,在跌进周凛川的怀里之前,他稳稳地接住了她。

林稚一顿,扭头看向秦婉珍,后者脸上是抑制不住的笑,完全是八卦、看热闹的笑容。

难得看到她这样笑,哪有半点做老师的样子,甚至当着自己的面,跟周凛川交换了眼神。

林稚回头再看向周凛川时,男生面不改色,一副事不关己的样子。

她很快察觉到这两人之间的猫腻,推开周凛川,木着一张脸出去了。

从那之后,她便没再跟他说话。秦婉珍却像是没看懂她的情绪一般,照样招呼他吃饭,甚至把家里的客房收拾出来给他住。

几经折腾，秦婉珍终于入院。因为提前做过术前检查，所以手术时间安排得很快。签字的时候，旁边的护士一直交代着术中可能会出现的情况，脑部手术相比于其他部位，要凶险得多。

林稚嘴唇紧抿，看着好几页纸，手握着笔，指甲被捏得发白，最后抖着手签下名字。

她满脑子都是跟母亲相依为命的日子，心口疼得厉害，已经没有力气再做其他事，跑上跑下缴费、填单子的都是周凛川。

秦婉珍的心态倒是很好，又或者是伪装得很好，甚至在进手术室之前，还在冲她笑。直到人被扶上推车，她突然死死握住林稚的手。

"阿稚，"她轻轻地叫着林稚的名字，"别怕。"

人从她眼前被推走，林稚这才发现手里多了一张字条，上面写着家里的存折和房本放置的地方，其他的什么也没留下。

林稚脑袋里"嗡嗡"的，眼眶里装着泪，所有的一切都变得模糊起来。

医院里都是消毒水的味道，好像所有人都在消毒水里浸泡过一样，难闻，她这辈子都不想再来医院了。

林稚突然想起她遭遇车祸后奄奄一息被送往医院，那时候母亲看着她，是何种心情呢？

作为孩子，她实在不够孝顺。

人被推进手术室，林稚垂下手，摊开时，掌心湿润。

她坐在走廊外的椅子上，隔壁另一间手术室的医生走出来，跟在外焦急等待结果的家属低声交代了几句。突然，耳畔传来一声极为克制的哀号，紧接着，便是再也无法抑制的哭泣。

她曾见过此刻跌坐在地上险些哭晕的中年女人，在母亲的病房里。

医生还在她耳边小声安慰着，而那个走投无路的病人家属，正苦苦哀求医生救救她的亲人。林稚别过头，不忍再听。她"噌"地站起来，呼吸都变得粗重了几分。

刚刚应该多跟母亲说几句话的。

如果——

这两个字突然从她脑海里冒了出来。

她又觉得不可能，刚才母亲还在自己面前欢声笑语。

一股莫名的懊悔情绪席卷了她，她再也坐不住，也不知道要往何处去，寻着条路就往前冲。可还没走几步，她就被人从后面拽住了。

周凛川的手从身后环住她，握住她的手背。明明现在还是夏末，可她的手冷得像冰块一样。

"林稚，有我在，"他在她耳边轻声说，"会没事的。"

这声音仿佛有瞬间让人心情平复的魔力，又或者，此刻，她实在需要一个肩膀支撑，她才能变得坚强。

两人之间，只剩下呼吸声。

林稚仰着头，靠在周凛川的肩膀上。走廊里重新归于平静，只剩下来来往往的脚步声，他们互相依偎着，安静得让她卸下所有心防。

不知道过了多久，护士从手术室里出来，走到两人身边，说："病人脑子里的肿瘤取出来了，手术很顺利，现在正在缝合，你们谁跟我过去看化验结果？"

兵荒马乱重新再来。

周凛川松开林稚，看着她的眼睛，说："你去吧，我在这里守着。你放宽心，好不好？"

林稚突然感觉到莫大的安全感，点了点头。

等到了化验科，还没接到报告，医生便说了一大堆术语。她精神本就紧张，只觉得那些话过了一遍耳朵，什么也没留下。只得又问了一遍医生，是良性还是恶性？

得到是良性的回答后，她心头的巨石一下落了地。

林稚拿着单子从化验科室出来，回到肿瘤科室的时候，秦婉珍已经从手术室出来，被送回病房，因为麻醉还未醒，暂时不准探视。

周凛川坐在病房外，身旁是一排蓝色座椅，空落落地映出他模糊的侧影。他看到林稚的瞬间立马起身，询问化验结果。

不知道为什么，在听到他声音的这一刻，这几日的担忧突然有了宣泄口，她"哇"地哭出声。她抱着他，眼泪汹涌。

周凛川瞬间手足无措起来，他从没见过她流泪，在面对暴雨狂澜时都是异常平静的模样，现在想想，大概也只是在故作坚强。

"林稚……"他哑声喊她，企图将她的冷静召回。然而，他越唤她，她哭得越凶，他的心也跟着揪起来，却无力做些什么。

等哭累了，她才仰起苍白的脸，压低声音说："我妈妈没事了。"

周凛川伸手给她擦着眼泪，道："看你哭成这样，吓死我了。"

"因为我运气太差了啊，我运气一点都不好。"

她说着说着，眼泪又流下来。

"我害怕这次上天又不站在我这边。"

她用的"又"，周凛川不知道她指的是什么，心口一疼，将她抱进怀里。这个姿势不知道保持了多久，他只想就这么待下去。

这一趟来雅江实在太值得，怎么能在她这么难过的时刻弃之不顾呢？那他才是真的浑蛋。

不知道过了多久，护士从病房里走出来，提醒道："病人醒了。"

林稚忙松开周凛川，去查看妈妈的状况。一进病房，看见她插着氧气管，眼神空茫，在见到自己的一瞬眼睛才稍微有了光泽。她曾经有着世上最好看的眉眼，却在时间的滚滚长河中，悄无声息地老去，变得浑浊而无力。

林稚只恨自己发现得太迟。

她深吸一口气，快步走过去握住妈妈的手，温暖的触感提醒着她一切都过去了，一切都会变好。

秦婉珍苏醒了一会儿，又很快睡过去。

因为担心有并发症出现，需要人时刻不离地守在病床前，林稚与周凛川两个人轮流守夜。等转入普通病房,一颗悬着的心才算是真正落了地。

她安顿好妈妈,出病房时,见周凛川正在走廊上跟护工交谈。他对价格不在意,只嘱咐要最好的服务,对方自然乐意。

林稚倚在病房门口,静静地看着他。

他这个年纪不应该这么会照顾人,刚才医生说的很多注意事项,连她自己都没记清楚,但此刻他很快复述给护工。他只顾着签合同,林稚过去的步伐太轻,他一时没留意到她就在身后,见她一脸倦容,询问:"是不是太吵了你睡不着?我买了家属的床位,你去房间里面再休息会儿吧。"

"谢谢。"那一串话她没有回答,只是吐出了两个字。

周凛川一愣,旋即挠了挠后脑勺:"我其实也没帮上什么忙。"

"我妈妈住院你来帮忙,我很感激你,但我跟你之间是另一回事。"她顿了一下,"我不可能当作什么也没发生,也不可能再跟你回到像之前那样。"

昏暗幽深的走廊,有穿堂风呼啸而过。男生垂眸,隐忍住内心所有的情绪,平静地开口:"林稚。"

他盯着她的眼睛:"你还想跟我在一起吗?"

林稚呼吸一滞。她想要说"不",但对上那双漆黑的瞳仁,里面似有千言万语,穿过无数时光的情意绵延悠长,让她无法拒绝。她别过头,只觉得头痛欲裂,张口都不知道自己在说什么:"我不知道。"

周凛川目光渐深,喉结滚动却哽住:"你还喜欢我吗?"

她又是许久未答。

那双漂亮的黑眸在她脸上盯了一瞬,眼眶酸涩,他突然苦笑一声:"我想我知道答案了。"

他转身朝灯光亮起的那边走,没走几步,又突然折回。

"你从来没喜欢过我对不对?"即便是质问,他依旧压着声音,

"所以你给不出我答案。你只是被我感动了,又或者你身处低谷,想要有个玩伴,恰好我又适时出现。而我又能怎样呢?我所有的你全部不在意,我只能捧着一颗真心到你面前,你不想要,我一点办法也没有。"

他的眼眸中装着无尽的挫败:"我们之间的一切,在你心里,什么都不算吗?

"我在来找你的路上已经想好了,如果你能给我一次机会,我的命都愿意给你,我所有的骄傲都被你轻而易举地碾碎,可是你不在意。即便你明明知道,是我先爱上你,这份感情是我自己争来的,跟旁人又有何干系。你仅仅因为我是周彦臣的弟弟,还是因为你从来就没有忘记过他?"

他早就知道会有这么一天。

自他从瑞士回国,查找她的消息,搬到她的楼上,闯进她的生活开始;从他拥抱脆弱的她,强求一个答案开始。他明知无法控制的一腔炙热一定会将他摔得粉身碎骨,可他跟自己较劲这么多年,偏要一个结果。现在他终于撞到了南墙,果然足够让人痛彻心扉。

他说完就走,没给她一点反驳的机会。

林稚仰头,呼吸着医院里弥漫着刺鼻消毒水气息的空气,提着的一口气突然泄了下来。她靠在白墙上,额头"突突"直跳。

这个浑蛋,他太知道怎么刺激到她了。不对,她好像又被他拿捏了。

他总是把问题抛给她,他哪来的那么多问题?《十万个为什么》看得太多了吗?明明——明明做错的是他,被质问的反而是自己,好没道理。

她暴躁地捶打墙面。

因为请的护工很尽职,林稚被秦婉珍赶回家休息,她想着还有些生活用品需要收拾带过来,也就答应了。

在家里果然睡得好些,但因为担心母亲的状况,她定了四个小时后的闹钟。起床后,胃里空荡荡的。冰箱里有一些提前几天包好的饺子,她煮开水,在锅里下了一些。刚端上桌,手机响起来了,是岳千千。

林稚急着吃饭,直接开了免提,岳千千的声音透过扩音器传来:"姐,姑姑怎么样?"

林稚答:"手术很成功,医生说恢复快的话,半个月就能出院。"

岳千千继续说:"太好了,幸亏你回去得及时。江城这边,你不用担心,舆论已经控制住了。"

林稚"嗯"了一声:"我知道。"

"周凛川简直雷霆手段,所有照片的痕迹都抹得干干净净,像从来没发生过一样,现在已经没有人讨论了。我终于有了实感,原来他所在的世界跟我们的确实不一样。"

林稚咬着饺子,一时不知道要说什么。

"那个,我听庄旭说,他已经答应跟他妈妈回瑞士去。"

林稚闻言,手一抖,咬了一半的饺子跌进汤里,溅了她一身。

"什么时候?"

"就今天啊。他打电话给庄旭告了别,大概是不会回江城了。你们发生什么了吗?"

大概是白天的争吵让周凛川下定了决心离开。

那边岳千千没等到林稚的回答,电话就被对方挂了。庄旭在一旁干着急,连连问:"怎么样了?"

岳千千一抬眼,蹙眉:"把电话挂了。"她拨了拨餐盘里的白米饭,沉吟了一会儿说,"依我姐的性子,她不可能去挽留周凛川的。她是那种一旦做了决定就会坚定执行的人,模棱两可、犹犹豫豫,根本不是她的个性,尤其是在感情上,两人多半没戏。"

庄旭了然一笑:"要不咱们赌一下?"

"好啊!赌约是什么?"

"如果我输了,我自愿陪你做手术模拟,一个月。"

岳千千眼里升了团火焰，但很快熄灭："算了，你没发现我最近被同期实习生非议？"

"因为什么？"

"还不是因为——"岳千千喝了口水，掩去躲闪的眼神，"反正你别对我太好就行。"

庄旭不以为意，从她的餐盘里夹走那个还没动过的鸡腿，涎皮赖脸地说："这个就算报答了。"

林稚拿着打包好的东西立即出门去了医院，周凛川不在病房。上午他留下她一走了之后，她便再没见过他。

秦婉珍比刚出手术室时强了不知道多少倍，甚至有精神跟出入病房的两个护士说笑。见林稚进来，她脸一垮，责怪道："我不是让你回家好好休息吗？你怎么这么早就来了？"

"你一个人在这儿我不放心。"

"有什么不放心的？护工比你照顾得不知道好多少倍，本来小周也坚持在这儿守着，我看他状态很不好，也让他走了。"

"走了？他去哪儿了？"

秦婉珍莫名看了她一眼："他没回家吗？"

林稚突然不安起来，在病房里踱步。

秦婉珍的目光往她身上一扫，立即蹙眉，她怎么穿着一双拖鞋就出门了？

"你这是怎么了，魂不守舍的？"

林稚低头拨打着电话，没顾上回她的话，只说："我有点事，等下再说。"

秦婉珍蹙眉："到底出什么事了？"

林稚一连打了三四个电话，都没人接听。她来回不停地踱步，整个房间的气氛也跟着紧张起来。

思索了片刻，她大概知道了一些信息，扭头就往病房外走。秦婉珍一脸严肃地将她叫住:"到底怎么了?你这么着急忙慌地去哪儿啊?"

"找人。"林稚答得心不在焉。

"谁啊?"看她的样子,秦婉珍好像知道了答案,"小周?"

"他走了,我不能让他就这么走。"林稚看着妈妈,声音平稳了些。

秦婉珍被她说得一头雾水:"阿稚,发生什么了?"

"妈——"林稚抬眸,涣散的眼神突然聚焦,"我好像,比我想象中的还要喜欢他。我可能疯了吧,我一直在心里问自己,我还能再爱吗?我还拥有爱人这个能力吗?是他给了我一个答案。只要跟他依偎在一起,我好像就有了可以生存下去的动力。"

林稚一口气说完一长段话,嘴唇渐渐干涸。

秦婉珍躺在病床上,看了她良久,突然笑了下。女儿嘴硬的模样像极了自己,但她又比自己幸运太多。

"去吧,路上小心。"她交代了一句。

林稚转身就走,声音回荡在病房:"我很快回来。"

雅江没有机场,只能坐高铁转去成都。林稚一路下楼,在路边拦了辆出租车,说:"去火车站。"

车在高架上一路飞驰,林稚握着手机,脑海里突然想起很多事。

他们在彼此都万分狼狈的时候相遇,到底是他在步步为营,还是她本来就有私心呢?

大概是后者吧,他眼底的炙热早将她烧透了。

大桥上堵得厉害,离火车站已不过十分钟的路程,她付了钱,下车之后一路飞奔。可她未跑几步,路上的车辆突然重新开始驶动,汽车的鸣笛声此起彼伏,在耳边轰鸣。

天色昏暗,飘起了密密麻麻的雨雾,雨中能见度很低,不少车主打开了远光灯。

她扭头,刺目的车灯光芒直射她的眼睛,她的脑海里如过电一般,几个闪回,将她拉入那个不堪回首的车祸现场。应激的痛苦如狂风暴雨朝她袭来,她紧抓着衣角,双腿如灌了铅一般无法动弹。紧接着,便是无法抑制的干呕,整个头部像在被撕咬啃噬,目眦欲裂。

她拼命掐着手臂,让自己冷静下来,可眼前的车流没给她机会,就在她面前,一辆越野疾驰而来。

"林稚——"

突然,耳边传来一声急切的呼喊。

有人从车上一跃而下,一只胳膊从她身后伸来,牢牢托住她颤抖的脊背。

林稚猝然回头。

周凛川应该是从马路中间的护栏跨越而来的,气喘吁吁,扶着她的手臂却十分有力,他将她扶好站起,让她倚靠在自己肩上。紧接着,他将她拦腰扛起,直到走到安全地带,才把她放在地上,随即蹲下身来,看着她的脸,惊魂未定:"你跑到这么危险的地方来干什么?"

林稚怔怔地盯着他的脸,莫名地,脑海里却浮现出一个人——

"你是什么时候出的车祸?"

"去年冬天,一场意外。"

她又突然想起庄旭的那句"为了你,命都可以不要"。

林稚许久无话,周凛川以为她受了伤,四下检查。她推开他的手,问:"你不是走了吗?"

"原本我是要走的,但仔细想想,这个时候离开,我放心不下。"

林稚抬头,是了,他与自己是相反的方向。

"所以你是来找我的吗?"周凛川看着她,暗蓝色的衣摆随风浮动,微暖的阳光下,那双眼睛漆黑幽静。

他苦笑:"我以为你再也不想见到我了。"

"所以你打算悄无声息地走?"

"那我能怎么样?你可以气我、骂我,可是你什么都不做,你冷静得像是在看别人的事,而我,就像是个在一堆碎玻璃里面找糖吃的小孩。我也会累、会痛苦，我不能总靠着自己制造的一点点海市蜃楼来宽慰自己。"周凛川说着说着，眼眶红了。

他们之间的感情本就只是荒漠，是他一天天祈求上天，降下甘霖，又精心浇灌，才得到一点生机，可光靠一个人的努力，怎么能长成绿洲呢？爱意不能持久，不过是依靠一点假象自我催眠，他却明知不可为而为之。

"林稚，我总是很清楚地知道自己想要什么，而你呢，你真的看得懂你的心吗？"

她蹙眉："周凛川，我明明也很难过好不好？"

"你难过是因为流言蜚语给你好不容易有了起色的工作带来麻烦，还是因为我是周彦臣的弟弟这件事，让你的自尊受到伤害？"

林稚愕然地抬头，她都不知道他是这么想的。

"周彦臣是我的养兄，跟我没有血缘关系，你跟他之间早就烟消云散，我为什么不能爱你？我凭什么不能爱你？"

他越说越颓唐，恨不得把一颗心剖出来。

林稚伸出通红的手，抓住他的臂弯，凑过去，堵住他的话。

突如其来的一吻，让周凛川浑身如过电一般。他不可置信地盯着她："你……"

"败给你了。"她鼻尖溢出一丝笑，"我以后不那样了，事事把你放在第一位，行了吧？"

"以后？"周凛川长出一口气，目光瞬间柔和下来，低声说，"你不跟我分手了吗？"

"嗯。"

在得到肯定答复后，他把她搂在怀里，紧紧抱住，声音也在颤抖："对不起。"

林稚摇头："是我顾虑太多，把外界的眼光看得比自己的心意还重，可能我太习惯于去迎合别人，反而忽视了最亲近的人的感受。"

"不，是我太自私了。我以为两个人彼此相爱最重要，其他什么都可以克服，我的天真给你带来了伤害。你不用担心其他，以后我们可以不跟周家来往，你所设想的那些状况都不会出现，你永远可以随心所欲，我向你保证。"

林稚点头，再分开时，两个人一触及对方的目光，破涕为笑。

他俩笑着笑着，周凛川紧握着她的手，那双澄澈的眼睛里满是委屈："你以后不许再冷落我了。"

林稚哼笑："我又不是皇上，你也不是妃子，说什么冷落？"

"你生起气来比皇帝还可怕。"

林稚没忍住，"扑哧"一声。

她还没反应过来，他转过身去，轻弯下腰，让她趴上他的背，不由分说地将她背起来。

林稚吓得惊呼："干吗啊？这么多人看着——"

"回医院，妈妈该等着急了。"

"那是我妈，你乱叫什么？"

"早晚我不都得改口吗？阿稚——"

林稚听得起了鸡皮疙瘩，快速捂住他的嘴："不许这么叫我！"

"阿稚，阿稚。"

"周凛川！"

他低着头，还在笑，声音比先前轻松了不知道多少倍："从今以后，我再也没什么可怕的了。"

路上人潮如织，她没再顾及旁人眼光，勾住他的脖颈，埋进他颈窝最深处。

这也是她想说的话。

从此，再没什么可怕的了。

第十三章

我爱你,周凛川

回医院的时候，夜幕已至。

在护工的帮助下，正在用晚餐的秦婉珍看见牵手进来的两人，暗地里笑了笑，明面上什么也没说。

住院部之前床位紧张，周凛川花了好大力气才在走廊上租了个床位给林稚休息，今日正巧赶上秦婉珍住的病房有人出院，空出了床位，比先前住在走廊要舒服太多。

周凛川去住院部订完床位，回病房时，林稚正在地上给他铺床，这垫子还是护工腾出来的。

"其实我将就着坐一晚上就可以，阿姨有什么需要，方便我第一时间知道。"周凛川走过去，小声说。

这边林稚已经简单地打了个地铺，看了眼正在跟隔壁病房前来串门的病友聊天的秦老师，眯着眼瞧他："周凛川，你这也太殷勤了，我不是告诉你，等我妈出院了，再正式告诉她我们的关系吗？你怎么一点事都藏不住……"

"我觉得我表现得很正常啊，我本人原本就是善良体贴——"某人浑然不觉自己有什么毛病。

"你够了。"他还自我标榜上了，林稚摇头叹息，"医院旁边就有酒店，开一间房跟在这儿打地铺，你选一个？"

周凛川避过其他人的视线，往她那边暗自凑了凑，笑意盎然："我还是跟你待一块儿吧。"

其实什么也做不了，但是能够一睁眼就看见她，就很开心了。

她忽而侧过脸一笑，却听男生在她耳边幽幽来了一句："不然弄得像夫妻分居一样，多不好。"

林稚一个枕头丢过去。

周凛川一把接住枕头，那个角度刚好挡住两个人的脑袋。他瞅准时机，电光石火间，捧着她的脸颊亲了一下。

林稚捂住脸，瞪他："周凛川，你别乱来啊！"

男生笑着弹开，将枕头放下来，白炽灯光重新落在她的脸上。

秦婉珍听见这边的动静，在与人交谈的间隙，抽空问了一句："怎么了？"

林稚连忙应答："有虫子，被咬了一下，没事儿。"

林稚狠掐了下周凛川的手臂，听那边的秦老师没再问，这才眉心舒展。虽然她这个年纪谈个恋爱，不算什么需要隐藏的事儿，但她怕秦老师高兴过度，有碍恢复。况且医院里很多熟人，人多口杂，两人太过腻歪总归不好。

她一抬头，犯事的人却在灯光下笑，林稚作势要打他，刚伸手过去，就被他拉住了。

她想抽出手来，指尖被捏住，往后拽了拽。

她手指修长，却能被他掌心完全覆盖住。房间里充斥着说话声，唯有他们这边异常安静，男生半靠在床沿边，懒洋洋地看着她。他干净的脸颊、俊逸的眉目，让林稚说不出地心动。她索性也不挣脱了，任由他牵着。

窗口有风拂来，舒心怡人。

一直到九点多，会谈结束了，林稚照顾秦婉珍洗漱完，再回到病床上，看见周凛川已经睡着了。

他这段时间忙前忙后，加上自己跟他冷战，估计一直没休息好，好歹是有钱人家出来的孩子，可他哪有半点架子，沾上枕头就睡着。林稚勾了勾唇，也不知道刚才是谁在嘴硬，非要坐一晚上。

她抬头，秦老师冲她比了个"嘘"的手势，然后轻手轻脚地去关了灯。

房间里只亮了一盏小夜灯，林稚起身把隔断的帘子拉上，这下，两个人彻底隔绝在里面。她在他身边蹲了下来，就着昏暗的光线，打量他的睡颜。

他皮肤白皙，又薄又亮，立体的五官，跟雕刻艺术品似的。这张脸轻而易举地说服了她，去爱吧，再也不要放开。再加上，她的倔强碰到他的无赖，简直无解，这也可能是上天注定，他是来降自己的。

她不知道看了多久，站起来的时候腿都麻了，手指被躺着的人勾了一下，也不知道是借着这力，还是她本来就没站稳，一下扑到他怀里。周凛川的双腿环住她的膝盖，上半身将她围了个严丝合缝。

他似是刚睡醒，压着嗓子，声音懒懒的："看什么，这么入神？"

林稚心念一颤，此时推也推不开，只能由他去。也不知道帘子这边这么大的动静，隔壁有没有听见，她也没有多余心思去想，只能由他抱着。

林稚撇嘴，低低地说："原来你在装睡。"

"没有，我做了一个噩梦，就醒了。"

"什么噩梦？"

他挪了个身，手贴近她的手背，手指相扣，说："梦见你走了。还不都怪你，这段时间，你看都不肯看我一眼。"

他清秀的眉头紧紧皱着，像是受了天大的委屈。

林稚自知理亏，抿了抿嘴唇："你这人也太小肚鸡肠，念了我多少遍了？"

"看你以后还敢不敢。"他笑着挠她痒痒，跟逗小孩一样。

林稚受不了，又不能叫出来，一张脸憋得通红，最后只能求饶："好了好了，我错了。"

他这才停下了，又箍紧她，说："我总算知道人家说咫尺天涯是什么意思，你都不知道，我有多想抱抱你。"

林稚在他怀里笑得轻轻颤动，随后翻了个身，面朝着他："我也是。"

周凛川笑了。她从前情话说得吝啬，即便偶尔说个半句，语气也有些生硬，现在却有点不一样了，具体哪里不一样，他也说不上来。

大概就是两个人虽有争执，但和好之后开始袒露内心，反而拉近了距离。但这样的冷战，这辈子还是不要有了，就这一次，跟要了他半条命似的。

失而复得的欣喜与温情弥漫着这个狭小的空间。

两个人身体都异常疲惫,但精神没有丝毫困意,说话也不敢大声,近乎耳语。

"我明天是不是得换套体面的衣服,再去理个发什么的?"

"嗯?"

"我感觉自己的头发太长了,看起来邋里邋遢的,一点也不符合老年人的审美。"

林稚抬眼看,挺清爽的,虽然比不得在江城时精致,但架不住他底子好,有点文艺青年的意思。

"你跟我妈相处这么多天,早干什么去了?"

"你还说,我哪顾得上那些,光照顾你的情绪都很难了。你妈妈会不会不喜欢我啊?我感觉自己表现得不怎么样。妈妈喜欢什么风格的男孩子?"他一通追问。

林稚哑然失笑:"你想要变成什么风格?"

周凛川捏着她的手指,扯着嘴角,低声道:"当然是那种一看就打心眼儿里认准我是她准女婿的风格啊。"

她彻底被他逗笑,笑累了才说:"我妈是小学老师,教语文的,你以前在学校里怎么让老师开心的,你现在照着做,应该就可以了。"

他苦恼了一会儿,有些不安。

"怎么,你读书的时候成绩很差?"

"其他的倒还行,语文最差了。"他叹了口气,"早知道好好念了。"

于是,一整晚,周同学都是在哀叹中度过的。

九月结束了。

秦婉珍彻底康复出院,回家的那天,家里来了很多探望的客人,乌泱泱坐了一院子。林稚领着周凛川堂前屋后地招待,秦老师则在院子里跟朋友们聊天。

其中有八卦的冲着小情侣的背影询问:"这是阿稚的男朋友吗?

不得了哦，人很精神，又特别勤快，你有福气哦。"

秦婉珍笑得开心，比了个"嘘"的手势："两人还瞒着我呢，面上说是朋友，成天暗地里眉目传情，把我当个傻子。反正呢，阿稚喜欢就好，年轻人的事我不干涉。"

在厨房里忙活的林稚丝毫不知道自己已经穿帮，只在外面人看不到的地方偷偷拉着周凛川的手，两人腻腻歪歪，一顿饭做了一个下午。

送完客人回来已经很晚，院子里没人。林稚循着屋内的灯光进去，客厅里，秦婉珍和周凛川两个人围在一块儿看一本相簿。那些老照片早就泛黄褪色，承载着过去几十年的记忆。

她站在玄关没有进去，只是靠着墙面，听着里面断断续续的说话声，大多是秦婉珍在讲述，秦婉珍的声音温柔亲切，将她勾到回忆最深处。

爱的人渐渐变成家人的感觉，很温暖。

她在外面站了很久，久到秦婉珍聊累了，合上相簿，才进去。

秦婉珍见林稚回来了，闹着要休息，她今天说了太多话，一点也不像个大病初愈的病人。

林稚扶着她去洗漱完，人走进卧室又出来了，站在门边说："你俩不要管我这个老太太，该约会就约会去。"

等卧室门关上，林稚才跟周凛川交换了个眼神，还没等她询问，就听见他说："妈妈早就看出来了，我们的演技太拙劣。"

她抱着胳膊，还在想什么时候穿帮的，腰肢被周凛川一搂，男生笑着发出邀约："要不要出去走走？"

林稚被他拉出了门。

今天是国庆，举国欢庆的气氛比平时浓郁得多，大街小巷都是拿着小红旗闲逛的人。

周凛川心里有个目的地，出了巷口，直接叫了一辆出租车，说要去江滩。林稚看了看时间，这个点，恐怕那边人山人海，但看他兴致很高，也没说什么。

车堵了半个小时才到目的地。

下了车,拂面而来的江风将所有的疲惫一扫而空。夜幕降临,正是小摊贩扎堆出摊的好时候,路边亮了一排灯,各种小吃应有尽有。

周凛川给林稚买了一份水果捞,然后拉着她去码头,登上轮渡。

星辰如碎钻般洒满苍穹,一轮皎洁的明月悬挂在天际,洒下银色的光辉。游船载满了乘客,缓缓行驶在平静的江面上,江水在月光的映照下泛起层层银波,远离了城市的灯红酒绿,时间也变得缓慢起来。

甲板上有卖花的小孩,周凛川买了一整篮的蓝风铃给林稚。她抱着花,被江风吹得眯起眼睛,问:"你怎么想到来这儿?"

"阿姨说你小时候最喜欢坐船,甚至逃课到江边玩,为这个你没少挨打。"

被揭了短,她有些不好意思:"她怎么什么都跟你说啊?"

"把我当自家人呗。"男生一脸傲娇。

林稚撇撇嘴。

她听了之后,扭头说:"其实我也不是我妈说的贪玩。我爸是在边疆驻守的军人,一年难得回来一次,他每次休假都会带我在江上溜达一圈,那是我小时候最开心的时刻。后来——后来他因公殉职,我心里清楚我妈比我更难过,所以在家里,我从不会主动提起他。这里是我想念他的地方,也是我宣泄思念的出口吧,所以经常来。"

周凛川握着她因江风而变得冰凉的手,说:"阿姨说了叔叔的事后,我猜到了。"

林稚看着他,良久没说话。

突然人群吵嚷起来,有人小声喊:"有流星!"

所有人抬头,果然,一颗闪亮的星星正划过天际。

它的轨迹如同天神之笔,在夜空中勾勒出一道银色的弧线。那光芒,初时微弱,如同夜风中的一缕烛火,渐渐地,它燃烧得越发璀璨,像是熔岩在夜空中绽放的火花,照亮寂暗的天幕。

"走吧,要下船了。"林稚拉了拉周凛川的手,他还在看着。

"许个愿吧?"

她忍俊不禁:"你几岁啊,信这个?"

"我以前不信,现在觉得也无伤大雅。"

说完,他闭上眼睛。江风将他的头发吹起,露出洁白的额头,鼻梁高耸俊美,神情虔诚。

她没料到他这般认真,耐心地等着他许愿,短暂地停靠之后,轮渡重新起航。

"所以你刚刚许了什么愿?"等他睁开眼之后,她靠在栏杆处,问他。

"秘密啊,说出来就不灵了。你过来些,站到我身后来,风小点。"他将她从风口拽了过来。

"说一下嘛。"她转到他身后,还在纠结刚才的问题。

"你真想听?"

"嗯。"

"许愿你以后不要当工作狂,好好吃饭,好好睡觉,好好爱我。"

林稚歪着脑袋:"最后那句才是重点吧。"

他"呵呵"笑起来,夜晚暗沉沉的,他的眼睛却很亮。

夜风吹拂,轮渡发出汽笛声。

林稚在他身旁嬉笑,周凛川抿唇:"我没有机会让叔叔亲手将你托付给我,这里是独属于你们回忆的地方,他也许能听到我的承诺吧。我以生命起誓,要一生一世保护你。"

在林稚愣怔的瞬间,他伸手过来,揉了揉她细软的发丝,别过脸不看她了,嘴里嘀咕道:"说出来好肉麻啊,你还非要听。"

渡船路过江滩,烟花点亮了半个城市。

按照规定,城市里是不能燃放烟花爆竹的,但春节跟国庆期间,政府都会集中组织烟花大会。船上的年轻人顿时轰闹起来,有人兴奋地尖叫。

"周凛川。"她叫他，却发现他仰头看着天空，并未察觉。

火光跳跃在他眼眸中，犹如无数只精灵在翩翩起舞。男生黑色的发梢轻轻摆动着，她的心神也跟着荡漾到天际。

她接连唤了他两声，大概是这里太过喧闹，他即便戴着助听器也无法听见。

只是在她松开他手的瞬间，周凛川瞬间察觉到了，低头看她薄唇翕动，但无法听清她的话。他俯下身，目光里皆是探询："阿稚，你说什么？"

林稚抓住他的手腕，往上抬了抬。

周凛川一脸莫名，不知道她要做什么，只见她将他的指尖贴在她的脖颈处，那是发声的声带。

绚烂的烟花在他们头顶的天空中炸裂开来，炫目至极。

她目光温柔，缓缓发声："我爱你，周凛川。"

那轻微的震动绕着指尖，化作柔软涌进他的心脏，烟火的爆炸声好像变得遥远起来，一切都沦为虚幻，只有她是真实的。他像喝醉了一般站在船头，连渡轮靠岸都没发现。

"走了。"林稚拉着周凛川顺着人潮下船，发现他好久没说话。

下船后，人潮四散，两人沿途返回，周遭安静了许多。

走了一会儿，林稚扭头瞧他，男生白皙的脸上如同染色的绢花。

她眼带笑意："你害羞了？"

表白的人状若无事，听的人却面红耳赤，是不是都把剧本拿反了？

但年轻的男孩嘴硬得厉害，极力掩饰着自己，装作无事，大步走开。

"我哪有？"

"那你走那么快干什么？"

她快步追上他，突然手机响了，他背过身去接，似乎害怕她听见。

林稚放缓了脚步，等他讲完了电话，才过去，问："怎么了？"

周凛川张了张口,想要隐瞒,但想到新闻应该很快就会出来,神色凝重地看向她:"周彦臣被拘留了。"

回江城的计划比他们计划的要早。

原本林稚极力说服秦婉珍跟她一起去江城生活,可被秦婉珍坚决拒绝了。她只愿待在跟丈夫共同生活的地方,反而催促他们早点回去,让工作回归正轨。

考虑到她身体已经康复得差不多,个人生活也能够自理,加上她以"平时独立惯了,实在不习惯孩子在身边伺候"为由,林稚只能作罢。

回江城的路上,周凛川的电话不断。听说周董事长气急攻心之下晕倒,躺了三天,仍是昏迷状态。周家如今一盘散沙,他是唯一的主心骨。

两人下飞机之后直奔周宅,门口围了不少记者。

他生怕此事牵扯到她,说:"阿稚,事情太乱太急,我怕你看到难过,我来处理,要不你先回去等消息?"

"我为什么要难过?我是担心你,家里出事,我怕你承受不住。"

他笑着揉了揉她的头发:"我可不是瓷娃娃。"

他拉着她的手从后门进去,往日豪华热闹的中式别墅此时寂静无比,出事后,家里的用人们都被遣散,只有一个跟了十几年的管家还在。

两人刚踏上院中小径,突然一个人影冲过来,周凛川下意识地护住林稚,定睛一看,才发现来人是祝雪青。她的头发随意地垂落在肩上,未经打理的发型显得有些狼狈,原本保养得宜的脸上,如今却浮现出深深的疲惫。

林稚蹙眉,距离上次见面不过几个月,此刻的她与当时颐指气使的模样截然不同。

周凛川冷眼看祝雪青:"你干什么?"

她一把抓住他，如抓住救命稻草一般恳求道："帮帮他，我知道你一定有办法，能不能帮他把挪用的那笔资金补上，不要让他坐牢？"

周凛川站了一会儿，才用另一只手去掰开她。想来这次周彦臣闯下的祸让祝家也损失惨重，才让她放下尊严求到自己这里。

"周家的事我向来不管的，这次我是来看看爸，看完就走。"他说完话，就往客厅走去。

祝雪青见拦不住他，很无措，只能挡在林稚身前，"扑通"一声跪下，语调急切："林稚，我知道，他听你的，你能不能帮我劝劝他？"

林稚看着祝雪青，目光很平静，现在的周彦臣对她而言不过是毫不相干的人。

"我想你搞错方向了，你现在应该劝他配合警方调查，而不是把目标放在我们身上。再说，我又为什么要帮他呢？"

"为什么？"祝雪青表情扭曲，狠狠抓住她的手，脸憋得通红，"事情都到这个份上了，你问我为什么？不管怎么样，你们相爱过，不能相忘于江湖就算了，也不必恨得这么咬牙切齿吧？我但凡有别的办法，至于求你吗？"

"祝雪青！"周凛川折身回来扯开她，怒吼，"你少在这儿玩道德绑架，是我们让他挪用资金的？周家现在变成这样，他是罪魁祸首！我爸还躺在病床上长睡不醒，你让我去救他？况且，这事跟林稚更没关系，你以前对她做的那些事，我还没跟你算账呢！你掂掂自己的斤两，有什么资格求她？"

祝雪青被他吼得身子一震，态度急转直下，眼泪狂涌而出："以前的事是我的错，我道歉可以吗？林稚，设计将你赶出公司，找人爆料害你，是我无耻，我道歉……"

"别管她。"

周凛川护着林稚绕开她，却听身后的女人无助地说道："我怀孕了。总归是周家的孩子，总不能让孩子一生下来就有个犯罪的爸吧？"

周凛川脚步微停。

林稚瞥了眼她失魂落魄的脸，再扫了眼她身上单薄的衣衫。已入秋的江城，气温早已不比盛夏。

林稚回过头，对周凛川说："我先回去，你跟她谈谈吧。"

周凛川点头，喊了管家过来送林稚。等人离开后，他才缓缓转身，看着仍旧跪在地上的女人，淡淡出声："为什么找我帮忙？"

祝雪青抬眸，双眼赤红："我爸已经将我赶出家门，嚷嚷着要断绝父女关系，亲戚朋友见风使舵，没一个人愿意施以援手，我现在能想到的人只有你。虽然他不是你亲哥，但你们之前是有情义在的，对吗？"

闻言，周凛川冷笑："横刀夺爱，算哪门子情义？该说不说，你跟他也算是同一类人，总有法子利用别人。"

她敛眉不语。

彼此沉默了一会儿，周凛川转身去打了个电话，挂断之后，回首道："帮你可以，但有个条件。"

到了这般田地，已经没有讨价还价的余地，她木讷地点头。

"换件衣服，跟我去公司。"

会议室的门窗紧闭，阳光透过厚重的玻璃窗，洒在光可鉴人的桌面上。室内气氛焦灼，争论声不断。

忽然，会议室的门被拉开，门口站着的两位秘书紧张地看向身后。方才还被众星拱月般围着的男人此时大步流星地走了进来，一张脸清爽年轻，充斥着傲气，目光却沉稳凌厉。如此架势，原本喧闹的声音渐渐消失，取而代之的是一片静谧。

他站在会议室中央，扫视了一圈后才坐下。一旁的秘书拿着文件过来，弯下腰低声为他解释了文件里的内容。他听着，手指不自觉地在桌面上敲动，像是在审视，或是在思考权衡。

整个会议室的氛围都被他一下一下的敲击声牵引着，一众高管

/253/

悬着一颗心看着这位太子爷。

思索完后,他才解开袖扣,在落款处大笔一挥,签下名字。

随后他抬腕看表:"一个小时后,会有一笔资金打入公司的账户上,召回所有休假人员回公司待命,集团不会倒闭,更不会亏待任何人。"

他顿了顿,平静地看向众人:"只一句话,周氏现在暂由我接手,想解决问题的人留下,若有趁机闹事的,可以卷铺盖滚了。"

祝雪青站在周凛川身侧,看着这个应付自如的男人,脸却如此年轻。她大概懂得了周彦臣为什么即便掌握了实权依旧如履薄冰,试问谁会不害怕呢?这样的人一旦掌握周氏,身为养子的他便再无机会。

周凛川是被周道年埋得最深、却是最亮的一颗星,说是天之骄子也不为过。

积压了太多文件需要处理,周凛川在公司待了一周才抽空回家。

时间已是深夜,从车上下来,远远看着二楼亮着灯。他一路飞奔上楼,等到了门口,动作突然慢下来。他嗅了嗅身上,怕沾上了会议室里的烟味,站着散了一会儿,才按了密码进去。

林稚趴在沙发上睡着了,身上搭了条毯子。

天气转冷,她的腿露在外面,膝盖冻得疼,她迷迷糊糊去揉,突然摸到一双男人的手。那触感太熟悉,她闭着眼睛都知道是谁,笑着说:"你怎么回来了?我以为你今天也会睡在公司呢。"

"怕你等太久,与其担心,还不如回来一趟。"他顺势躺过去。

一张沙发挤着两个人,她反倒不觉得冷了,像贴着个火炉。

"事情处理得怎么样?"

"还行吧,钱我已经给祝雪青了,补上这笔钱,虽然不能保证周彦臣立马释放,但起码能少判几年。"

林稚"嗯"了声,感叹道:"你可真是小财主啊!"

祝雪青会求到周凛川那里,想必已经探清楚他的财力,但那不是个小数目。

"不是我自己的,我祖父生前私下留给我的一个小金库,这笔钱连我爸都不知道。他大概察觉到我爸偏心得太明显,怕周氏落入外人手里,我什么也得不到吧,就给我留了一笔钱,我用不上,也没动过。祝雪青不可能知道,她之所以觉得我能帮她,一大半的原因是觉得我会求助我妈。也好,这钱来自哪里,就还于哪里吧。集团是祖父的心血,不管怎么样,我都不愿意它就此败落了。"

他说完,搂紧了她,下巴往她肩膀上一搁,疲惫散去了大半,撒娇道:"好累啊。"

林稚一下一下地拍着他的背,问:"你明天几点走?"

"还剩七个小时,得去开个早会。"他黏起人来,一副不想走的姿态。

她有些心疼地揉了揉他的脸,询问:"吃晚饭了吗?"

"没,中午对付了几口。"

现在已经深夜十一点。

林稚看了眼时间,这边地方偏远,外卖平台上几乎全部店铺都显示打烊。

她抽身起来,却被周凛川一把按下,脚在地上摸索着穿上拖鞋,说:"我去做吧,你坐会儿。"

他卷起袖子,在冰箱里一通搜刮,找出了一袋速冻饺子。

他有些懊恼,嘴里嘀咕着,他在网上学了好几个菜,却没机会展示,听得林稚哭笑不得。她靠在沙发背上,托着腮,看着一身西装革履的他在厨房里打转,跟这里的一切是那样违和,却不令人意外。

厨房里一阵忙乱,丢在沙发上的手机响了起来。林稚接通,一个中年女人的声音从听筒里传了出来。

她捂住听筒,朝厨房里喊:"周凛川,电话。"

男生探出头来,回道:"你帮我接下吧,这会儿我腾不出手来。"

屏幕上没有显示来电人的名字,只有一长串电话号码,在林稚说话之前,对方先开了口:"林小姐吗?我是凛川的妈妈。"

完全没料到这个情况,林稚立刻从沙发上站了起来。因为抽油烟机的噪声太大,她去了阳台接听。

等她接完电话出来,周凛川已经煮好饺子,盛了满满两大碗,坐在餐桌边等她。

他接过手机,扫了眼通话时长,问:"谁的电话,你讲了那么久?"

"你妈。"

周凛川眉梢一挑,看了眼号码,没备注,估摸着是她这次在国内待的时间比较长,才重新办了个号。

"她跟你乱说什么了?"

"没有啊,就寒暄了几句,问了下你的情况。"

周凛川凑近,视线在林稚的脸上睃了一会儿,突然漫不经心地一乐:"你的脸怎么红红的?"

听见他的话,林稚下意识地摸了摸自己的脸,随后淡淡地看了他一眼。

周凛川:"某人丑媳妇见公婆啦。"

他一脑门儿的汗,还有心情开玩笑。

林稚从桌上的纸巾盒里抽了两张纸,伸手过去给他擦了擦。见他还没脸没皮地取笑自己,她佯装严肃,正要好好教育一番:"周——"

"不要害羞,"他按下她的手,借助餐厅昏黄的光线,捧起她的脸,亲了一下,"早晚都要见的。"

四目相对,她发现他还在乐。

"不许笑了。"她的身子压过去,手撑在他背后的椅背上,企图找到一点压倒性的气势,但丝毫没有用。她眼睛一垂,撞见一个微妙的画面。

他的衬衣解了两颗扣子,身体舒展地靠在椅子上,领口大开,内里风光显露无遗。

"怎么了?"

他一出声,又是极其魅惑低沉。

林稚说:"不许说话。"

"你怎么这么霸道?"

林稚"哼"了一声,目光微斜,对他说:"再说我可要想办法堵你的嘴了。"

周凛川干脆一把将她往自己这边一扯,这下林稚彻底撞到他的胸上,气氛实在旖旎。

他还在挑衅:"怎么堵?拿什么堵啊?"

林稚二话不说夹了个饺子塞进他嘴里。

周凛川咀嚼完一个,咽下去了,又继续张嘴,像个嗷嗷待哺的小孩。林稚掐了他一下,说:"你还真把我当仆人啊。"

周凛川笑着把她抱紧,长长呼了口气,轻声说:"只有在你身边,我才感觉自己活着。"

看着那双亮晶晶的眼睛,林稚的心跳加快了些。

第二日天刚亮,秘书已经在楼下等,怕吵醒她,周凛川起床的动作很轻,却不知道林稚一直醒着。

他走后不到两个小时,她下楼在路边拦了一辆出租车,出了巷口。因为路上耽搁,她到目的地的时候,比约定的时间晚了十分钟。

在一家粤菜餐厅门口,林稚整理好着装,推门进去。餐厅里没有外人,角落里,一盏仿古的铜质吊灯,洒下暖暖的光辉。坐在欧式浮雕椅子上的人身着一袭简约而不失高雅的连衣裙,长发盘起,十分优雅。

林稚在侍应生的引领下走了过去。

听见脚步声,百无聊赖的许悦吟抬眸。江城的秋季有点凉,林稚穿着一件短款的卡其色风衣,下身是水洗蓝紧身牛仔裤,搭配一双黑色高跟皮短靴，看起来十分干练。

先前新闻里将她传成攀附权贵的凌霄花，当面一看，这哪是花啊？气场凌厉得很。

许悦吟愣了一下，随即换上得体的笑容，朝对面伸了伸手，说："坐吧。"

"抱歉阿姨，我迟到了几分钟。"

"没关系，跟家里人吃饭，没那么多讲究。"

林稚在对面坐下，这才有机会看清许悦吟的脸。她的眉眼精致，眼角轻轻上扬，似含笑意，又似藏着一抹不为人知的深沉。

妈妈气质这么好，难怪周凛川生得一副好皮囊。

两人第一次见面，气氛有些尴尬。

林稚一头汗，一时不知道该说什么话题，突然对面推过来一个礼盒，暗红色绒面装饰，显得低调奢华。

"这是我成年的时候我母亲传给我的首饰，作为见面礼，送给你吧。"她见林稚愣着没动，继续说，"你先别急着拒绝，我找你来，是有事情请你帮忙。"

林稚点头："您请说。"

许悦吟精神起来："想必周家的事你已经听说了。如今那个烂摊子全部落在凛川身上，说实话，我很担心。我跟他父亲都是生意人，如果他喜欢商场，我早就让他接手了。他痴迷运动，练滑雪，吃的苦比在生意场上多多了，但他硬生生坚持下来。"

林稚笑了笑："人在做自己热爱的事情时，毅力总是超乎常人。"

许悦吟点头："没错。虽然他现在的身体已经无法再做一名职业运动员，但他的心更不会在商界。他在瑞士做康复治疗时，我跟他促膝长谈过，最后他决定在苏黎世联邦理工主修运动学，学成回国后，组建一个专业的滑雪俱乐部。他对自己的未来有着严谨的规划，我很高兴，我愿意支持他。我相信，你作为他以后的另一半，也会支持他，对吗？"

林稚几乎毫不犹豫:"当然。"

她看到这个年过半百却依旧风华绝代的女人,眼中闪过一丝特别的温暖。父母之爱子,则为之计深远,原来富贵之家也是一样。

听到林稚的答案,许悦吟心中的忧虑散了大半,语气轻松了些:"其实说实话,我之前对你不是很满意。他为了见你不辞而别回国,身体尚在恢复期,我很怕他出事,但是又阻止不了他。"

林稚不知道该说什么,就听许悦吟继续道:"我是在跟他爸离婚之后才发现怀孕了。因为家族产业都在国外,我很少回国,周家一直到他七岁才知道他的存在。在那之后,抚养权官司打得我身心俱疲,导致我患上严重的躁郁症。他跟着我,不缺衣少食,却很孤独。也是因为这个病,我输掉官司,让他被周道年带回国内。但当时周道年因为再婚多年无所出,收养了一个孩子,加上他恨透了我,不用脑子想,也知道他对凛川就那样。大概是因为凛川很缺失爱,所以一旦确认心意就会执着。我知道我欠他太多,所以余生只求他高兴顺意,我不会反对你跟他在一块儿。"

听着她娓娓道来,林稚内心五味杂陈。林稚一直觉得周凛川是富家少爷,没吃过什么苦,但他的经历比寻常人坎坷许多。

"周道年已经苏醒两日,公司的事却并没有插手。他打什么主意,我心里清楚,无非看中凛川的能力,想利用他的心软让他陷在泥淖里。林小姐,你陪他去瑞士吧,他应该在竞技赛场挥洒他的汗水和梦想,而不是为了别人,浪费自己的精力。"

她说着,拿出搁置在一旁的文件袋,递给林稚。

"我知道你在国内有自己的事业,这是我公司百分之三十的股份,作为补偿,我会将它转入你的名下。日后回国,你在事业上有需要,我会不遗余力地帮你。"

见林稚不说话,许悦吟言辞恳切:"我很抱歉,第一次见面就对你提出这样的要求,你们现在处于热恋期,我很难说服他,所以——"

她的话还没说完,那个文件袋被推了回来。林稚说:"不需要这些，我也愿意的。"

许悦吟闻言愣住。

林稚沉默了几秒，再次发声时，已经有些哽咽："毕竟他为了救我，可以连命都不要啊。"

许悦吟再次看向她，问："你是什么时候知道的？"

"在雅江，当时我并不能确认，只是怀疑。后来回江城，我找人查过了。其实您完全没必要给我股份，您只需要把这件事讲出来，我一定无法推辞。"

"他曾经告诫过我，让我永远不要在你面前提起这件事。我想，你应该知道为什么吧？"

林稚知道，是怕她愧疚，怕她觉得是她害了他一生，怕她崩溃。

她曾经无数次为他可惜，在京北的滑雪场上，这种惋惜的感觉已达到了极致。可她从来没想到，罪魁祸首是她自己。她要怎么来还他的梦想啊？

藏在心里的话终于倾吐出来，林稚才觉得压在心口的大石终于松了一点点，但仍旧是沉重的。

"您恨我吗？如果不是我，他会拥有更好的人生。"

"刚开始是的，等来江城后，我发现他比我想象中更开心。我想如果让他眼睁睁看着你死了，什么都不做，他未必过得比现在好。况且，这件事你也是受害者，阴错阳差罢了。"许悦吟看着她泛红的眼眶，轻声说，"起码你们都还活着，以后路还很长。"

林稚万万没想到许悦吟会安慰自己，这更加坚定了她的决定："请您相信我，无论如何，我都会做对他好的事，永远不会辜负他。"

"谢谢。"许悦吟重拾了笑容。

第十四章

他爱的人,成了他的爱人

跟周凛川的妈妈一顿饭吃了三个多小时，其实到后面，林稚心不在焉，食不知味。

吃完饭出来，她在街上溜达了会儿，不知不觉走到周氏集团楼下。向上的楼层如同阶梯，逐级攀升，直至云端。她原本转头要走，在路口遇到周凛川的助理，坚持要带她上去。一路遇见不少员工，他们从格子间探出头，目光里多是好奇。

林稚进办公室的时候，周凛川不在。

这是间临时办公室，布局简约，案头上堆了密密麻麻的文件。她大致想象了下他工作时的模样，正勾起嘴角，后面传来一阵急促的脚步声，随即停在门口。

办公室的门被人合上，她听见声音转身的瞬间，被快步而来的人抱住。他将她抵在百叶窗上，声音里是万分惊喜："你怎么来了？"

林稚伸手回抱住周凛川，轻轻拍打着他的后背。

"我来市区谈事，正好到了饭点，给你带了吃的。"

他已嗅到饭香，项目会议开了一早上，没有一点空隙，根本来不及吃饭，这会儿已经饥肠辘辘，饭来得正是时候。

他将她拉到沙发上坐下，揭开餐盒，里面是糖醋排骨跟三杯鸡，香气扑鼻。

他吃得狼吞虎咽，她看得一脸开心，在边上倒了一杯水递过去，提醒道："你慢点吃，有这么香吗？"

"你送的，那就是天底下最好吃的饭了。"

她感觉自己的手被握紧了些，听他说道："阿稚，有人惦记的感觉真好。"

"你什么时候可以下班？"

"随时啊。"

"啊？"

"我爸已经醒了，公司有人主持大局，那我得抽时间陪你啊！这世上哪有一件事比你重要？"

林稚揉捏他的脸,笑道:"又贫?"

两人腻歪起来,门口突然传来敲门声,甜蜜的气氛被打断,两人不约而同看向门口。

周凛川只得松开手,起身说:"我很快回来。"

用餐时间就这样被打断,但他去的时间比她想象的要短,再回来的时候,他扣着她的五指,牵着她往外走。

"就这么走了吗?"林稚愕然。

"不然呢?"他扭头看她,抿了下唇,"女朋友都亲自来接我了,我还不得早点下班。"

"你助理来了,是不是有什么事情找你……"

他胳膊一弯,搂住她不盈一握的腰肢,有种揉进骨子里的亲密。进了电梯,他的另一只手按了负一楼,正好将她禁锢在电梯左右两个扶手之间。方才在公司的凌厉烟消云散,他的声音多了些许温柔:"别理他。"

林稚眨了眨眼睛。

"他是我爸派来监视我的,只要我还在集团,我爸的病就不可能好。"

原来他什么都明白。

看着透明电梯一路向下,林稚突然发问:"你喜欢那样的生活吗?"

"哪种生活?"

"朝九晚五,偶尔会熬夜加班,经常出入各种酒局,稳定但不自由。"

"我不知道,每天都有很多事,我来不及去想。不过这段时间在集团,我不是一无所获。"

林稚安静地听着。

他继续说:"起码我得到了在做好一件事后的成就感,我很久没有这种感觉了,很奇妙,好像有种点燃自己的感觉。说实话,从退役到现在不到一年,那时候我浑浑噩噩的,总感觉在飘着。"

他的目光转向林稚:"我有时候看着你,很羡慕,你有自己的事业,有目标。我现在想想以前滑雪的日子,好像是上辈子的事。但是阿稚,有一件事是可以确定的,我想跟你成为同路人。"

电梯门打开,打断他低沉的话语声。

到了停车场,周凛川拉开副驾驶座的车门,让林稚先坐进去。

趁着他绕去另一侧的瞬间,林稚暗暗抹掉流下的眼泪。

他坐进来时,带来一阵风。

林稚再开口时,声音有了一丝不易察觉的颤抖:"我们一直在并肩同行啊。"

"你知道我说的不是这个,我希望能成为你的依靠,所以我不能再没心没肺下去。你对我的未来有期许吗?"

"当然啊,你很优秀,值得一个无比美好的未来。"

他笑了,伸手抚摸她的脸,地下车库的灯光在她眼底留下半明半暗的光影。

"你别老这么夸我,我会骄傲的。"

"去瑞士吧。"

他靠得那么近,眼底柔情涌动,是专属于她的温柔。目之所及,林稚心头一颤。

周凛川顿住,愣愣地看着她,突然反应过来:"你怎么知道?我妈是不是找过你?什么时候?"

他一连串地追问,神情紧张。

"没有,是之前我在你家看到过苏黎世大学的入学通知书。"她确实见过,并不算撒谎,见他神色稍霁,她继续说,"你还年轻,在外面大有可为,去看看更广阔的天地吧。"

周凛川没说话。

她凑过去,抱住他,说:"我会跟你一起走。"

他从没想过她会有这个决定,眼眶红了:"我去读书,那你呢?

工作室不要了吗？"

"我是做设计的，现在大部分业务都来自网络平台，即便是在国外也不会耽误，找国内的加工厂合作，不难的。"

他突然泪如雨下，哭得比她还凶："你怎么这么好啊？为什么为我想这么多，我上辈子是拯救了哪颗星球才能遇到你？"

林稚笑中带泪："因为我是你女朋友啊，因为我爱你。"

两个幼稚鬼在车里哭得不成样子。

接下来的几天，林稚一直在为出国做准备，工作室的一部分业务需要完结，还得跑工厂那条线。周凛川则去集团交接业务，正逢周道年主持员工大会，中气十足，哪里像刚从病中苏醒的样子。

周凛川从自己的临时办公室出来，什么也没带走，路过会议室的时候，突然被周道年叫住，随后男人叫停了会议。

"你就打算这么走了？"

周道年来回踱步，心烦气躁："现在集团正是用人的时候，你居然跑去跟一个女人出国？我看你真是脑子被驴踢了。"

"如果你还想我好好站在这里跟你说话，麻烦尊重她一下。"周凛川冷冷道。

他与自己这个生父，没有感情。他衣食无忧，并不倚靠周道年，自然也不用看周道年任何脸色。

这点周道年比任何人都清楚，所以权衡之下，他选择了更好拿捏的养子，岂料他一手培养出来的人，险些酿成大患。如今周氏陷入困境，他只能放下姿态。

"算了，不提她也罢。等你大哥出来，我会送他们一家去国外，以前那些事就不提了，你就安心留在这里，我会——"

不等周道年说完，周凛川转身就走，一点不拖泥带水。

"慢着。"周道年在后面唤他，语气森然，"你知道集团下属多少个公司，每个市值多少吗？你如今的身份地位，多少人求都求不到，到你这儿，居然还不屑一顾了？别忘了不管怎么样，你都姓周！"

周凛川瞥了他一眼:"你是真晕倒,还是装的?"

"你!冯特助告诉你的?"见被拆穿,周道年心虚了。

"不管怎么样,你养育了他几十年,如果我不出面,你真就弃他不顾?又或者你早就料定我会插手,整个集团都成了你的磨刀石,你想试试我是否真有能力渡过这次难关?在你心里,是把我当成你的儿子,还是你手里的一把刀?不管是哪一种,抱歉,我都不玩了。"

他平静地说完,转身就走,这一次再也没有回头。

所有事情办理妥当,临走的前两天,周凛川问林稚:"都要走了,你有没有什么想做的?"

"没有。"

"我有。"

"什么?"

"我们今晚去露营吧,看日出。"

他的话刚说完,门口有人敲门,快递员扛了几大箱东西上门。林稚抱着手臂,看周凛川把箱子一个个拆开,所有露营的物品一应俱全,她不得不感叹这家伙的执行力。

在他身后,阳光洒在地上,真是灿烂。

林稚看着周凛川在客厅忙碌,弯了下眼睛,问:"你不会连地方都看好了吧?"

"当然。"他划开手机,打开一个界面,递到林稚面前,求夸奖,"这家全市排名第一,好多人打卡,据说夜里能看到星星,要去吗?"

"走啊。"

虽然林稚对这类网红打卡地点没抱什么希望,但实地一看还挺惊喜。从停车场下车的时候,身边路过一群组团出游的人,带队的导游介绍说这是国际房车露营协会五星标准,一路沿途介绍,她跟周凛川蹭完了讲解,才去办理入住手续。

青山绿水,云雾缭绕,空气更是无比清新。

因为要观星，他们选择了山顶的木屋区。短暂的烧烤时间结束后，周凛川在品酒间挑了几瓶不错的香槟，径自回到房间。

林稚在外面拍完照进来时，周凛川脱了外套，解开衬衫上的三颗纽扣，又折了折衣袖。两个酒瓶在他手里跟变魔术一样轻盈舞动，指尖轻触着每一个酒杯，如同指挥家在操纵一场无声的交响乐。

林稚含笑看着，周凛川是故意的，知道怎么展示自己的帅气，但是如果这时候她表现出来，他会更高兴。于是她配合地鼓了鼓掌，周凛川挑了挑眉，点到即止，将淡蓝色的液体倒入高脚杯中，推到她面前，说："我特意挑的度数低的，你尝尝。"

她抿了一口，味道是甜的，比例合理，喝完了，嘴里还有一点点果香。她立马连着喝了三大口，然后将空杯往他那边推了推。

周凛川忍着笑，说："哪有像你这么喝的，调酒师都要被你累死。"

"你不是说度数低吗？"

"我说什么你都信？"

"当然。"

周凛川的食指在她白净的脑门儿上一戳，说："小心我把你卖了。"

林稚不理他，手指在酒杯上敲了敲。他拗不过，只能倒了半杯，说："刚吃过饭，不许多喝。"

林稚浑不在意，一仰头将杯里的酒喝完。

看她那刻意买醉的模样，周凛川目光深邃了些，挨着她坐下，轻声说："你有心事。"

不是疑问句，而是肯定句。长久的相伴让他足够了解她。

"你是不是担心不能适应国外的生活？"

"怎么会？我之前做交换生的时候，过得挺好的啊，别小看我。"

"那是因为什么？"

周凛川一扭头，她纤长的手指捂住他的嘴。

"看星星啊,别老是多想。"

她把房间里的蓝牙音响打开了,放了一首低缓的歌,刚开始,她垂在身侧的手打着节拍,后面干脆跟着哼唱起来。她唱歌很好听,带着一丝不可言喻的空灵。

人与人之间的磁场,是站在那里,就格外心动。

周凛川托腮闭眼听她的歌声,真想一辈子就停留在这一刻。

几首歌过后,她的音调慢慢变了,开始跟不上节奏。

他睁开眼,桌上那瓶香槟不知道什么时候见了底,周凛川看着她的脸红得跟个熟透的苹果一样,就知道她醉了。她的脚步虚浮,已经支撑不起整个身子。

"阿稚。"他唤她。

她转身时腿一软,身子向后倒在一个温暖的怀抱里,仰头看着水晶灯。

他的手臂比脑子更快做出决断,在林稚跌倒的瞬间,把她抓过来松松揽着,勾唇微笑。

她还浑然不知刚才有多危险,睁着大眼睛,透过屋顶的玻璃,看明亮的星空,嘴里鼓鼓囊囊的,煞是可爱。周凛川戳她鼓起来的脸,凑过去听她含混不清的语调,笑着逗她:"说什么呢?"

"傻瓜。"

周凛川漫不经心地一乐:"谁是傻瓜?"

她的食指往他嘴唇上一按,说:"你。"

"不带你这样的,喝了我的酒,醉了还骂我。那你说说,我哪儿傻了?"

"什么都是——爱我也是——太傻了。哪有人像你这样的?我拿什么还你啊——"

眼泪在她眼底晕染开来,周凛川的心神在那一刻完全失去了平静,笑容凝在唇边:"什么?"

"我对不起你。"

又是牛头不对马嘴的回答。

她刚喝了酒,在灯光下,嘴唇泛着湿润的光泽。周凛川低头亲吻她,然后和她额头相抵。她已经昏昏沉沉地睡去,他抚摸着她的长发,这张脸怎么也看不够。

星光璀璨的天际下,有情人在温柔地呢喃——

"谢谢上天的指引,让你来到我的世界。"

他俯身,加深了那个吻。

是她无心插柳的救赎,让他回忆起年少时光时,多了一丝温暖和悸动。

他爱的人,成了他的爱人。

这世界上再没有比这更能让人幸福的事。

早上,林稚是被窗外的鸟鸣声吵醒的,枝头鸟雀叽叽喳喳,她睁开眼,头痛欲裂。周凛川骗人,明明说酒的度数低,喝不醉人,可把她难受坏了。

她翻身寻找罪魁祸首,手臂往身侧伸过去,什么也没摸到,睁眼看,边上没人,再在房间里扫视了一圈,依然没有。

桌上放着一张纸。

林稚预感到了什么,突然像跌入冰冷的河中,四肢无力,头脑也有些昏沉。身体仿佛被一根无形的绳子束缚住,好半天,她才挪动步子,心跳如擂鼓地拿起那张纸——

阿稚,当你读到这封信的时候,我应该已经到机场了。原谅我的不辞而别,其实从你答应我陪我去瑞士开始,我便心存疑惑,而这个疑问最终在许女士那里得到证实。果然这个原因跟我猜测的一样,如果你是带着赎罪的心情才做的这个决定,那我一定不会接受的。

我没心没肺地活了二十多年,难得为一个人勇敢了一次,做选择的一直是我,与你无关。况且你把人生活得很漂亮,从不曾辜负我。昨夜听你自责,我心如火焚,心痛难当。这些天我忽略了你的感受,难以想象你有多痛苦才会放弃一切,选择跟我去异国他乡。请不要这样,阿稚,你我之间,请把我当成你心里的第二顺位,因为第一永远且必须是你自己。我一直想要的也仅仅是你能够幸福。

  国内有你奋斗的事业,有你的朋友家人,我不能视而不见,让你一走了之。况且瑞士跟中国并不遥远,我已经做好时常往返的准备。当然,如果你有空的话来看我,我会更高兴,记得多想我。

  我会好好努力,与你顶峰相见。

  林稚不知道自己是以何种心情看完这封信的,再抬头时泪眼婆娑,轻透的纸张从她的手心飘到地上。她快步走到门口,想要追上去,拉开门,朝阳初升,温煦的光芒落在她的脸上,有种洗尽铅华的错觉。

  她大概明白了,周凛川为什么要带她来看日出。

  阳光照耀大地,让人莫名平静下来。

  她总在他面前自诩成熟,但其实最冷静的那个反而是他。

  林稚在门口席地而坐,呆呆地看着火红的朝阳从地平线慢慢升起。也不知看了多久,突然听见耳边传来一声轻笑,她扭头,程艾俐就倚在木屋的屋檐下,看着自己。

  "你怎么在这儿?"

  "天不亮就过来了,某人叫我过来接你。"程艾俐朝着林稚走近,取笑着,"也不知他在担心什么,我看这里安保好得很,一个大活人还能出什么事?还难过吗?日出也看完了,跟我走,我带你去个地方。"

  林稚抬起哭红的眼睛,还没反应过来,就被程艾俐拉下了山。

  车一路疾驰,驶进一个产业园区。这里隶属高新区,全国很多知名企业的总部均设立于此。

车在一栋中型写字楼前停下,眼前的建筑一半笼在楼群阴影里,空气中裹挟着初秋的湿润雾气,伴着微风,拂动着楼前的红绸。

程艾俐先林稚一步下车,绕过车头给她拉开车门。在她下车的瞬间,忽地从里面拥出几个人来,"轰"的一声,不知是谁拉响了礼花,彩带从空中四处飘散。

林稚愣怔的瞬间,眼前的红绸落下,半面墙壁雕刻而成的公司名牌在昏暗的天光中,如梦似幻。

青禾之家。

她平静地看着,心里却如惊涛骇浪般翻涌。

程艾俐还在前面介绍着:"一楼是体验中心,到时候会放一些公司以前出过的爆款产品,二楼是办公的地方,三楼是你的独立办公室……"

林稚不等她说完,转而问:"是周凛川让你回来的吗?"

程艾俐点头:"半个月前我接到他的电话,他给了我三天时间考虑,鉴于他给出的条件很不错,我几乎没怎么犹豫就答应下来了。总体来说,来这里当副总,比给法国人打工强太多。"

"老高呢?"

"他暂时还在京北啊,后续会跟我一块儿在江城定居,只不过分店的选址还没有定下来,短期来说,只能两地分居。"

"我现在脑子乱得很——所以你一直在江城,却一点口风都不透露,不带你们这样的。"

"不然怎么叫惊喜啊?"程艾俐笑,又怕她推辞,劝道,"我倒没费什么心思,倒是他,为了买下这栋楼,花了不少时间和精力。林稚,你的才华就像光一样,可以照亮好多人,而它也绝不会让你甘于困在一个普通的工作室里。我知道的,周凛川自然也知道,所以,不要辜负他的一番心意。"

林稚默然听着,程艾俐说完,适时地退了出去。

偌大的办公室里,只剩下她一个人,阳光透过百叶窗的缝隙斜照进来,投下温暖的光影,正好照亮了照片墙上众人的合影。

这张照片是林稚刚创立青禾时,与成员们一起拍下的。如今时过境迁,大部分人已经离开。一年前她弄丢了它,没想到,兜兜转转,它又回到她的手里,一时心中五味杂陈。

她拨通那个熟悉的电话号码,顿了顿,开口:"是我。"

他的声音清醇如酒,低低地飘入她的耳中:"我知道。"

"你该不会是拿你祖父给你留下的钱跟祝雪青做了交换,只为了帮我把青禾拿回来吧?"

电话那头不答。

林稚捏着手机外壳,手指泛白,她猜对了。

"你是不是傻啊?"她叹气,"你要她放手,到底花了几倍的价钱?"

"千金难买你高兴。更何况,青禾是你的心血,我不可能看着它落到别人手上。那天祝雪青来找我,也是握着这张底牌,打定主意跟我做这笔交易。现在公司里她的人已经被清理出去,留下的都是些底子干净的,你放心用。"

林稚垂眸,他什么都给她打算好了。

"办公室喜欢吗?"他的声线偏暖,在电流声中更加撩人。

她这才有精力打量这里的布局,办公室开窗朝南,采光极好,透过落地窗,可以清楚看见楼下的道路和来来往往的车流。侧面靠墙的位置,摆着两张舒适的皮沙发和大理石茶几,嵌进一整面墙的书架上,所有摆件跟绿植都是精心挑选过的。

她点点头:"喜欢。"

"东西都是我按照你的喜好亲手挑选的,你男朋友很棒吧?"

话语里,他藏不住的骄傲将她逗笑:"棒!"

"这栋楼是我送给你的礼物,赠予合同我已经签好了,放在办公桌下面的抽屉里。"

"太贵重了,我……"

"你拿着,如果我以后混不下去了,你养我啊。"

半晌,林稚才轻声说:"好啊。"

"我不在的时候,你不能光顾着工作,多吃饭,多睡觉,多——"

"多想你。"她接过他的话。

周凛川这下彻底被哄高兴了:"那你会打电话给我吗?"

她"嗯"了一声。

"每天都打?"

她又"嗯"了一声。

她在电话里听见那边有催促登机的声音,但周凛川没有挂断电话,男生轻轻的呼吸声萦绕在她的耳际。

林稚心里生出一种无法言说的情愫,赶在电话挂断之前,唤了他一声。

"周凛川。"

"嗯?"

"我在江城等你,再见面时,一定要还给我一个自信又光芒万丈的你。"

男生站在人潮汹涌处,听着她平静而有力的话语,对着前方微微一笑:"好。"

挂断电话,他突然蹲下身去,痛苦地压抑着自己,残存的理智压制不了体内思念的波涛汹涌,似乎在下一秒就要将他吞没。

飞机刺破厚重的云层,将周凛川带去大洋彼岸。

林稚的生活在短暂的低谷期之后开始了疯狂的忙碌,而与之前不同的是,日子变成按段划分,每段的划分都是下一次重逢的时间。与时差对抗,在机场拥抱亲吻,这些渐渐成为她生活里的日常。

林稚每去一次瑞士便会带回一枚冰箱贴,不知不觉,已经贴了满满一冰箱。

自一场淅淅沥沥的春雨后,天气冷了数天,忽然开始暖和起来,江城再也没有下过雪。当山顶最后一团残雪消融殆尽后，萧条了一个冬季的城市渐渐焕发生机。

　　远在瑞士的周凛川被毕业论文逼得熬红了眼，加上他在一家滑雪俱乐部做见习教练，工作和学业的忙碌双重加身，算算时间，他已经整整一个星期没有跟林稚联系。

　　虽然偶尔空闲时，他也会跑到她的社交平台上留言，但竟然极少被回复，周凛川不禁委屈巴巴。林稚这三年把青禾这个家居品牌做得风生水起，上个月出刊的 CASA 国际杂志上，光她一个人的采访就占据了四个版面，青禾之家的市值更是惹人眼红。

　　他从论文中走神，去翻了她最新的访谈视频，又实在熬不住，跑下楼在草坪上给她打电话。

　　"喂。"电话那头的女声里带着浓浓的疲倦。

　　"不是答应我不熬夜，现在都几点了，你还不休息？"

　　"周凛川，知道现在是半夜，你还打给我。"

　　男生的声音软了下去："我这不是想你嘛。我不主动打电话给你，你都不知道先打给我吗？全世界就你比总统还忙，天道不公啊，把男朋友孤零零地扔在国外——"

　　林稚笑着听完他的抗议："别闹，我这会儿正在开会呢，挂了。"

　　"什么破合作方？十一点了，还让人工作。"

　　"德国人，精力太充沛了。"

　　"用不用我给你当翻译？我跟你说，我的德语说得可好了。"

　　"那倒不用，公司新来的助理，二〇〇三年的一个小男生，也不错。"

　　周凛川坐不住了，什么时候多了个他不知道的男助理？还比自己小？

　　这么重大的信息，程艾俐居然一点都没给他透露。

　　在他郁结的瞬间，电话那头传来几句清爽的男声。

　　林稚应付了几句，才想起冷落了半天的周凛川，说："那先这样，我挂了啊。"

为了个小年轻，居然挂他的电话。

周凛川瞬间崩溃，说好距离不会消磨热情的呢？说好每天都打电话的呢？起初倒是遵守约定，渐渐两天打一个电话，到现在，一个星期都听不到一点人声？

林稚变了……

骗子，女人都是大骗子！

周凛川一脸愤懑，正欲订机票回国，手机里突然来了一条语音消息——

"毕业典礼没结束之前不准回来，否则我不见你了。"

还威胁他？

周凛川简直要哭了，这威胁比什么都有用，他只得听她的。

草坪处传来一声哀号，站在顶楼享受阳光浴的许悦吟有些好笑地看着楼下这一幕。

"他还好吗？"问话的是她的小男友。

许悦吟从鼻尖溢出一丝笑："小情侣的游戏罢了，每个月都要闹这么一出，我这个儿子可真是被拿捏得死死的。"

林稚从茶水间出来，撞到正倚在门口看好戏的程艾俐。

"咱们公司哪儿来的男助理？你又把合作方的法务当枪使。"

林稚笑而不语。

程艾俐长叹一声："周少爷的日子真难过啊！"

一个月后，青禾新品发布会。

巨幅液晶屏幕将这片展馆映照得如同白昼，柔和的光线穿透精心布置的水晶吊灯，洒在大厅的每一个角落。

镁光灯下，林稚身着干练的白色西装，站在演讲台上，如同一朵盛放的百合。她眼含星辰，嘴角微扬，将每一款家具的设计理念、材质娓娓道来。

发布会结束，有记者询问："林总，您出道的作品大多服务于单身男女，而这次'爱人'的概念穿插于每个新品之中，请问是什么让您的作品有如此大的改变？"

"因为，我遇到了唯一契合的灵魂，家在他那里变得简单而具体，也让爱充满了我的生活。一件好的作品能够反映设计师当下的心境，我更希望将这份温暖传递给使用青禾旗下产品的每一位顾客。"

展览厅的后门不知什么时候进来一个男人，他坐在阴影里，隐隐约约之中露出那张精雕细琢的脸，目光穿越过人群，落在林稚身上，如月光照耀在波澜不惊的湖面，温柔而专注。

记者又问："那我是不是可以认为，这场发布会是您献给他的一场盛大的告白呢？"

林稚勾唇一笑："他今天也在现场，我还是不要说太多，怕他骄傲。"

满厅的哄笑声如同浪潮。

发布会正式结束，林稚因为急着要走，只得一边走一边安排剩下的工作。

周凛川等在门口。大厅里的记者并没有散去，堵住他便是一通追问。

"你是展览的工作人员吗？"

"可以单独接受采访吗？"

在他表明身份之后，又变成了——

"需要我带你参观吗？"

"整场发布会我都听完了，可以给你解说。"

他拨开人群，朝里面走去。

"把今天收集到的各方意见整理成一个文档发到我邮箱。小徐，你负责了解一下与会的新闻界人士有多少人为此次发布会发表了稿件，并对其进行分析。还有——"

手突然被牵住，林稚扭头，一张好看的笑脸映入眼帘。

"先生，你哪位？认错人了吧？"她挑眉，装作不认识。

周凛川的手却没放开，问："是吗？"

"认错人还不撒手，小心我告你性骚扰哦。"

身旁的工作人员你看看我，我看看你，一时之间不知道作何反应。

周凛川却一点都未收敛，凑得更近了些，眼底闪过一丝狡黠："既然都被告了，那我干脆再大胆点好了。"

林稚心中警铃大作，立即捂住嘴巴，从指缝中挤出一句话："周凛川，这么多人，你别乱来啊！"

"除非你把那个小男助理叫来，我跟他当面聊会儿。"

他状若无意地抻了抻手臂，袖子往上划拉了些，露出结实的肌肉线条。林稚瞠目结舌，她上次不过说了一句玩笑话，他记仇了一个月。气质倒是成熟了，行为却依旧幼稚得很。

林稚拽着周凛川在众人的视线中，大步往外走，嘴里嚷嚷道："你再耽搁，错过庄旭的婚礼，他要生吞活剥你，我可不救你啊。"

周凛川这才消停，倒是糊弄过去了。

到了车里，他黏黏糊糊地抓着她不肯撒手，两人将近三个月没见，怎么都看不够。

"俱乐部刚成立，我知道你这个主理人最忙，就没去打扰你。"

"我才不信。"

"真的。"

"那你说想我。"

"想你。"

两人腻歪了一会儿，她给他整理好领结，问："第一次做伴郎的感觉怎么样？"

某人眉毛一挑，幽幽道："如果是新郎，我会更高兴。"

他委屈巴巴，第一百零七次求婚又失败。

车一路开往庄旭的露天婚礼会场，他们到的时候，岳千千正在

/277/

路边着急地打电话。

林稚走过去问："大喜的日子,你怎么在路边站着?"

岳千千咬牙切齿:"还不是那个冒失鬼,婚戒都落在酒店了,我正等人给送过来呢。客人都到得差不多了,你们先进去。"

林稚从包里翻出一盒三明治,说:"早上没时间吃饭吧?要不要吃点东西?"

"啊,表姐,你真是我的救星!"

她擦了擦脑门儿上的汗,扯开袋子,咬了一大口三明治,边咽边说:"这婚礼统筹真不是人干的,啥都要管,以后你结婚可别请我啊,找个专业的来。要我说,办什么婚礼啊,露天席地随便来一桌得了——咦,周少爷,你也在啊?刚才的话当我没说……"

一个红脸一个黑脸,林稚要被他俩逗得乐坏了。

岳千千跟饿死鬼投胎似的咽完一整个三明治,算是缓过来了,问:"周少爷,听说你要在江城建一个世界级的滑雪场,是真的吗?"

"嗯。"

"那我以后岂不是可以免费去看比赛?"岳千千的手指在自己跟表姐之间来回指了指,"咱们这关系——"

"那不行,还是要门票的。"

"表姐,你看他,简直钻进钱眼儿里了。"

"没办法啊。"周凛川揽着林稚的肩,轻扯嘴角,"你姐太优秀了,我得多赚些老婆本。"

林稚笑:"前半句我倒是同意。"

"你俩别秀恩爱了,直接捅我一刀得了。"

喜鹊在树上叽叽喳喳,《婚礼进行曲》响起。

欢声笑语充斥着整个场地,大提琴悠扬的琴声将整个午宴推向高潮。

随着新郎入场的周凛川,有着一双漂亮的桃花眼,他的眼神绕过宾客,定定地落在人群中的林稚身上,她居然一点没注意到他。

林稚没察觉到台上那道灼人的视线,而是扭头询问刚落座的岳千千:"夏云舟是不是坐错位置了,怎么在家属席?"

"人家现在是庄旭的妹夫,你还不知道?"

林稚反应过来:"他跟庄妍?没听说啊。"

"好歹你也是他曾经喜欢的人,难道你要让他跟你嚷嚷他跟现任有多恩爱?"

"那有什么?"

"你心里没他,自然不在意,他可能多少会有点别扭吧。"

林稚点头:"高岭之花配俏皮萝莉,很搭啊!"

岳千千认同地点头,突然长叹一声:"你看,全世界都在恋爱,只有我的初恋没了。"

林稚跟她无声地对视两秒,努努嘴:"我也不知道你怎么想的,给喜欢的人筹备婚礼,你未免热心过头了,自找苦吃。"

岳千千眼睫低垂,眼底漫上一层雾气:"我想让自己死心,而且我是真心祝福他的。"

"他知道吗?"

岳千千摇头。

"我记得他跟秦医生分开过一年,你怎么没抓住这个机会?"

"我胆小啊。"女孩的话语声轻了,"不是所有人都像周凛川那么义无反顾的。"

又沉默了一瞬,她低声道:"姐,我要去新疆了。"

林稚愣住:"不至于啊,失个恋而已,好男人多的是。"

"不是。"岳千千语气轻松了些,"你以为我是为了男人远走他乡?才没有,是医院组织援疆,有两个名额,我报名了。"

"你想好了?"

"嗯。把心空着,也没什么不好啊,可以自由地去世界任何地方。"

林稚默不作声。她在江城最低谷的时期,是岳千千陪着度过的,现在什么都好起来了,岳千千却要走了。

"姐。"

"你闭嘴,就会说漂亮话,胆小什么,一点出息都没有。"

岳千千的视线转向台上西装笔挺的男人,认真地说:"看他那么开心,我就知道,我没有任何机会。不告诉他,起码还多个要好的朋友。"

"等等,你刚才说有两个名额,另一个是谁?"

"心外的,联合会诊的时候见过几次,他应该也来了,我看看——"

她的目光在宾客里绕了一圈,落在一个男生的后脑勺上。那人似乎有心电感应一般,扭头看过来。

"冲你笑的那个?"林稚顺着她的视线看过去。

在得到肯定答案后,她眯着眼仔细扫了下那张脸,自言自语:"长得还不赖。"

"谁长得不赖?"刚才还在台上的周凛川在她身边落座,一脸吃味地问。

"吃你的饭。"她白了他一眼。

"哦。"

旁边的人乖乖收起醋坛子。

岳千千凑过来,偷偷地问:"新闻里说周少爷十分威严,队里的运动员没一个不怕他的,怎么被你治得服服帖帖的?"

周凛川扒了两口林稚夹给自己的菜,偷听到岳千千的话,拍着胸脯:"你要是谈恋爱,我肯定让她教你。"

岳千千抱拳,感激涕零:"哥!"

"妹!"周凛川回了一礼。

这两人简直像隔空结拜,中间的林稚被气笑了:"你俩还有完没完?"

婚礼结束后是晚宴,一群年轻人疯得不成样子,热闹散去,此时接近黄昏,云彩烧到天际。

天色尚早，两人散步回家。路过一条漫长的樱花大道，怒放的早樱在黄昏中随风摇曳，花香阵阵。

周凛川牵着林稚不松手。他喝了点酒，话变得多起来，从天南讲到海北，甚至连路边的小野猫都没放过。

林稚静静听了会儿，突然叫他："周凛川。"

"啊？"

"结婚吧。"她突然来了一句。

男生头脑不清醒地点头："好啊，结婚。"

他忽然脚步一滞，酒立马醒了："结婚？"

他看着她，脑袋里"嗡"的一声，好半天才缓过来："你不是说，你不想吗？"

林稚白了他一眼："那是两年前，我去瑞士看你，你莫名其妙拉着我去阿尔卑斯山，单膝跪地求婚，我一点准备也没有，能答应你吗？况且，那时候你学业繁重，还忙着复健，我不想让你分心。

"周凛川，你走的这三年，我无数次地想，如果曾经我脚步再慢一点，我有耐心一点，也许我们之间不会这么曲折。是你的坚定不移，才让我们之间增加了无数可能。两个人相遇的概率是十万分之四百八十七，而两个人相知的概率约为十亿分之三，两个人相爱的概率更是微乎其微。彩票买双色球中五百万的概率也才一千七百万分之一，我怎么会允许自己不抓住你呢？"

一长串的话令他傻眼，跟半截木头般愣愣地站在那儿。

过了半响，他才挪动脚步，吞吞吐吐地说："戒指、戒指在车上。"

"不用去拿了。"她从口袋里拿出一个绒面盒子，取出钻石戒指，戴上无名指，在他眼前晃了晃，"我早就发现了。"

这个笨蛋还以为自己藏得很严实。

"就这样？"他愣住了。

没有鲜花，没有音乐，没有掌声跟祝福，他就这样被求婚了？

"不然呢？"

"不是，你什么时候有这个想法的？"

"很早，大概是三年前，从你留下那封信开始，我就想好了，我一定会嫁给你的。"

周凛川喉咙哽住："你可……真能藏事啊！不行，不作数！我今天状态都不好，明天，你等我更清醒些，你再给我说一遍，你——"

他的话语被她的亲吻堵住。

突如其来的亲吻像暴风雨般让人措手不及，他忘了思考，也不想思考，只是本能地想抱住她，紧些，再紧些。

不远处，玩滑滑梯的小孩看到这一幕，跑过去抓着妈妈的衣角惊呼："妈妈，那边有人在亲亲。"

但下一秒，小孩的眼睛便被捂住，身旁的大人笑着说："小孩子不准看哦。"

微风卷起一地缤纷的落英，路边的小野猫惬意地敞着肚皮。

江城的春天美得不像话。

—全文完—